per Carole,
Ariane e Marc

a Dasho Lam Penjor,
in ricordo

Voci

Roma

"Piuttosto scomode, queste sedie" pensò padre Fulvio sistemandosi al vecchio tavolo di lettura. I responsabili degli Archivi segreti del Vaticano si erano dimostrati poco propensi a concedergli le autorizzazioni necessarie allo studio dei documenti antichi. Fortunatamente, il suo superiore condivideva la stessa passione per quei vecchi testi. Il generale della Compagnia di Gesù aveva infatti manifestato un vivo interesse per la fantastica storia riferita a Roma dal giovane prete.

C'era voluta tutta l'influenza della Compagnia di Gesù per permettere a un semplice prete di entrare in quel luogo così delicato, dove sono custoditi i più importanti segreti di tutti i tempi. Solo la suprema autorità della Chiesa, esclusivamente il papa in persona, poteva concedere il permesso alla ricerca. Il lato nascosto e oscuro della storia si trova qui, nella più sorprendente concentrazione di mistero del mondo.

Erano trascorsi tre mesi dal suo rientro da Lhasa. Tre mesi nei quali aveva cercato con pazienza di dare delle fondamenta alla stravagante voce riferitagli dal monaco tibetano.

Lo sguardo di Fulvio errò verso l'alta finestra della stanza austera che il sole crepuscolare scaldava appena. L'aria era pesante, satura dell'odore dei vecchi documenti. Rabbrividì, scrutando gli scaffali dei venerabili libri antichi: duemila anni di lotte accanite, l'Inquisizione, il Rinascimento, le scoperte scientifiche di uomini come Leonardo da Vinci, le monografie dell'esodo papale a Avignone, le relazioni dei teologi incaricati di confutare le tesi di Lutero, gli errori dei re e dei maestri della Chiesa. Tutti questi avvenimenti abitavano come fantasmi sotto quelle volte. La loro pubblicazione, secoli dopo, poteva ancora scatenare disordini e liti. Fulvio si alzò lentamente, attraversò la stanza lastricata di marmo bianco e nero e si fermò davanti alla scrivania del bibliotecario.

«Grazie per l'aiuto. Questi documenti sono davvero interessanti. Tornerò domani».

«Scusi, padre, credo che si sia dimenticato di restituirmi la tesi sul documento cinese».

«Mi spiace, devo averla per sbaglio mischiata ai miei documenti. Eccola». "Impossibile eludere la loro sorveglianza" pensò porgendo i fogli al bibliotecario.

«Lei sa, per caso, se il testo originale della missiva dell'imperatrice Ming è disponibile da qualche parte? Deve essere stato redatto verso il 1650, diciamo nel 1655 per l'esattezza».

«Non saprei. Ma posso informarmi e darle una risposta domani».

«Gliene sarei molto grato. È solo per curiosità. Allora, a domani».

«Buon pomeriggio» rispose il giovane con tono neutro.

«Voleva la Lettera di Seta dell'imperatrice Ming?» chiese il cardinale Enzio, preoccupato. «Come fa a sapere della sua esistenza?».

«È citata nel rapporto del missionario che ha lavorato in Cina, monsignore. Quello che ha tradotto l'*I-ching*» mormorò il ragazzo.

«E come mai questo missionario, il dottor Evans Wentz credo, ha sentito parlare della lettera, visto che si trattava di una missiva riservata?» continuò ad alta voce il cardinale, «credevo fosse un segreto. La corte imperiale cinese era indubbiamente un luogo di intrighi, ma è comunque strano che questa lettera susciti nuovamente interesse».

«Perché?» chiese il giovane prete.

«La curiosità può essere pericolosa, ragazzo» disse sorridendo il cardinale. «Ma lei è un fedele servitore della Chiesa e dunque posso dirle che la missiva è accuratamente nascosta in fondo agli Archivi, nella cassaforte».

«Nella cassaforte, Monsignore?!» ripeté stupefatto il giovane prete.

«Esatto, nella cassaforte, insieme alle rivelazioni di Nostra Signora di Fatima, accessibile esclusivamente a Sua Santità» rispose tranquillamente il cardinale, congedando con un gesto della mano il giovane bibliotecario.

Ancor prima che la porta si fosse richiusa, il cardinale Enzio aveva preso il telefono e composto un numero mai scritto eppure mai dimenticato. «Non si preoccupi» dichiarò una voce profonda quando terminò di riferire l'accaduto. «Le cose sono come devono essere. Me ne occuperò io stesso. Buonanotte!».

«Sono così emozionato» annunciò padre Fulvio all'amico padre Emilio, segretario del generale dei Gesuiti, davanti a un piatto di scaloppine al limone. Mamma Antonella aveva fatto miracoli dietro al grosso forno a legna della vecchia Trattoria dei Pini. Dopo il caldo della città, Fulvio godeva in collina la relativa freschezza della sera. Sorseggiava lentamente il Frascati rosso, il vino dei colli Albani.

«Ho oramai dei dati sicuri sulla misteriosa missiva dell'imperatrice Ming di cui le avevo parlato. Almeno, credo» disse.

«Mio caro Fulvio» il segretario posò giovialmente la morbida mano sul braccio di padre Fulvio, lo sguardo scuro che brillava beffardamente sotto la montatura dorata degli occhiali, «che bella notizia! Quella lettera è probabilmente uno dei documenti più segreti e viene gelosamente custodita nel posto più inaccessibile degli Archivi segreti. Sono secoli che sappiamo della sua esistenza. Ciò nonostante il suo contenuto non ci è mai stato rivelato» aggiunse, pensoso. «Non si dimentichi che tutto il commercio tra la Cina e l'Europa era, all'epoca, controllato dai nostri cari fratelli portoghesi della Compagnia. Erano gli unici stranieri autorizzati ad aprire dei commerci nei porti cinesi; controllavano i mercantili e a loro l'imperatrice affidò la lettera, con istruzioni di trasmetterla a Roma. Secondo i nostri calcoli, il viaggio per arrivare a Roma durò cinque mesi. La missiva era avvolta in sette strati di seta e ben sigillata, cosicché nessun "incidente naturale" poteva permettere ai nostri fratelli di posarvi lo sguardo per conoscere una sola parola del suo contenuto. Ne erano stati informati a voce dalla corte imperiale. Si racconta che, dopo averla letta, il papa fosse stato molto turbato per diverse settimane».

«Qual era la versione ufficiale della lettera?» interruppe il giovane prete, agitandosi nervosamente sulla sedia.

«Ci è stato detto che la famiglia regnante dei Ming aveva molta paura di venir rovesciata dalla famiglia rivale Manciù. I Manciù erano stati enormemente galvanizzati dalla baldanza del loro capo Nurchachu ed erano pronti a prendere il potere. In cambio del permesso di cristianizzare la Cina, l'imperatrice Ming sperava di ricevere da Roma armi per i suoi eserciti. Per i gesuiti portoghesi la richiesta era chiara. Erano al corrente delle lotte intestine alla corte imperiale, avendone loro stessi provocate alcune. La prospettiva di cristianizzare un paese così grande li spinse a trasmettere, senza indugio, il documento. Come le ho detto, nessun "incidente naturale" lasciò trapelare il contenuto durante la traversata. Quando il papa spezzò i sette sigilli e lesse la missiva in presenza dei nostri fratelli portoghesi, si fecero sempre più sospettosi, vedendolo impallidire. Rimase a lungo in silenzio. L'udienza terminò senza che il papa avesse proferito parola. In seguito, la sua reazione venne spiegata con la prospettiva di cristianizzare la Cina. Ma perché i nostri fratelli non furono autorizzati a leggere la lettera? Significava trattare duramente i Portoghesi, tanto più che in quella parte del mondo l'opera missionaria era affidata alla Compagnia di Gesù. La reazione del papa è stata accuratamente registrata nei nostri archivi da Giovanni Paolo Oliva di Genova. All'epoca, era il nostro generale. Nei secoli, quell'affronto non è mai stato dimenticato dai nostri dirigenti, e quella lettera rimane uno dei rari documenti che l'ordine non è mai stato autorizzato a consultare...».

«Tutto questo prova che non sto sognando» obiettò il giovane.

«Piano» disse sorridendo il segretario, «prima di tutto non dimentichiamo le nostre scaloppine, sono deliziosamente tenere. Mamma Antonella non ci perdonerà mai se non le mangiamo. E non dimentichi che per ora abbiamo a che fare solo con voci e supposizioni».

«D'accordo, ma al nostro ordine queste voci sembrano sufficientemente serie da averne conservato il ricordo per secoli» replicò padre Fulvio abbassando lo sguardo. «Sono quasi sicuro che l'interesse è dovuto ad altri motivi, non solo a questa storia del silenzio del papa».

Nessuna emozione trapelava dal viso del segretario, mentre osservava il ragazzo. Gli occhi blu di Fulvio accolsero tranquillamente quello sguardo. Le sue labbra carnose, sotto un poderoso naso romano, accennarono un leggero sorriso, aspettando che l'anziano prete abbassasse lo sguardo. Ma padre Emilio non si arrendeva, almeno non ancora. Fulvio poteva senz'altro essere utile. Era uno di loro. Anni di caute manovre, nella storia ufficiosa della Santa Sede, gli avevano insegnato a non esporsi mai, né lui, né la Chiesa. Guardando il suo commensale, rispose:

«Lei è giovane, molto versato nelle questioni clericali e filosofiche. Il racconto di ciò che le è successo in Tibet è plausibile. Ma ancora non ci è stata fornita alcuna prova riguardo alle affermazioni del monaco tibetano che l'ha contattata a Lhasa. Sarei molto interessato a conoscere le conclusioni a cui è arrivato, dopo le ricerche svolte qui a Roma».

Fulvio capì che il vecchio prete non avrebbe rivelato facilmente le informazioni in suo possesso. Stette al gioco e disse:

«Lei sa che negli ultimi cinque anni ho studiato alcuni vecchi testi tibetani. Hanno un punto in comune: trattano tutti di rivelazioni. Per esempio, *Il Libro tibetano dei Morti*, il *Bardo Thötröl*, riportato dal dottor Evans Wentz nel 1927, suscitò un vivo interesse. Ciò nonostante nessuno gli ha riconosciuto il giusto valore. È stato considerato come un testo religioso puramente esoterico, senza evidenti conseguenze sulla vita di tutti i giorni. Jung è stato il primo a capirne l'importanza per la psichiatria occidentale. Inoltre, ha evidenziato le barriere culturali dell'Occidente che ci impediscono di coglierne la profonda verità.

«Il modo in cui questo testo descrive il passaggio dalla vita alla morte è stato a lungo considerato come puramente simbolico. Eppure, recenti ricerche mediche svolte negli Stati Uniti indicano che persone riportate alla vita da uno stadio vicino alla morte hanno esperienze simili a quelle descritte nel *Bardo Thötröl*: dicono di avere, prima, la sensazione di uscire dal proprio corpo. Poi, di attraversare una specie di tunnel buio e di ritrovarsi in presenza di persone che avevano conosciuto in vita, decedute prima di loro. Infine, raccontano di avere la sensazione di venir assorbiti da una luce estremamente forte. Questi stessi fenomeni sono riportati dettagliatamente nel *Libro tibetano dei Morti,* il quale descrive le fasi che conducono progressivamente a una nuova nascita.

«Può essere che dietro questi scritti esista una saggezza di ben più vaste proporzioni? Può essere che, originariamente, questi insegnamenti fossero chiari e pienamente comprensibili a maestri e a discepoli? Può essere che con l'andar del tempo questa comprensione si sia offuscata per non lasciare che il vuoto guscio del misticismo?

«Forse lei non è convinto e non lo sarà mai. Ma, molti celebri scienziati prestano ascolto agli insegnamenti dell'Oriente. Così, nella fisica moderna delle particelle, è universalmente accettato che a un livello infinitamente piccolo della materia, dell'energia e del tempo, le particelle possono essere create dal nulla e al nulla ritornare. In fisica, la teoria quantistica autorizza tali speculazioni. In cosa queste leggi sarebbero diverse dalle meravigliose rivelazioni dei Sutra della Prajnaparamita? Nel Sutra del Cuore è detto che la Forma è Vuoto, e il Vuoto è Forma».

Stanco del lungo discorso, il giovane si appoggiò allo schienale della sedia e bevve un sorso di vino. Si preparava all'ironia del segretario. Ci fu un lungo momento di silenzio nel quale il vecchio prete contemplò la valle circostante. Fu mamma Antonella a riportarli alla realtà:

«Tutti uguali questi sant'uomini! Vengono e chiedono il miglior cibo e i migliori vini. Affermano che ne deriverà il benessere della mia povera anima. Faccio di tutto per accontentarli, ma loro parlano, parlano, e i miei manicaretti si raffreddano e si rinsecchiscono, che tristezza!».

«Ci scusi tanto, cara signora» disse sorridendo il segretario, «come al solito ci vuole dare il colpo di grazia con queste montagne di piattini succulenti. Dovrò credere che c'è dietro un complotto ordito dal capo del partito comunista locale!».

«Lo lasci perdere quel caprone, non sprecherebbe mai del cibo per i nemici del popolo! Gli piace troppo!».

«In tal caso, faccia le nostre scuse al suo riverito consorte per averlo sospettato di simili congiure. Perché non fare pace con mamma Antonella e chiederle di servirci del semifreddo con un po' di Strega?».

Con un gran sorriso sulle labbra, la padrona si diresse verso la cucina.

«Ancora a servire quei preti!» brontolò il marito mentre lei preparava i piatti.

«Taci, idiota! Non dovresti parlare così di quei sant'uomini. Per noi, fanno senz'altro di più dei tuoi amichetti che non mettono mai piede qui e preferiscono girare tutta la notte da Luciano, allungando l'occhio su quell'asina di sua figlia che sta dietro al banco!».

«Va bene, va bene, scherzavo» ribatté il marito.

Quando tornò al tavolo, i due preti erano di nuovo immersi nella loro conversazione.

«...Non dico che le sue idee siano sbagliate. Deve però constatare che per il momento non ci ha fornito alcun fatto concreto. Come può aspettarsi che il nostro ordine prenda una qualsiasi iniziativa su basi così fragili» obiettò padre Emilio.

"Eccolo il motivo" pensò il giovane prete. "Non vogliono correre alcun rischio. Temono di perdere la faccia. Eppure, sembrano davvero interessati, addirittura eccitati da ciò che ho detto".

«Date le sue perplessità» disse, «posso cercare di essere più preciso sull'informazione fornita dal lama tibetano. In un testo antico è detto che il quattordicesimo Dalai Lama sarebbe stato l'ultimo della stirpe. Sarà allora, dicono, che il *dharma*, la conoscenza, andrà verso l'Occidente. Sarà un periodo di grandi sconvolgimenti e un periodo molto critico per l'umanità. Come lei sa, l'attuale Dalai Lama è il quattordicesimo. Ha dovuto lasciare il paese nel 1959, dopo la repressione della rivolta del suo popolo contro l'occupazione cinese. Il successore di un Dalai Lama viene scelto con un rito molto complesso, difficile da seguire in una situazione di esilio. Come hanno potuto prevedere, secoli fa, che sarebbe accaduto sotto il regno del quattordicesimo Dalai Lama?».

«Secondo la sua fonte tibetana, questa informazione è contenuta nella lettera dell'imperatrice Ming?» interloquì il segretario.

«Non è stato così preciso nel suo messaggio e non credo che sia l'informazione principale contenuta nella lettera, questa predizione è nota tra i Tibetani. Alludeva a un segreto molto più importante, che riguarda tutta l'umanità. Lo sa, è difficile essere sicuri se quella gente non può o non vuole dire la verità. Comunque, il monaco tibetano ha eluso ogni domanda precisa. Mi ha detto quel che bastava per mettermi sulle tracce di quel documento.

«La storia è tutta qui. Strana coincidenza, comunque, che un semplice monaco, in un monastero abbandonato nell'angolo più remoto del Tibet, sia a conoscenza di un vecchio messaggio che si trova nei sotterranei degli Archivi segreti a Roma».

«Dunque, lei crede che le indicazioni fornite dal suo amico tibetano si riferiscano tutte al documento di cui sta parlando?» chiese stupito l'anziano prete.

«Deve essere così, poiché ho verificato più volte le informazioni. Ho seguito diverse strade sbagliate. Ma ieri, leggendo l'opera di quel missionario, il dottor Evans Wentz, ho trovato dei dati alquanto sorprendenti. Aveva una conoscenza incredibile della storia cinese. Nelle sue ricerche ha trovato delle allusioni alla missiva segreta dell'imperatrice Ming al papa. Ha svolto un'indagine approfondita a riguardo. Pur non arrivando ad alcuna conclusione, la sua tesi è sorprendentemente vicina al messaggio trasmessomi dal lama tibetano. Sento di essere molto vicino alla soluzione, ora».

Lentamente il segretario alzò la testa e guardò il giovane prete dritto negli occhi.

«È anche ciò che pensa il nostro riverito generale. Mi ha

incaricato di trasmetterle il seguente messaggio. Quel che lei ha riportato può avere conseguenze che lui stesso non è in grado di valutare. Le sue ricerche possono mettere in moto un meccanismo in grado di annientarci tutti. Il generale è responsabile soltanto di fronte a un unico uomo e quest'uomo è stato informato delle sue ricerche. Le ordina di fermarsi e di accettare il nuovo incarico di insegnante nella nostra scuola missionaria in Ruanda. Deve lasciare Roma domani sera».

Improvvisamente, padre Fulvio non riuscì più ad assaporare il semifreddo. Era come se della sabbia gli scendesse nella gola secca.

«Amen» mormorò debolmente.

India del Sud

"Ancora pioggia! Che brutto periodo dell'anno quello dei monsoni invernali" pensò, chiudendo la finestra sotto le raffiche di vento. Voltò le spalle al buio della notte e si sistemò vicino al camino. Si versò un altro bicchiere del vecchio cognac che il suo amico Henri de Vieusac, ex ambasciatore francese in India, gli aveva regalato.

«Già sette mesi, caro Henri! Alla tua salute!» disse ad alta voce Archibald Wiscott versandosi un altro bicchiere. «Viva la Francia e l'incredibile storia che mi hai raccontato».

Il racconto di Henri – fatto in nome di una vecchia amicizia e di qualche bicchierino di troppo – aveva un qualche senso? Comunque, le sue implicazioni superavano di gran lunga qualsiasi fantasia ed era proprio questo a incuriosirlo.

«Fuori dal comune. E Dio sa se un pizzico di brivido non fa bene in questa cupa esistenza. Ringiovanisce».

Quante volte, negli ultimi anni, i suoi pensieri erano tornati ai tempi in cui Ootacamund, la beneamata Ooti, era ancora la capitale senza corona dell'India del Sud; il posto dove la gente che contava, i notabili degli ambienti coloniali, si ritrovava durante i mesi caldi della stagione secca. Che bella vita, senza preoccupazioni!

Innamorato della storia e delle tradizioni indiane, Archibald Wiscott sapeva che la supremazia inglese non poteva durare. Troppo spesso, i suoi amici indiani lo avevano avvertito della presenza di correnti sotterranee di crescente nazionalismo. La mancanza di chiaroveggenza del potere coloniale aveva favorito i movimenti che reclamavano l'indipendenza dalla Corona britannica. Non fu una sorpresa per Archibald Wiscott quando, sull'onda della Seconda Guerra mondiale, la nazione indiana divenne membro a pieno diritto dell'insieme delle nazioni. L'amore per quel paese lo aveva spinto a restare, mentre chiunque si potesse dichiarare anche in minima parte britannico se ne era andato. Fu allora che iniziò la carriera, piuttosto solitaria, di coltivatore di tè.

"Diavolo" pensò strappandosi dai sogni nostalgici, "per niente al mondo vorrei vivere di nuovo nella piovosa e fredda Inghilterra".

Si alzò dalla poltrona di vimini e diede un'occhiata alla pioggia che batteva sulla finestra posta sulla buia vallata.

A meno di dieci iarde da lì, qualcuno sorvegliava la stradina che portava alla piantagione di "Old Whisky", come la gente del posto chiamava affettuosamente Archibald Wiscott. Nascosto nel parcheggio, Ajit Singh schiacciò nervosamente una cicca con il tallone.

Era la sua prima missione importante sul territorio, come ufficiale dei servizi d'informazione delle Forze armate indiane. In parte, era anche una questione personale, in quanto suo cognato, un domestico di Wiscott, gli aveva riferito le conversazioni tra il coltivatore di tè e il vecchio ambasciatore. Se quella storia fosse finita in fumo, lui e la sua famiglia avrebbero perso la faccia per sempre. Era stato attratto dai vantaggi che avrebbe avuto se fosse stato il primo a informare Delhi. Ajit Singh aveva scavalcato il suo superiore a Bagdogra, riferendo direttamente al QG le conversazioni tra Wiscott e l'ambasciatore di Francia. Delhi aveva reagito prontamente. Gli era stato ordinato di mettersi a servizio di Wiscott come scrivano. A Delhi speravano che, lavorando alla piantagione, Ajit avrebbe potuto saperne di più sul misterioso documento di cui aveva parlato Henri de Vieusac.

"Se soltanto arrivasse il nipote inglese di Wiscott, potrei scoprire qualcosa dal loro colloquio! Altrimenti dovrò passare il resto della vita a lucidare le scarpe al capo!".

«Maledizione!» borbottò tra i denti Timothy Wiscott, mentre sobbalzava a ogni scossone della vecchia jeep Mahindra, noleggiata a Bangalore, dove era arrivato con il volo pomeridiano delle Indian Airlines.

Era di cattivo umore e cercava di assecondare ogni curva dell'infernale strada di montagna che portava alla piantagione del prozio. Che zio! Da trent'anni nessuno in famiglia aveva più avuto sue notizie. E ora, all'improvviso, chiedeva aiuto per una questione piuttosto nebulosa. Si ricordò lo stupore quando, due settimane prima l'altro prozio, Rudyard Wiscott, gli aveva telefonato.

«Salve, Timothy!» gli aveva urlato lo zio. «Mi dispiace molto di disturbare il tuo frenetico lavoro. So che voi giovani siete molto occupati a mettere ordine nello scompiglio che vi abbiamo lasciato».

"Quali novità, Kipling?" si era chiesto, allora, Timothy, e aveva risposto vivacemente:

«Sarei felice di ricevere da te qualche storico consiglio!».

«Uhm! Mi fa piacere sentire che la generazione dei giovani è permalosa come sempre. Non ci vediamo da tanto, mi farebbe piacere invitarti a bere un bicchiere a Brandon House. Che ne dici di sabato prossimo?».

«Molto gentile. Accetto volentieri. A che ora?».

«Diciamo le cinque?».

«Perfetto, sarò contento di rivederti».

«Molto bene. Ciao, Timothy».

Un tornante scivoloso riportò Timothy alla realtà indiana. Doveva stare attento se voleva arrivare sano e salvo dallo zio Archibald. Eppure non riusciva del tutto a distogliere la mente dall'incontro con lo zio Rudyard a Brandon House.

Brandon House, Sussex

Contento, Timothy Wiscott ascoltava il dolce ronzio della sua Triumph otto cilindri, un modello raro, acquistato qualche anno prima, quando una buona macchina aumentava ancora il prestigio del proprietario. La stradina di campagna seguiva i meandri delle valli coperte da foreste e pascoli. Alberi centenari costeggiavano il cammino, proiettando ombre e lasciando filtrare la luce di un pallido sole autunnale sul cofano della macchina, in una rapida successione di lampi dorati e neri. I piccoli villaggi sfilavano, senza lasciare traccia nella memoria di Timothy, che non la smetteva di interrogarsi sull'invito dello zio Rudyard. Non era affatto nelle abitudini della vecchia volpe di invitarlo così a bruciapelo, senza dare spiegazioni.

Kipling, come Timothy lo aveva soprannominato, evitava il resto del clan, e lui era probabilmente l'unico della famiglia con cui manteneva un rapporto regolare. Grazie alle relazioni dello zio Rudyard, era potuto entrare al Foreign Office. Timothy amava pensare a se stesso come a un giovane e brillante funzionario governativo, destinato a un avvenire promettente. Diploma in economia e in storia cinese, oltre ai suoi precedenti familiari, erano dei buoni atout.

Si distolse dai suoi pensieri quando, in cima a una salita, riconobbe l'incrocio della proprietà dello zio. Dalla strada, la casa del guardiano era difficile da individuare, nascosta da fitte cortine di edera che si perdevano sullo sfondo verde della foresta.

Rallentando appena, Timothy imboccò la stradina tortuosa che portava alla dimora dello zio. Sorpassando a sinistra le lussuose stalle, prese l'ultima curva a velocità sostenuta e arrivò nel cortile d'ingresso. Frenò bruscamente, evitando così di ammaccare una Bentley nascosta dagli alberi che fiancheggiavano la strada.

"Per Dio, no, quella macchina no! Che diavolo ci fa qui il segretario del Foreign Office? Come mai lo zio mi invita insieme al mio capo?".

Timothy parcheggiò la macchina lontano da quella del ministro, mentre l'imponente figura di Rudyard Wiscott appariva sulla soglia di casa, pronto ad accoglierlo. Si strinsero la mano.

«Benvenuto Timothy» disse calorosamente il vecchio signore. «Sono felice di vedere che le tue qualità di autista ti hanno evitato di toccare il didietro di un rispettato ammiraglio della Marina di Sua Maestà» aggiunse con malizia. «Entra! Il nostro invitato è impaziente di incontrare un giovane brillante della sua squadra e di scoprire cosa abbiamo in serbo per lui. Vorrei solo consigliarti... data la tua giovane età... di tenere un profilo basso, se capisci cosa voglio dire».

«Non proprio, caro zio» rispose Timothy con tono ameno. «I motivi dell'invito di questo pomeriggio erano piuttosto vaghi».

«Non preoccuparti! Sarò io a parlare. Spiegherò tutto a Sua Eccellenza e a te. Dài, vieni! Andiamo in biblioteca!».

Si trattava, ancora una volta, della solita rete di vecchie amicizie. Timothy non poté reprimere un moto d'invidia. Invitare a casa un membro del governo non sembrava porre allo zio alcun problema.

Nella penombra dell'ingresso, Timothy gettò un'occhiata al grande specchio ai piedi della scala di quercia che portava al primo piano. L'immagine riflessa di un giovane slanciato, vestito elegantemente con un abito grigio scuro, occhi verdi e occhiali con la montatura dorata, mento volitivo nascosto da una barba bionda tagliata con cura, gli restituì il buon umore. Timothy soffermò lo sguardo sulle venerabili tele appese tra le larghe finestre. Generazione dopo generazione, severi antenati scrutavano i loro discendenti.

«Una catena ininterrotta di potere» realizzò improvvisamente, nella quale forse, un giorno, avrebbe potuto inserirsi. Gli ambienti che frequentava, a parte l'età, erano probabilmente gli stessi dello zio. Una spirale, nella quale gli anni avvicinavano al centro del potere, ma allontanavano dalla libertà personale: era il prezzo da pagare.

Rudyard Wiscott condusse il nipote verso la biblioteca, in fondo alla galleria. Entrando nella stanza, l'odore di tabacco, di legna bruciata e di vecchio cuoio ricordò a Timothy le numerose vigilie di Natale trascorse in famiglia, quando era ancora bambino, a Brandon House. Questo ricordo allentò un po' la tensione nata in lui nel vedere il distinto signore seduto vicino al camino. Un penetrante sguardo grigio, sotto sopracciglia cespugliose, lo stava esaminando freddamente.

«Caro amico, mi permetta di presentarle mio nipote Timothy» disse Sir Wiscott attraversando la stanza.

Un vago sorriso apparve sulle sottili labbra del funzionario del Foreign Office, che rivolto a Timothy disse:

«Giovanotto, c'entra anche lei in questa storia? Se la risposta è sì, potrebbe ritrovarsi fuori dal ministero!».

«Caro Adam» l'interruppe Sir Wiscott, «dovrebbe conoscere meglio il suo Rudyard, sempre così avido di intrighi. Come può pensare che mio nipote, un puro prodotto dell'educazione moderna, così piena di sufficienza, si lasci trascinare in una storia tanto romantica, quale un incontro segreto con un membro del governo? Non preoccuparti Timothy! Se si dovesse trattare di una falsa notizia, la responsabilità sarà solo mia. Altrimenti, sarò ben felice di...».

«Oh Rudy, basta! Come sopporterebbe alla sua età il peso di un'altra medaglia sul petto?».

«Diciamo che nel mio petto c'è ancora abbastanza fiato da affrontare qualsiasi ammiraglio».

«Ci scommetterei».

«Dunque, signori» sospirò Rudyard, sistemandosi sulla poltrona di fronte al ministro... «Siediti, Timothy! Ti va un whisky?».

Prese una bottiglia di vecchio malto e ne versò un bel bicchiere al nipote. Poi continuò:

«Vorrei essere più preciso. Vi ho fatto venire qui per raccontarvi una storia molto strana e potenzialmente esplosiva, di cui ho sentito recentemente parlare. Credetemi, ho riflettuto diverse settimane prima di decidermi a parlarvene. Questa storia sembra veramente folle. Prima di tutto, ho verificato l'informazione sia alla Biblioteca nazionale che tramite fonti personali. Ciò nonostante sono perfettamente cosciente di mettere in gioco la mia reputazione presso il governo. In fondo c'è una sola possibilità nella vita per partecipare alla storia in prima persona».

Un'espressione divertita apparve sul viso del ministro, mentre si riempiva scrupolosamente la pipa. Espirando dal naso una aromatica nuvoletta di fumo, si sistemò comodamente sulla poltrona e disse:

«Sento che trascorreremo un piacevole pomeriggio ascoltando una storia appassionante».

«Lo spero, caro amico» rispose Rudyard. «Avete entrambi sentito parlare di mio cugino Archibald Wiscott. È quel coltivatore di tè, rimasto nel sud dell'India quando tutti scappavano con armi e bagagli. Tre mesi fa ho ricevuto una sua lettera. La prima in venticinque anni, figuratevi! Ma il suo contenuto ripagava per tutte quelle che non ha mai scritto. All'inizio dell'anno, ha ricevuto la visita del suo vecchio amico, il conte Henri de Vieusac, in occasione del suo giro di addio come ambasciatore di Francia a Delhi. Ha sentito parlare di Vieusac, vero Adam?».

«Credo di sì. Vecchia Francia. Era stato primo segretario a Londra verso la fine degli anni Sessanta».

«Deve essere proprio lui» rispose Rudyard. «Ora vi racconterò che cosa scrive mio cugino. Una sera, Henri disse ad Archibald di quanto si fosse appassionato alla storia tibetana durante il suo soggiorno in India. Dipendeva in gran parte dall'entusiasmo della giovane moglie per il Buddismo. Erano stati ripetutamente a Dharmsala e una volta incontrarono il Dalai Lama. Vieusac rimase fortemente impressionato dalla sua grande apertura di spirito. Durante una visita a Dalhousie, dove alcuni monaci hanno aperto una scuola tantrica, un vecchio lama si avvicinò all'ambasciatore e alla moglie per invitarli a visitare la biblioteca del tempio. Sugli scaffali c'erano centinaia di vecchi manoscritti, meticolosamente avvolti nella seta gialla. Con estrema cautela, il monaco aprì alcune di queste antiche pergamene.

«"Questi scritti contengono messaggi profondi" spiegò il vecchio lama. "Il significato di alcuni è, a tutt'oggi, ancora sconosciuto persino ai nostri migliori discepoli. Nei secoli, li abbiamo conservati come gioielli, pur ignorando la loro utilità. Ma esiste qualcosa di inutile sotto il sole? Forse voi, in Occidente, avete occhi per vedere. All'inizio del secolo, quando eravamo ancora a Lhasa, abbiamo mostrato questi scritti a una spedizione britannica. Ma i loro occhi rimasero chiusi. Vogliamo riprovarci, poiché il tempo stringe. Su ordini ricevuti dall'alto, ho preparato per lei un frammento di un antico testo. Non ne capiamo il significato. Si suppone sia stato redatto dallo stesso Milarepa, il poeta asceta tibetano. Per favore, lo studi e agisca di conseguenza".

«Ciò detto, il monaco se ne andò. Vieusac e la moglie rimasero soli, stupiti di ciò che avevano appena ascoltato. Di ritorno a Delhi, Henry de Vieusac parlò dell'accaduto all'addetto culturale dell'ambasciata. Si decise di inviare il documento all'Istituto nazionale di lingue e civiltà orientali a Parigi. Gli specialisti, in Francia, chiarirono che effettivamente il testo poteva risalire all'epoca di Milarepa. In fondo al frammento c'era un passaggio particolarmente interessante, che menzionava l'esistenza – cito mio cugino – di esseri invisibili, con occhi che non possono vedere ma che conoscono, con spirito così vasto da capire e dialogare con il sole e le stelle. L'Istituto di Parigi non fece alcun commento su questo passo. Ciò nonostante Vieusac ne rimase particolarmente colpito. Quando incontrò il suo vecchio amico coltivatore di tè, non seppe tenere a freno la lingua».

Rudyard Wiscott sprofondò nella poltrona fissando il fuoco. I due ospiti non si erano mossi durante tutto il racconto. Infine, il ministro ruppe il silenzio:

«Meravigliosa, questa storia, si confà perfettamente sia al mio spirito romantico che al suo. Ma, Rudyard, non capisco bene dove vuol andare a parare, e inoltre tengo a sottolineare che quel che ci ha raccontato fino ad ora è una bellissima favola».

«Esatto. Volevo solo creare l'atmosfera. Vi ho anche detto che ho verificato i dati, come d'altronde ha fatto il mio caro cugino. Esiste, nell'India del sud, vicino a Mysore, una grande comunità tibetana. È lì che Archibald ha iniziato le sue ricerche. Per intere settimane non è arrivato a nessuna conclusione. La gente di lì era soprattutto occupata a sopravvivere in condizioni difficili. Non avevano molto interesse per antichi e misteriosi documenti. Due mesi dopo, però, un vecchio tibetano si mise in contatto con lui. Quest'uomo, una volta lama al Potala, la residenza del Dalai Lama a Lhasa, interrogò mio cugino a proposito di un secondo documento. A suo parere, era più importante dell'altro. Con disappunto del tibetano, mio cugino non fu in grado di rispondere a nessuna delle sue domande, poiché Vieusac gli aveva parlato di un documento solo. Il lama mormorò vagamente qualcosa a proposito di un monastero in un luogo chiamato Tang. Quando Archibald cercò di saperne di più, il vecchio di colpo se ne andò e risultò impossibile ritrovarlo. Questo strano atteggiamento del monaco tibetano, così poco educato, destò sospetti in mio cugino: due fonti diverse gli avevano sottoposto, probabilmente, la stessa storia. "Qui, gatta ci cova" pensò Archibald».

«Fino a qui, niente da dire» intervenne il funzionario, «ma ci si può fidare di suo cugino? Con tutto il rispetto per la sua famiglia, sappiamo che l'India può avere strani effetti sugli uomini. Molti dei nostri non l'hanno sopportata e si sono lasciati andare all'alcol o ad altre droghe facilmente accessibili. Quel paese può anche spingervi al misticismo, in certi periodi della vita».

«Accetto le sue obiezioni. Sono diversi anni che non ho più rivisto Archibald. Ma la sua lettera è assolutamente normale e anche la sua scrittura. Non trova?» chiese porgendo la lettera al ministro.

«È effettivamente la scrittura di un uomo sano di mente. Eppure, nella storia mancano fatti concreti. Lei ha senz'altro ancora qualche asso nella manica, altrimenti non riconosco più il mio vecchio amico!».

«Non so se si tratta proprio di assi, ma in ogni caso, sembrano carte buone».

Rudyard si alzò dalla poltrona per aggiungere un ceppo nel camino. Con le mani dietro la schiena iniziò a passeggiare, continuando:

«Per prima cosa, ho contattato degli amici al Ministero della Difesa. Sapevo che una spedizione britannica era stata a Lhasa all'inizio del secolo: la cosa mi è stata confermata e così ho avuto accesso ai documenti della spedizione, datati 1904. Tutti confidenziali, Dio solo sa perché! Il diario del commissario britannico, il colonnello Francis Edward Younghusband, è la parte più interessante. Tratta soprattutto dei testi antichi mostratigli dal monaco del Potala. Alcuni gli sembravano privi di senso, malgrado le spiegazioni del Gran Lama. Pensava che le storie su esseri senza occhi che potevano parlare alle stelle non fossero altro che fantasie, comuni a tutte le leggende popolari».

Si udiva solo il crepitìo del fuoco quando Rudyard si sedette di nuovo. I tre uomini meditavano sulle conseguenze della storia, nel caso fosse stata verificata la sua veridicità. Timothy, accorgendosi che il suo capo stava abboccando, si sentiva sempre più intrigato.

«Dunque, sembra esserci un primo indizio che nella storia di mio cugino ci sia qualcosa di vero» riprese Rudyard, «e ho cercato di verificare anche questo. Vi ricordate che il vecchio tibetano aveva interrogato Archibald a proposito di un secondo documento? Aveva anche parlato di un monastero chiamato Tang. Ho consultato una carta dettagliata del Tibet e ho cercato un posto con quel nome. Ho preso Lhasa come punto di partenza, dato che il tibetano era vissuto in uno dei monasteri del Potala, e ho scrutato la regione intorno alla capitale. Niente da fare, sulla mappa non esistono luoghi con quel nome.

«Improvvisamente mi è venuta un'idea: l'ultima volta, il

documento era stato localizzato a Lhasa. Non poteva essere né a Dalhousie, né a Dharmsala, altrimenti lo avrebbero mostrato a Vieusac. Tra Lhasa e le due località indiane c'è un nesso – la fuga del Dalai Lama dal Tibet quando l'Esercito popolare cinese di liberazione ha invaso il paese. Sono andato alla Biblioteca nazionale, ed ecco che cosa ho trovato: il Dalai Lama ha lasciato Lhasa due volte. La prima nel 1950, prese la strada di Gyangze che scende verso la valle di Chumbi. Lì c'è un valico che si chiama Tangla. Ma è possibile che abbia lasciato i documenti lì, quando è tornato a Lhasa, nel 1951? Sembra improbabile. Ho dunque esaminato la sua seconda partenza dal Tibet.

«Nel 1959, a fine marzo, attraversò l'Himalaya a Lhuntsé Dzong, vicino alla frontiera orientale del Bhutan, per giungere a Tawang e poi a Tezpur il 31 marzo, nello stato indiano dell'Arunachal Pradesh. Eppure, la strada più diretta da Lhasa verso l'India passa a ovest, dalla valle di Tang, al centro del Bhutan o del Druk Yul, come i bhutanesi chiamano il loro paese.

«Mettetevi un attimo nei panni del Dalai Lama: non sa ancora come verrà accolto in India, quale sarà la sua condizione, dove andranno a finire le sue cose. Quale miglior posto per nascondere oggetti preziosi se non il Bhutan, la cui cultura e religione sono vicine alla sue? Per motivi politici gli era impossibile attraversare il territorio bhutanese: avrebbe potuto provocare un'invasione dell'esercito cinese nel paese dei suoi fratelli di culto. Altri, però, potevano farlo, e lo hanno fatto. Alcuni giorni prima della sua partenza da Lhasa, un'altra importante guida religiosa, Sua Santità il karmapa, capo della scuola Karma-Kagyupa, lasciò Lhasa per andare nel Sikkim, passando dalla valle di Tang nel Bhutan».

«Ottimo, Rudyard» borbottò il ministro, «lei ha lavorato bene. E cosa ne pensa, Timothy?».

«Signore, con il suo permesso, credo sarebbe opportuno che io andassi in India prima possibile per saperne di più su mio zio e sulla sua storia».

«Uhm! Sempre impazienti questi giovani. Ma sono d'accordo. E lei, Rudyard? Occorre chiederglielo?».

«Direi di no, caro Adam» rispose Rudyard, sorridendo soddisfatto. Alzò il bicchiere. «Beviamo al successo della nostra folle impresa».

Ci fu appena il tempo per stabilire la missione di Timothy in tutti i dettagli. Verso mezzanotte, Rudyard accompagnò alla porta i suoi due invitati, augurando un buon ritorno a Londra.

Parigi

Come al solito, faceva caldo e la città si era svuotata dei suoi abitanti. Agosto era un mese terribile da trascorrere in ufficio. Unica consolazione era la freschezza della grande stanza adeguata al suo rango. Il capo di gabinetto sospirò dando un'occhiata alla pila di fascicoli che erano lì ad attenderlo. Il primo era voluminoso, con un titolo che solo a leggerlo faceva venire mal di testa: "Relazione conclusiva sulle attività e raccomandazioni dell'Ambasciatore di Francia in India, Conte Henri de Vieusac".

Cosa diavolo poteva raccomandare al governo, quel vecchio aristocratico? L'India era una nazione potente e purtroppo questo genere di relazioni non potevano essere affrontate alla leggera. Gli ci vollero due ore per finire la parte politica, con il groviglio economico che rendeva la lettura ancor più difficile. Verso mezzogiorno, il capo di gabinetto aveva finito di leggere la parte ufficiale e arrivò al capitolo intitolato: "Addendum: alcune idee ed esperienze personali". Poteva essere la parte più affascinante o più noiosa della relazione, tutto dipendeva dall'autore.

"Tanto vale finire" pensò, affrontando la lettura di qualcosa di assolutamente inatteso. Alle due del pomeriggio non aveva ancora mangiato. Si tuffò direttamente nella relazione dell'Istituto di lingue orientali, allegata a quella di Vieusac. Un po' scoraggiato dal linguaggio rigidamente scientifico, finì col posarla sulla scrivania. Non conteneva alcuna interpretazione mistica riguardo agli esseri senza occhi che parlano alle stelle.

"E se il documento non fosse altro che una leggenda popolare?" si chiese. "In caso contrario, però, le conseguenze sarebbero assolutamente sconvolgenti. Che bel colpo per la Francia se questa scoperta venisse annunciata dal nostro governo! Ottima cosa per la mia carriera essere il primo del governo a sapere dell'esistenza di questi documenti".

Venne colpito da un dubbio atroce: "E se tutto questo fosse solo uno scherzo, una storia che non sta né in cielo né in terra?". C'era da diventare lo zimbello del jet set parigino. Se la storia fosse stata vera, invece, nasconderla gli avrebbe sicuramente nuociuto. Dopo aver riflettuto a lungo, il capo di gabinetto decise di iniziare dal posto più vicino, lì a Parigi. Gli specialisti dell'Istituto gli avrebbero fornito le basi scientifiche necessarie per andare oltre o per dimenticare tutta quella storia. Era un uomo prudente. Nelle questioni delicate preferiva ci fosse qualcun altro a prendersi le responsabilità, in caso le cose fossero finite male. È così che ci si fa strada in politica.

Prese il telefono e ordinò al segretario di chiamare l'Istituto di lingue orientali. «Chieda del direttore della sezione di tibetologia e gli dica di venire subito da me».

Meno di un'ora dopo, un uomo esile, di una certa età, dall'espressione un po' turbata, entrò nel suo ufficio. Il viso incartapecorito, rosso di nervosismo e stanchezza, metteva in risalto uno sguardo scuro e penetrante. Le gocce di sudore, che imperlavano la testa quasi calva, erano trattenute dalle sopracciglia grigie e arruffate. L'uomo portava degli occhiali con la montatura in metallo, appoggiati in precario equilibrio sul naso borbonico. Il capo di gabinetto lo salutò giovialmente:

«Scusi tanto, professor Machprot! Mi dispiace molto averla disturbata. Sono emersi grossi problemi. Il governo ha bisogno del parere del migliore dei nostri specialisti in tibetologia su una questione di grande importanza».

Rabbonito da quelle parole lusinghiere, il professore si lasciò condurre alla poltrona. Si sedette davanti all'alto funzionario senza minimamente realizzare che la piccola scultura nera di fronte a lui, una mano scolpita da Rodin, era collegata a un potente microfono.

«Signore» disse, «da settimane aspettavo una chiamata come questa».

«Veramente?» si limitò a dire il funzionario.

«Suppongo» continuò il professore, «che la relazione del conte di Vieusac abbia finalmente attirato la sua attenzione. Sono comunque sorpreso che ci sia voluto tanto tempo».

Il capo di gabinetto si chinò in avanti e mormorò prudentemente:

«Non capisco bene il significato della sua osservazione».

Il professore, imbarazzato, si agitò sulla poltrona e rispose:

«Non se la prenda, non volevo offenderla. All'Istituto eravamo piuttosto sconvolti dalle carte dell'ex ambasciatore e ci aspettavamo una reazione immediata del governo».

«Ha detto che all'Istituto eravate sconvolti» lo interruppe il capo di gabinetto. «Chi, oltre a lei, ha studiato il manoscritto?».

«La mia assistente, Mlle de Sainte-Fleur, mi ha aiutato a tradurlo».

« Qualcun altro?».

«Abbiamo subito capito che quel documento era dinamite. Così lo abbiamo tenuto per noi».

«Per voi...».

«Beh, c'è un'altra persona al corrente. Viene da Roma, un allievo del professor Tucci, uno degli studiosi di statura internazionale più rispettati nel nostro campo. Casualmente è arrivato all'Istituto mentre stavamo finendo la traduzione, e pensando che potesse essere un'occasione unica per discutere la qualità del nostro lavoro, gli abbiamo chiesto il suo parere. Ci ha promesso di non parlarne».

«Mio caro professore, spero che si tratti di una persona di fiducia» rispose il capo di gabinetto con un sospiro. «Peccato che non ci abbia contattato prima».

«Mi avrebbe creduto?» chiese Virgile Machprot.

«Ottima domanda, caro amico. Ha ragione, è proprio per via del documento tibetano che l'ho fatta venire qui. Abbiamo bisogno del suo parere di specialista, prima di decidere cosa fare».

«Signore, quando le avrò spiegato, capirà facilmente perché abbiamo esitato a svelare il contenuto del documento. Il testo è sbalorditivo. Forse lei conosce l'incredibile ricchezza delle leggende himalayane. Negli antichi testi tibetani, i fatti storici sono a volte difficili da distinguere dai miti.

«Il documento in questione è stato attribuito dal monaco che l'ha consegnato a Vieusac al poeta asceta tibetano Milarepa. La vita di Milarepa, come la conosciamo oggi, è un'inestricabile amalgama di verità e di finzione. L'unico modo per provare l'autenticità del documento era cercare altri riscontri. E lo abbiamo fatto».

«Vuole dire che altri documenti del medesimo periodo riportano la stessa storia?» interruppe il capo di gabinetto.

«No, all'Istituto non ne sappiamo nulla. Ma uno dei miei assistenti che lavora a Katmandu è in contatto con dei monaci tibetani. Tramite il nostro addetto culturale, Jean Dupont, gli ho chiesto di svolgere una piccola indagine tra i tibetani. In due mesi nessun risultato. Un giorno, un monaco Nying-ma-pa, una scuola di Buddismo fortemente radicata nel Bhutan, gli si avvicina. Il lama lo interroga sui motivi della sua ricerca. Il mio assistente gli fornisce le spiegazioni necessarie. Con sua grande sorpresa, il monaco gli risponde che la sua ricerca è assolutamente inutile, poiché tale manoscritto non esiste. Quando il mio collaboratore gli chiede come fa a esserne così sicuro, il bhutanese fa marcia indietro, diventa molto evasivo e, poco dopo, interrompe bruscamente la conversazione in maniera alquanto villana.

«Questo comportamento suscitò dei sospetti nel mio assistente. Perché quel monaco avrebbe dovuto contattare il nostro uomo solo per dirgli che quel documento non esisteva? Avrebbe semplicemente potuto non farlo».

«È piuttosto tenue come indizio, caro amico» osservò il capo di gabinetto in tono vagamente deluso. «Capisce bene che non possiamo intraprendere niente su basi così inconsistenti».

«Sono d'accordo con lei. Ma mi lasci continuare. La mia assistente e io abbiamo discusso la questione con il nostro collega di Roma. Ci ha dato due informazioni piuttosto inquietanti. Il suo maestro, il professor Tucci, aveva più volte visitato Lhasa, durante il regno del tredicesimo Dalai Lama, e dove gli erano stati mostrati alcuni testi antichi dal significato incomprensibile».

Il professor Machprot lasciò passare qualche istante perché le sue frasi venissero capite, poi continuò:

«Il nostro amico ha degli ottimi contatti in Vaticano. Si servono spesso di lui in caso di discussioni delicate con dei dignitari buddisti. Una di queste persone lo aveva informato che recentemente c'è stata agitazione nei più ristretti circoli della Curia. Un prete della Compagnia di Gesù aveva chiesto di vedere un vecchio documento cinese conservato negli Archivi segreti del Vaticano. Come lei sa, quella biblioteca ospita più segreti politici di tutti gli archivi dei servizi di informazione del mondo».

«Cosa c'entra questo con la sua storia?» chiese con interesse il capo di gabinetto.

«Sembra che questa richiesta sia stata bruscamente respinta dalla più alta autorità».

«Vuole dire il...».

«Esattamente, dallo stesso papa, visto che è l'unico ad avere accesso a quel tale documento».

«Non riesco a seguirla. Stavamo parlando di manoscritti tibetani e ora mi tira fuori un documento cinese».

«Lasci che le spieghi. Il documento cinese è datato 1655. È noto con il nome di Lettera di Seta dell'imperatrice Ming. Il prete che se ne è interessato è uno tra i più brillanti tibetologi della Chiesa cattolica romana. Due giorni dopo la sua richiesta, è stato trasferito in Ruanda, in mezzo al nulla, tagliato fuori dal mondo».

«Caspita!» esclamò il funzionario. «Molto interessante. Devo chiedere a lei, professore, e alla sua assistente di tenere tutto assolutamente segreto. Da questo momento, è un affare di Stato».

Ginevra-Pechino

Da sette anni, da quando lavorava come capo del personale delle Nazioni Unite a Ginevra, Chu Hua non aveva mai visto niente di simile. Guardava con evidente sorpresa gli ordini di trasferimento che il segretario generale delle Nazioni Unite gli aveva inviato, quella mattina, con un corriere diplomatico urgente da New York. C'era scritto che, dopo un colloquio con l'ambasciatore britannico, proponeva Timothy Wiscott per la sede di Thimpu, nel Bhutan. L'incarico era stato messo a concorso, come al solito, sul giornale interno delle Nazioni Unite. Erano stati presi in considerazione cinque candidati che avrebbero potuto corrispondere alle qualifiche richieste. Questo tale Wiscott non si era neppure candidato!

"Perché Londra si rivolge al segretario generale tramite la sua ambasciata?" si chiese Chu Hua.

Posò il foglio con il timbro "urgente". Guardò, pensieroso, il lago di Ginevra e l'imponente massiccio del Monte Bianco che si stagliava nitidamente sul cielo autunnale. Che tranquillo paesaggio per questa comunità internazionale senza pace! Tutte le lotte di cui era stato testimone non sembravano turbare affatto il paese ospite delle Nazioni Unite. La pace dello spirito degli Svizzeri non veniva in alcun modo scossa dall'intascare, anno dopo anno, una buona parte del budget delle Nazioni Unite senza neanche essere membri a pieno diritto dell'organizzazione internazionale. Come cinese, Chu Hua ammirava segretamente lo spirito pragmatico del popolo svizzero.

Senza fretta, tornò al foglio posato sulla scrivania. C'era qualcosa di strano e maldestro insieme. A Londra sapevano benissimo chi si occupava dei trasferimenti. Stavano forse cercando di indurlo in errore mostrandosi così poco rispettosi delle regole? Gli piaceva quel gioco e sapeva che i tranelli usati dall'avversario potevano essere infiniti.

"L'apparenza inganna" pensò, premendo il pulsante dell'interfono:

«Signorina Wollner, sarebbe così gentile da portarmi il fascicolo su Timothy Wiscott, di nazionalità britannica?».

«Subito» rispose la segretaria.

Cinque minuti dopo entrò con il fascicolo sotto il braccio:

«Posso esserle ancora utile?».

«Che ore sono?».

« Le cinque e mezza».

«Già?! Non mi ero accorto che si era fatto così tardi! Vada pure. Chiuderò io l'ufficio, ho ancora un lavoro urgente da finire, ma penso di poterlo fare senza di lei».

«Grazie, buonasera».
«A presto».
Rimasto solo in ufficio, Chu Hua sfogliò il fascicolo dell'inglese. Sembrava provenire da una famiglia agiata. Forse, per lui lavorare alle Nazioni Unite era una specie di terapia... O era un vero professionista? La sua origine poteva spiegare l'intervento personale dell'ambasciatore britannico? Ma, ciò nonostante, il suo fascicolo era buono. Aveva due lauree, una in ingegneria, l'altra in storia orientale. Chu Hua si stupì che il giovane non avesse niente a che fare con le foreste, quando invece il posto di lavoro dipendeva dal dipartimento delle Foreste. La seconda laurea non aiutava a chiarire le cose.

Chu riprese il fascicolo. Aveva bisogno del parere dei suoi. Doveva dare una risposta entro la fine della settimana, decise di usare le risorse dell'ambasciata. Si alzò, prese l'impermeabile e uscì dall'ufficio.

«All'ambasciata!» ordinò all'autista. Come al solito, c'era traffico vicino alla stazione Cornavin e sul ponte del Monte Bianco. Fu contento di arrivare nella stradina di Surville, dove si trovava la sede della Repubblica popolare cinese. Le telecamere all'ingresso inquadrarono la macchina, poi le due pesanti porte di acciaio scivolarono senza rumore. Si affrettò a entrare nell'austera dimora, e pregò l'ufficiale di servizio di chiedere un appuntamento urgente all'ambasciatore. Dieci minuti dopo, veniva introdotto nell'ufficio del diplomatico.

«Compagno» si rivolse al suo superiore nei termini consacrati dalla gerarchia nazionale, «sono venuto di corsa per parlarle di un fatto dal significato ancora confuso, ma che può rivelarsi di estrema importanza».

«Come sa» disse sorridendo l'altro, «per lei la mia porta è sempre aperta. Cosa l'ha sconvolta così tanto da chiedere personalmente il mio parere?».

Un modo molto sottile di dirgli che una più stretta cooperazione con l'ambasciata sarebbe stata fortemente apprezzata. Infatti Chu lavorava autonomamente per le Nazioni Unite e sottoponeva all'ambasciata un numero minimo di relazioni. Per questo gli altri cinesi lo consideravano un outsider.

«Questo pomeriggio ho ricevuto un messaggio urgente dal segretario generale delle Nazioni Unite» rispose. Riassunse la questione in poche parole ed espresse all'ambasciatore le sue idee a riguardo. Quando ebbe terminato, l'ambasciatore gli chiese sorridendo:

«E ora quali sono le sue intenzioni?».

«Ho bisogno del suo aiuto, compagno» rispose Chu Hua. «Dobbiamo informare Pechino prima possibile. Devono decidere insieme a noi».

«Perché tanto chiasso?» obiettò il suo interlocutore. «Si tratta solo di un posto da funzionario L-2. Indubbiamente, quell'uomo utilizza le sue relazioni per trascorrere qualche anno piacevole in un paese interessante».

«Ci ho pensato anch'io. Tuttavia questa ipotesi non corrisponde all'immagine dell'uomo descritto nel fascicolo. Proviene da una famiglia agiata e influente. Potrebbe benissimo non avere preoccupazioni e vivere di rendita. E invece ha ottime qualifiche e anche due lauree. Non è tipo da perdere tempo. Per di più non ha nulla a che vedere con le foreste».

«Interessante. Un'incongruenza, niente di più. Sente di avere abbastanza elementi da rischiare un contatto radio con Pechino? È ciò che mi sta chiedendo, vero?» disse l'ambasciatore.

«Esatto, compagno» rispose Chu.

«Spiacente, Chu, ma abbiamo ordini precisi dal ministero di usare la radio il meno possibile».

«Quando è prevista la prossima trasmissione?» insistette.

«Non prima della fine del mese».

«Tra sette giorni! Troppo tardi, ho solo tre giorni per dare una risposta».

«Allora deve trovare un valido argomento per convincermi» insistette l'ambasciatore.

«La posizione di Wiscott al Foreign Office è semplicemente troppo buona per accettare un posto L-2 in un angolo sperduto dell'Himalaya. Sinceramente, temo che stia per succedere qualcosa di molto importante, di esplosivo, direi. Dopo tutto, il Bhutan è uno dei nostri vicini meridionali. In quella zona così turbolenta, è stato l'unico paese a rimanere stabile e più o meno tranquillo negli ultimi cinquant'anni. Non vorremmo che cambiasse. Credo che valga la pena rischiare un rimprovero per aver sollecitato un contatto radio, piuttosto che perdere la faccia trascurando, per noncuranza, questa questione. Non pensa?».

«Sta dando a me tutta la responsabilità» mugugnò l'ambasciatore.

«Le chiedo solo il suo aiuto, compagno».

«Bene. L'impianto sarà a sua disposizione questa sera alle 21.45. È l'orario dato alla nostra ambasciata per i contatti urgenti. Prepari una relazione scritta di tre pagine al massimo. La mia segretaria personale la batterà a macchina, e il nostro addetto radio s'incaricherà di trasmetterla in tempo».

«Gliene sono molto grato, compagno».

Inchinandosi leggermente, Chu Hua lasciò la stanza.

Ginevra non chiamava spesso fuori dagli orari previsti. L'ufficiale di servizio del ministero degli Affari Esteri a Pechino aprì immediatamente la busta contenente il messaggio arrivato alle 5.47 del mattino. Dopo una breve occhiata alla relazione, alzò la cornetta del telefono:

«Compagno ministro, sono l'ufficiale di servizio. Abbiamo appena ricevuto un messaggio imprevisto dalla nostra ambasciata a Ginevra».

Dopo averglielo letto aspettò con ansia la risposta che arrivò al termine di un lungo minuto di silenzio:

«Attivi la talpa n° 1 a Dharmsala! Gli dica di partire immediatamente per il Bhutan. Lo informi sull'inglese. Saprà cavarsela. È tutto per ora».

«Bene, compagno ministro». Riattaccò sbattendo i tacchi. La prospettiva di attivare la talpa più preparata e preziosa gli fece gelare il sangue nelle vene. Stava succedendo qualcosa di grosso.

Delhi

«Signori, ci troviamo di fronte a un problema molto serio» annunciò con tono grave il capo dei servizi di informazione delle forze armate indiane. «Il nostro ambasciatore nel Bhutan ci fa sapere che le Nazioni Unite di Ginevra hanno presentato domanda di assunzione all'ufficio delle Nazioni Unite di Thimpu per un certo Timothy Wiscott. Verrebbe come specialista straniero presso il governo del Bhutan. Come sapete, non abbiamo smesso di seguire quest'inglese dal suo incontro con lo zio nel sud dell'India. Per ora, le intenzioni di Londra non sono chiare. Sembra tuttavia che Wiscott assuma il nuovo incarico con la benedizione del suo ministro. Dobbiamo quindi fare qualcosa».

Nessuno tra gli alti funzionari degli Affari Esteri e delle forze armate presenti osò fiatare. Nel caldo opprimente, le pale del ventilatore giravano lentamente, attraversando l'atmosfera intrisa di disagio. Asciugandosi il sudore, il rappresentante del Primo Ministro provò a dire:

«Tengo a sottolineare con chiarezza che il governo non può in alcun modo essere coinvolto ufficialmente in questa faccenda. Capiamo la sua importanza e siamo d'accordo che bisogna reagire in modo adeguato. Devo tuttavia ricordarvi che non tollereremo il minimo gesto ostile verso un paese vicino».

«È perfettamente chiaro, signore» disse il generale dei servizi segreti. «Sarà una missione senza copertura e sarà impossibile risalire al governo. Se qualcosa dovesse andare storto, ce ne assumeremo totalmente la responsabilità. Però, vorrei chiedere la massima cooperazione dell'esercito e del ministero dell'Interno».

«Il primo ministro ha già dato istruzioni in questo senso» assicurò il rappresentante del governo. Sollevati nel sentire che non spettava più a loro decidere, gli altri ufficiali diedero il loro consenso.

«Grazie della vostra fiducia, signori» disse sorridendo il generale. «Seguirò personalmente l'operazione. Solo un numero limitato di uomini verrà messo al corrente, e questo per garantire un'assoluta sicurezza. Capirete che i dettagli del mio piano non potranno venire discussi qui. Avete la mia parola che lo controllerò con la massima cura per garantirne il successo».

Thimpu

Una lucina brillava solitaria a una finestra del palazzo reale. Solo un'ombra si profilava dietro le tende tirate, mentre il re del Bhutan camminava su e giù nella stanza. Il giovane viso aveva i lineamenti tesi, le labbra carnose si muovevano senza emettere suoni e gli occhi, neri come il carbone, guardavano il ritratto del padre, il defunto re del Bhutan, appoggiato sulla scrivania. Il corpo slanciato, leggermente incurvato dal peso delle responsabilità, non riempiva il *bakoo* colorato, tessuto in seta grezza.

Da tre settimane circa non riusciva quasi più a mangiare. Il messaggio era arrivato, appunto, tre settimane fa. "Perché, padre, hai accettato di prendere questo fardello per la nostra famiglia?" sospirò, sedendosi alla scrivania, di fronte a un piccolo altare portatile dove meditava un Budda sorridente. Per la centesima volta rilesse la lettera. Non c'erano dubbi, era autentica e conteneva il codice segreto. L'uomo che l'aveva portata aveva, anche lui, ripetuto il codice giusto.

I pensieri del re tornarono al giorno in cui il padre lo aveva portato a caccia. Lontano da orecchie indiscrete, gli aveva confidato il terribile segreto di cui era diventato, alcuni anni prima, il custode. Sull'onore della corona bhutanese gli aveva fatto giurare di esserne, dopo la sua morte, il degno depositario. E adesso era venuto il momento di mantenere la promessa fatta al defunto re. Questo chiedeva la lettera.

Sentiva un'oppressione al petto che gli rese difficile prendere il telefono sulla scrivania. Compose lentamente un numero e aspettò pazientemente la risposta. Una voce addormentata bofonchiò qualche parola incoerente.

«Si svegli, amico mio!» disse aspettando gentilmente che il suo interlocutore tornasse in sé.

«Scusi tanto, Maestà. Non avevo capito...».

«Lo so, è tardi. Mi ascolti bene. Voglio che metta in azione il piano Tigre».

«Il piano Tigre... Maestà?».

«Ha capito bene. Esecuzione immediata! Buonanotte».

Avvicinamento

Calcutta-Paro

Adèle de Sainte-Fleur non si sentiva molto tranquilla all'idea di salire su quel piccolo aereo. Sembrava molto fragile, paragonato ai potenti jet che lo circondavano.

«È questo l'aereo che dobbiamo prendere?» chiese al professor Machprot.

«Sì, è quello, mia cara Adèle» rispose. «Guardi il drago dipinto dietro. È lo stemma del Bhutan, il paese del Drago tranquillo, o Druk Yul, come lo chiamano i bhutanesi».

«Già, c'è scritto Druk Airways. Ma crede davvero che questo aggeggio sia sicuro?» chiese, perplessa.

«Oh, basta così, Adèle!» disse il professore mettendosi a ridere. «Questo tipo di apparecchio è sicuro quanto quelli grandi, forse anche di più. Non è vero, Jean?».

«Spero che lei abbia ragione, professore» rispose Jean Dupont con un sorriso beffardo.

Adèle scorse una punta di malizia nello sguardo del giovane addetto culturale dell'ambasciata di Katmandu. Non le piaceva. Il viso stretto, gli occhi grigi e un paio di baffetti sopra le labbra sottili gli davano un'aria di superiorità. Alzò le spalle. Era meglio ignorarlo, piuttosto che iniziare a battibeccarsi fin dal principio di quella folle spedizione.

Non era abituata a tuffarsi a capofitto in simili avventure. Amava il suo lavoro di tibetologa, anche se per lei, fino a poco tempo prima, il Tibet esisteva solo negli antichi documenti e nei libri. Non fosse stato per l'ammirazione che nutriva nei confronti del professor Machprot, avrebbe senz'altro rifiutato di prendere parte al viaggio. Era grazie a lui e al suo entusiasmo che la sua vita da zitella erudita stava assumendo all'improvviso un senso più profondo.

«Comunque, Adèle, con i suoi scarponi svizzeri può affrontare qualsiasi pericolo sull'Himalaya» disse il professore, prendendola in giro bonariamente. «In caso di emergenza, potrebbe anche usarli come carrello d'atterraggio!».

«Oh, so bene chi sarà il primo ad avere freddo ai piedi!» gli rispose risentita. Aveva un'aria piuttosto severa con i capelli grigi raccolti a chignon e il nasino dritto che puntava il cielo. Ma le guance rosa e gli occhi di un azzurro brillante attenuavano quell'impressione.

«Forza, esperti di scarpe, venite!» li chiamava Jean Dupont dall'aereo. «I bhutanesi vogliono partire. Verso mezzogiorno il tempo cambierà, sono previste nuvole e pioggia. Dobbiamo atterrare prima. Speriamo almeno di poterlo fare sul carrello d'atterraggio normale!».

«Stia zitto, giovanotto!» sibilò Mlle de Sainte-Fleur arrampicandosi sulla scaletta che portava nella cabina del piccolo Dornier della Druk Airways.

«Signore e signori, benvenuti a bordo» li accolse una voce proveniente dalla cabina di pilotaggio. Un individuo impressionante era seduto al posto del capitano. Aveva un turbante, un paio di baffi sale e pepe e la tipica barba dei Sik.

«Sono il capitano Kabir. Sono in pensione, provengo dall'aviazione indiana e ora aiuto i miei amici bhutanesi».

«Lei è un ufficiale di aviazione?! Come sono contenta di sapere che c'è a bordo un pilota esperto!» esclamò Adèle.

«Quando ero in servizio in India ero un ottimo magazziniere» disse il capitano controllando la lista di partenza. «Allacciate le cinture, decolliamo tra pochi minuti!».

Stremata dal caldo e dai sarcasmi, Adèle si lasciò andare sul sedile e finse di non ascoltare più nessuno. Il professor Machprot e Jean Dupont chiacchieravano con il bhutanese che il ministero dell'Interno gli aveva dato come scorta. Malgrado ciò, il fascino francese non sembrava produrre i miracoli previsti. Anzi, si presero addirittura un'occhiataccia dal copilota. Il rombo dei motori interruppe la conversazione, mentre il piccolo apparecchio prendeva la rincorsa sulla pista. Venne data l'autorizzazione al decollo e volarono via prima che il caldo umido di Calcutta li distruggesse completamente.

Non ci volle molto perché l'aereo raggiungesse la quota di crociera di 15.000 piedi. Dall'oblò, Adèle godeva di una meravigliosa vista sull'Himalaya. La formidabile catena montagnosa era sovrastata da grosse nuvole di un bianco immacolato. Il contrasto tra quel maestoso paesaggio e la scialba piattezza dei campi del Bangladesh devastati dai monsoni era sorprendente: la purezza delle montagne dominava le insalubri pianure del delta del Gange.

"Eppure, è la terra sacra nutrita dalla dea Ganga. Su questo pianeta ogni tribù adora i propri dèi. Non sta a noi giudicare. Venendo da fuori non possiamo capire, né sentire, tale profondità" pensò, lasciandosi scivolare lentamente in uno stato di dormiveglia. I pensieri affioravano chiari e forti come il cristallo, ma senza seguire un flusso logico: bolle di sapone che venivano a contatto, a volte scontrandosi, a volte fondendosi.

Presto le pianure del Gange sparirono sullo sfondo.

Il professor Machprot si chinò verso la guida:

«Che incredibile cambiamento di paesaggio! È sorprendente non vedere un solo villaggio nella valle, mentre l'altro lato della frontiera è sovrappopolato. Ci dica qualcosa di più sul suo paese».

«Ha ragione, professore» rispose la guida sorridendo. «Il Bhutan è probabilmente l'unico paese in via di sviluppo ad avere una così scarsa densità di popolazione. Uno dei nostri principali problemi, un vero ostacolo allo sviluppo, è proprio la mancanza di mano d'opera, soprattutto per quanto riguarda il personale qualificato. Facciamo di tutto per creare un minimo di infrastrutture nel paese. Cerchiamo di farlo grazie a una decentralizzazione governativa, meticolosamente stabilita».

«Ne ho sentito parlare. È abbastanza poco frequente nei paesi in via di sviluppo».

«Forse. Ma come sa, nella nostra storia, l'idea di un'amministrazione regionale affonda le sue radici nel passato più recente. Potenti *penlop* regnavano nell'Haa occidentale, a Paro, Wang e Shaa, così come nello Tsonga centrale. All'est, i signori della guerra si chiamavano *dzongpon* e controllavano le regioni di Tashigang, Kurtey e Shongar. Esercitavano il potere temporale. Ma tutti dovevano obbedienza allo Shab-dung, la guida spirituale del Druk Yul. Durante i continui conflitti tra signori, alla fine del secolo, i *penlop* di Tsonga finirono per imporsi. A quell'epoca, la più potente era la famiglia Wangchuck. Fu lei a trasformare le diverse regioni in una nazione moderna, il Bhutan, e nel corso del tempo diventò l'attuale famiglia reale».

«Dunque, lo Shab-dung è un'eminente personalità della vostra storia spirituale» constatò Machprot.

«È vero» disse la guida.

«Ma questa è storia vecchia!» interruppe Jean Dupont lanciando uno sguardo d'intesa a Machprot. «Il nostro caro professore ha la benedetta mania di annoiare tutti con il passato. Parliamo piuttosto del Buthan di oggi. Da ciò che sappiamo ci sono pochissime industrie nel suo paese. Come si guadagna da vivere, oggi, la maggioranza della gente?».

La guida fu riconoscente al giovanotto di averla tolta d'impiccio: era sgradevole parlare agli stranieri del tormentato passato del suo paese. Rispose con sollievo:

«La maggior parte della gente, compresi i miei genitori per esempio, vive di agricoltura. Producono quasi tutto ciò di cui hanno bisogno per mantenersi. Appena il necessario! La vita sulle montagne, a volte anche a più di 3.000 metri, è piuttosto dura. Alle più alte quote, si producono essenzialmente grano, frutta e verdure e patate. Nelle vallate meridionali, più calde, si produce riso».

«Fanno solo i contadini o esistono anche altre professioni?».

«Prima, poche persone avevano una specializzazione. C'erano delle eccezioni, come i fabbri, i conciatori e chiaramente i monaci. I lama non lavoravano per sopravvivere e ancora oggi sono mantenuti dalla società per permettergli di occuparsi unicamente di cose spirituali. In tutte le famiglie, il figlio maggiore veniva di solito mandato in un monastero. La situazione, un po' alla volta, sta cambiando: il governo assume molte più persone e l'impresa privata si sta sviluppando. Adesso molti giovani vengono mandati a fare apprendistato in India o altrove».

«Nei paesi occidentali?» non poté fare a meno di chiedere il professore.

«Sì».

«Come mai non fate parte dei paesi non allineati?» chiese Machprot.

«È vero, ed è un aspetto che sottolineamo. Ma il caso vuole che, per ragioni storiche, la nostra mentalità e le nostre strutture governative sono molto più vicine al modello dei paesi occidentali. Il defunto sovrano, promotore del moderno sviluppo del Bhutan, ha viaggiato molto in Europa. Aveva amici in Inghilterra e Svizzera e rimase molto impressionato dalla struttura politica di quest'ultima. Inoltre, le condizioni geografiche dei due paesi si assomigliano. Ciò spiega ampiamente il nostro comportamento».

«E le relazioni con i paesi vicini? Non appartengono tutti alla stessa area politica».

"Ci risiamo, sta diventando snervante". Sorridendo la guida rispose:

«Rivolgerà questa domanda ai funzionari del ministero

degli Affari Esteri. Sono certa che potranno darle più informazioni di me, che sono solo una semplice impiegata del ministero dell'Interno!».

«Ha ragione, me lo sono meritato! Come posso essere così privo di tatto!» rispose Machprot, sorridendo.

«Virgile, Jean, guardate a sinistra!» disse improvvisamente Adèle con voce stridula. «Guardate quello spaventoso muro di nuvole nere!». Prima di riuscire a finire la frase, il piccolo aereo fu afferrato, come un giocattolo, da una gigantesca morsa. Machprot e Dupont ebbero solo il tempo di allacciare le cinture, le signore non le avevano mai slacciate. Il Dornier scivolò giù, avvicinandosi pericolosamente alle montagne. Tutto ciò che riuscivano a vedere nella cabina di pilotaggio erano le braccia del pilota che gesticolavano come quelle di Shiva nella Danza dell'Universo.

«Basta, maledetto trabiccolo!» imprecò il capitano a denti stretti, «non ci farai mica cadere! Cosa vuoi che sia per te questa pioggerella? Ora ti dò un po' più di energia!» aggiunse, spingendo a fondo i due motori e abbassando i flap per migliorare la capacità delle ali.

«Piano, bello mio! Vai in picchiata a sinistra, dài! Maledizione, mi vuoi ascoltare o no?!».

Tirò disperatamente la cloche, costringendo l'aereo a una profonda curva e dando così il colpo di frusta necessario per sfuggire alla stretta della tempesta. Vennero spinti a destra, verso la montagna. Il pilota evitò per un pelo gli alberi e, improvvisamente, il terribile vento si affievolì. Raddrizzò il muso dell'aereo, senza osare guardare le ali. L'enorme peso che lo schiacciava al sedile gli fece capire che potevano schiantarsi. Corsero parallelamente al crinale della vallata e, d'un tratto, l'intollerabile pressione cessò. La sua disperata impresa era stata baciata dalla fortuna. Dopo un lungo sospiro, parlò al microfono:

«Signore e signori, spero che il peggio sia passato. C'è

stata una brutta tempesta, rara in questo periodo dell'anno. Seguiremo la vallata volando al di sotto delle nuvole. Allungheremo un po' il volo, ma niente paura, abbiamo carburante a sufficienza. L'uccellino non ha subìto alcun danno, i tedeschi sì che sanno costruire gli aerei!».

Riattaccò il microfono e si affrettò a controllare tutti i sistemi di volo. Chinandosi verso il copilota, urlò:

«Ha la più pallida idea di dove siamo?».

«Assolutamente no, signore».

«È lei l'indigeno qui. Dovrebbe almeno conoscere la geografia del suo benedetto paese».

«È completamente diverso dall'alto».

«Santo Dio, è un pilota, non un semplice insegnante di geografia».

«Ma il capitano è lei».

«Va bene, va bene, non se la prenda. Stavo scherzando. Se qualcosa non funziona ci va di mezzo anche lei. Credo che dovremmo riprendere quota e stabilire un contatto radio con la valle. Spero solo che l'aeroporto di Paro sia aperto, perché non abbiamo così tanto carburante come ho detto ai passeggeri. Proviamo a metterci in contatto con Paro per chiedere le condizioni del tempo».

Dopo un attimo, il capitano si girò verso il copilota:

«Secondo il radar di Hashimara e Bagdogra dovremmo essere sopra Sombe Dzong, a sud-est di Haa. Se voliamo verso nord-est, diciamo a 45 gradi, dovremmo arrivare all'aeroporto. Attraverseremo la valle del Paro Chu e dovremo solo seguire il fiume. Cosa dicono i nostri amici a Paro?».

«Non li sento molto bene. Sono preoccupati perché siamo in ritardo. Le condizioni atmosferiche sono instabili, ma a sud-ovest il cielo è piuttosto limpido».

«Non vuole dir niente! Cerchiamo di essere prudenti: manteniamo questa quota, gireremo all'ultimo momento, secondo le condizioni di visibilità. Alle brutte, se l'aeroporto di Paro fosse chiuso per maltempo, torneremo a Hashimara, con i motori al minimo».

«Mi sembra perfetto, capitano!».

Nella cabina dei passeggeri regnava il mutismo. Nessuna conversazione mondana, nessuna domanda. Erano tutti concentrati su un unico pensiero, uscire da quella trappola.

Jean Dupont rimpiangeva amaramente l'idea di quella missione culturale francese nel Bhutan. La richiesta di Parigi era stata chiara. Era partita dal ministero della Cultura, ma c'erano dietro sia il Quai d'Orsay che il Primo Ministro. Avevano fatto pressione sull'ambasciatore del Bhutan presso le Nazioni Unite a Ginevra, ma i bhutanesi inizialmente si erano mostrati alquanto reticenti. In quel momento, avevano altri pensieri: erano in corso delicati negoziati con la Cina. Poi, improvvisamente, avevano dato il consenso all'ingresso di tre persone. A Jean Dupont tutto ciò sembrava molto strano, in particolare la storia del significato occulto del documento. Gli ricordava il film *I predatori dell'arca perduta*. Gli sarebbe piaciuto essere un intrepido avventuriero come l'eroe del film, ma questa volta non si trattava di cinema. Il suo unico desiderio era che quel volo si concludesse con un buon atterraggio.

Il piccolo aereo volava sopra una coltre di nuvole. Si intravide uno scintillìo e l'equipaggio pensò fosse il fiume Paro. A un tratto, il copilota indicò qualcosa:

«Signore, credo sia lo *dzong* di Paro! Riesce a vedere, tra una nuvola e l'altra, quella costruzione bianca, laggiù, di fronte a lei?».

« Provo ad avvicinarmi».

Iniziò una prudente discesa attraverso un piccolo spazio creatosi tra le nubi. Dopo un paio di curve a 360 gradi, riuscì a vedere la pista in fondo alla valle. In quel momento, una nuvola passò davanti al muso dell'aereo, coprendo la pista di atterraggio.

«Spero non ce ne siano molte così, altrimenti le cose si mettono male. Facciamo un altro giro alla stessa quota. Lasciamo aperte tutte le possibilità. Volare è come vivere: bisogna tenere tutte le carte e lasciarle solo quando si hanno valide alternative».

«Grazie capitano per questo prezioso consiglio. Ma, concretamente, quali sono le sue precise intenzioni riguardo a questo volo?».

«Non ha domande più semplici da farmi? Non vede che sono occupato?! Ehi, guardi! Il cielo si sta aprendo! Non ci saranno più nuvole per altri cinque minuti. Credo che riusciremo ad atterrare se andiamo a tutto gas!».

Il capitano spinse a fondo i comandi e girò il muso del piccolo aereò verso il fondo della valle. I fianchi delle montagne sembrarono precipitare. Una sgradevole corrente ascendente colpì l'aereo con violenza. Voci concitate, provenienti dalla stazione radio dell'aeroporto di Paro, si accavallarono nelle orecchie del capitano: dicevano che potenti raffiche di vento stavano colpendo l'aeroporto. Quando l'aereo si avvicinò all'ultima collina prima della pista, il capitano vide avvicinarsi una grossa nuvola, più veloce di quanto si potesse aspettare. Diede gas, e per aumentare la velocità, a scapito della sicurezza, abbassò i flap. Era una corsa verso la morte, tra natura e tecnologia umana. La nuvola iniziò inesorabilmente ad avvolgere la cima della collina. Improvvisamente, i finestrini della cabina di pilotaggio divennero opachi. Il capitano spinse a fondo la leva e proseguì la discesa che aveva già tante volte compiuto. Si affidò ciecamente alla sua esperienza e i secondi sembrarono un'eternità.

«Le condizioni al suolo» gridò alla radio.

«L'aeroporto è sgombro, scenda piano! Non ha ancora superato l'ultima collina! Non riusciamo a vederla sul radar!».

Istintivamente, il capitano tirò la cloche e rilanciò l'aereo verso l'alto. "Per un pelo" pensò il capitano, intravedendo la cima degli alberi sotto l'ala sinistra. Di colpo si trovò di fronte la pista. Calò i giri dei motori e fece uscire i flap e il carrello d'atterraggio. Scese in picchiata, obbligando l'aereo a una discesa laterale per perdere quota velocemente. Infine, riprese la corsa, parallelo alla pista, e si posò al centro. Spinse a fondo i freni, fermandosi a dieci metri dalla fine dell'asfalto.

«In nome di Shiva, ce l'abbiamo fatta!» esclamò, dirigendo l'aereo verso l'edificio centrale. Alcune persone agitavano le braccia e lanciavano i cappelli in aria. Nessuno poteva credere che sarebbero atterrati senza danni.

Le formalità doganali furono incredibilmente veloci. Il comitato di accoglienza del ministero degli Affari Esteri offrì ai francesi una fumante tazza di tè zuccherato. Un furbacchione aveva portato una bottiglia di cognac in onore del gruppo francese. Venne fatta fuori in un attimo.

Bagdogra-Phuntsholing

Quella notte il sonno piantò in asso Ajit Singh. Non erano né il caldo umido né le zanzare a disturbarlo. Le lente rotazioni del ventilatore gli davano l'impressione di essere lui stesso a girare. Aveva paura. Ancor peggio, era terrorizzato. Il suo unico desiderio era fuggire dalla base aerea di Bagdogra, lontano dal lavoro, lontano dalla sua stessa vita.

Si incolpava di imperdonabile orgoglio. Come aveva potuto immaginare che lui, semplice agente segreto, potesse controllare una simile situazione? Ora, gli era sfuggita di mano: ne sapeva troppo di questa storia delicata. I suoi superiori avevano solo due possibilità: lasciarlo partecipare totalmente e averlo così sotto controllo, oppure – il pensiero lo faceva rabbrividire – sopprimerlo.

Quelli che erano stati definiti tre giorni di indagine, erano diventati qualcos'altro: tre giorni e quasi tre notti di detenzione. Un flusso ininterrotto di domande sulle sue idee politiche passate e presenti, la religione, la famiglia. Aveva dovuto sottoporsi a vari test prima di essere portato a Bagdogra. A Delhi non gli venne data nessuna spiegazione. Non l'avevano neppure lasciato salutare gli amici e la famiglia.

Appena arrivato, gli era stato ordinato di recarsi in un ufficio dell'edificio centrale. Non aveva mai incontrato, prima di allora, l'ufficiale superiore seduto alla scrivania. Venne accolto freddamente. Ajit Singh si mise sull'attenti presentandosi:

«Generale, luogotenente Ajit Singh, delle forze speciali!».

«Riposo, luogotenente! Abbiamo una lunga conversazione da fare, dunque farebbe meglio a sedersi!».

Stupefatto, Ajit si sedette. Non era usuale per un luogotenente dell'esercito indiano sedersi davanti a un generale.

«Lei non mi conosce» continuò tranquillamente il generale. «Non occorre che cerchi di ricordare, anzi non ci provi neppure. Tengo semplicemente a dirle che sono il solo e l'unico a comandare in questa storia, e agisco a nome della più alta autorità. Per tutte le questioni pratiche il mio nome è Kali». Sentì un brivido di orrore sentendo il nome di Kali, la dea che incarna il potere distruttivo del Tempo.

«Fino a qui tutto chiaro, luogotenente?».

«Perfettamente, generale» mormorò Ajit.

«Bene. Ora le spiegherò a grandi linee il nostro piano. Domani le comunicherò i dettagli. Avrà il pomeriggio per pensarci e la sera, se necessario, vedremo di fornirle ulteriori chiarimenti».

Ora che sapeva tutto, Ajit Singh poteva valutare le conseguenze. Sentiva una morsa di gelo.

Dopo qualche ora di sonno discontinuo, il cambio della guardia nel cortile lo svegliò. Si lavò rapidamente e indossò l'uniforme. Trangugiata una veloce colazione a base di *curry* e *dal*, saltò sulla jeep che lo stava aspettando. Doveva raggiungere il QG dell'Indian Border Task Force, che operava nel Bhutan. La copertura di ufficiale topografo in seno a quell'unità doveva permettergli di entrare nel paese senza destare, si sperava, troppi sospetti.

"Forse è l'ultima volta che vedo i meravigliosi paesaggi del mio paese" pensò con tristezza. La strada era piena di profonde buche dovute alla pioggia estiva. Vestiti di bianco, i contadini camminavano tranquillamente in mezzo alla strada, spingendo con garbo alcune mucche magre. Nessuna fretta nei loro movimenti, uguali da secoli. Come al solito, gridarono e si sbracciarono a lungo prima che quelle si decidessero a spostarsi e a cedere il passo a quei pazzi al volante dei loro mezzi rumorosi.

Ajit si sentì completamente tagliato fuori dal mondo. Il paesaggio scorreva come in un film, anche i colori sembravano irreali. Aveva freddo, pur sapendo che la temperatura di quella bella mattina d'autunno era gradevole. Si chiese se il sole sarebbe riuscito a scaldare le sue ossa ghiacciate. Venne bruscamente strappato ai sogni, quando la macchina si arrestò di colpo a un posto di blocco. Vide un convoglio militare al bordo della strada. Un soldato fermava il traffico.

«Cosa succede?» chiese all'autista.

«Non ne ho la minima idea, signore. Vado a chiedere alla polizia».

«Dì che devo ripartire subito».

L'autista tornò assieme a un sergente seccato della polizia militare. Si chinò verso l'interno della jeep, con un dito sul grilletto della mitraglietta.

«Dove sta andando così di corsa?» chiese, nervosamente.

«Innanzi tutto, per lei, sergente, sono luogotenente. Non le permetto alcun tipo di confidenza. Ecco il mio lasciapassare».

Reprimendo la rabbia, il militare prese il salvacondotto dalle mani di Ajit. Vide la firma del capo dell'alto comando orientale dell'esercito indiano e si calmò.

«Spiacente, luogotenente» bofonchiò. «Ci troviamo in una situazione delicata, sono scoppiate tensioni razziali tra abitanti dell'Assam e bengalesi. Dovremo portare in un luogo sicuro i membri del governo locale. Siamo appena stati informati via radio che a cinque chilometri da qui un gruppo di contadini furibondi sta bloccando la strada. Pare che siano circa ventimila, seduti sulla strada a gridare slogan antigovernativi. Il nostro convoglio non è abbastanza forte da spezzare la loro resistenza. Aspettiamo rinforzi da un momento all'altro. Forse sono in ritardo a causa di altre proteste».

«Bene, sergente, mi accompagni dall'ufficiale di servizio».

Ora che doveva agire, Ajit Singh sentì come una sferzata che lo riportava alla realtà. Sotto un boschetto di alberi a basso fusto, ben nascosti dalla strada, notò alcuni ufficiali in uniforme. Sembravano stanchi e nervosi. Nessuno di loro vide arrivare i due uomini. Il sergente batté i tacchi davanti a un capitano che subito abbaiò:

«Che c'è ancora?».

«Signore, ecco il luogotenente Singh. Vuole parlarle».

Ajit salutò svogliatamente e aspettò che il capitano leggesse il salvacondotto. Alzando gli occhi, il capitano strinse la mano di Ajit, tutto zucchero e miele:

«Caro amico, benvenuto tra noi! Ci troviamo, per ora, in una situazione alquanto sgradevole, ma spero non durerà per molto».

«Questa, poi» rispose bruscamente Ajit. «Quali sono le sue intenzioni, capitano, per porre rimedio a questa sgradevole situazione, come lei stesso ha detto?».

Sorpreso dall'arroganza del giovane ufficiale, ma ricordandosi della firma in fondo al lasciapassare, il capitano rispose:

«Aspettiamo l'arrivo dei rinforzi da un momento all'altro».

«Perché non fate dietro front e tornate alla vostra guarnigione?».

«Abbiamo appena saputo via radio che, a dieci chilometri da qui, la strada è bloccata da un gruppo di manifestanti. Sono circa diecimila e vengono verso di noi. Dio solo sa come hanno fatto a riunirsi così velocemente. Quando siamo passati non c'era niente e nessuno. Devono essere bene organizzati».

«Lei crede che i rinforzi arriveranno in tempo con le due corsie bloccate e la folla che si dirige verso di voi? Perché non lasciare la strada principale e tagliare attraverso i campi per raggiungere le strade secondarie?».

«La zona è paludosa, a causa dei monsoni. I nostri mezzi non potrebbero percorrere neanche un metro su quel terreno».

«Dovremo dunque affrontare trentamila pazzi, suppongo».

«È parzialmente esatto» rispose il capitano, riacquistando sicurezza. «Ma il punto è che i rinforzi arriveranno per via aerea».

«Per via aerea?».

«Perché no? Il QG ha deciso, fortunatamente per noi, oserei dire, di inviare dieci elicotteri con quindici uomini ciascuno. Hanno i gas lacrimogeni per disperdere i due gruppi».

«Notizia incoraggiante. Spero che arrivino in tempo per permettermi di salire a bordo e continuare il viaggio in tutta sicurezza. Conto su di lei per prendere gli accordi necessari, nel frattempo andrò a recuperare i miei bagagli».

Corse verso la strada passando dal boschetto per raggiungere la jeep. Messo al corrente della situazione dai soldati del convoglio, l'autista aspettava tranquillamente vicino alla macchina.

«Sbrigati» gli urlò Ajit. «Aiutami a portare le mie cose nel punto dove si allarga la strada! Verremo attaccati da due lati. Fortunatamente, un ufficiale ha avuto la buona idea di mandare degli elicotteri per dare una lezione a quei contadini. È un posto perfetto per atterrare. Salgo sul primo che arriva e volo via sicuro e tranquillo».

«E io, *sahib*?» chiese l'autista.

«Un autista non rimane sul suo mezzo come un capitano sulla sua nave?» rispose sardonico Ajit Singh.

«Ma non potrebbe...?».

«No, non posso! Questa missione è troppo importante. Sono io che devo passare, non tu. Ora muoviti e porta il baule laggiù. Piano! Ci sono cose fragili dentro».

Iniziò una strana attesa. C'era una calma soprannaturale: sulla strada le bestie e i contadini erano spariti, i soldati erano scesi dalle jeep e stringevano nervosamente le armi, gli ufficiali discutevano in disparte mentre uno di loro tentava disperatamente di contattare il QG. La linea era pessima, ma capirono che gli elicotteri stavano per decollare dalla base. Il problema era che ci avrebbero messo quasi un'ora per arrivare e ancora dovevano individuare l'esatta posizione. Nel frattempo, il gruppo più vicino di manifestanti poteva arrivare da un momento all'altro. Lo scontro sembrava inevitabile, tanto più che, strategicamente, la posizione era insostenibile. Erano sul ciglio della strada, avevano un lato completamente scoperto e non avrebbero potuto difendersi dall'attacco dei manifestanti. Inoltre, i pesanti mezzi militari e le armi li costringevano all'immobilità.

Improvvisamente, Ajit sentì urlare degli ordini al convoglio. Si precipitarono tutti verso i camion e ci salirono.

«Che succede?» chiese a un ufficiale.

«Ci spostiamo a nord, verso una collinetta. Speriamo di poterci allargare un po' e avere una linea difensiva migliore. Cercheremo di mettere le mitragliatrici in carica».

«E l'area di atterraggio per gli elicotteri?».

«Forse non ne avranno neppure bisogno».

«Ma che diavolo sta dicendo? Come potranno aiutarci?».

«Inviano dei paracadutisti.».

«Come uscirò fuori da questo pasticcio?» urlò Ajit, furioso.

«È un suo problema, signore» rispose con scherno l'ufficiale.

«Allora riportiamo tutto nella jeep! Ci muoveremo con loro».

Salì sul mezzo e seguirono la fila dei camion. Dopo mezzo chilometro la strada iniziò a salire leggermente. Fecero altri duecento metri e si trovarono in cima a una collinetta. Il convoglio si fermò.

Rimasero tutti di sale nel capire cosa stava accadendo: ad appena tre chilometri di distanza, la valle era invasa da un folto numero di persone che gesticolavano in maniera selvaggia e si dirigevano inesorabilmente verso la modesta altura dove il convoglio si era trincerato. Prossimi all'isteria, gli ufficiali urlarono ordini, esortando gli uomini a correre da ogni lato. Una pesante mitragliatrice venne sistemata tra due camion.

Ajit Singh guardò la folla. Se si fossero messi a correre, in meno di mezz'ora sarebbero stati lì, chiudendo la strada agli elicotteri.

«Capitano, ha avuto notizie di quei dannati elicotteri?».

«Sono decollati. Con un po' di fortuna, forse arriveranno in tempo».

I soldati erano spiegati in un esile semicerchio, nascosti alla meno peggio dietro alle protezioni che erano riusciti a trovare. Alcuni cercavano disperatamente di scavare una piccola trincea. Ma mancava il tempo per costruire una valida linea di difesa. Un giovane sergente prestò il binocolo ad Ajit. Esaminando l'avanguardia della folla, notò immediatamente la presenza di giovani muniti di vecchi fucili. Li agitavano sopra la testa, arringando i manifestanti. Avevano notato la presenza del convoglio sulla collina.

"L'unica possibilità che abbiamo per il momento è di fermarli facendogli paura. Gli istigatori ci metteranno un po' di tempo a ricomporre la folla" pensò Ajit, correndo verso il comando.

«Capitano, non possiamo permetterci di aspettare l'arrivo degli elicotteri. La folla ci verrà addosso».

«Va bene, ma cosa propone?».

«Lasciateli avanzare per un chilometro e mezzo. C'è un gruppo di istigatori molto determinati. Ma hanno bisogno della folla per combattere, e la massa sembra esitare. Non sono armati, a parte qualche bastone e coltello. Se riusciamo a fermarli ci metteranno un bel po' a rimettersi in cammino».

«Come possiamo fare?».

«Avete dei razzi?».

«Abbiamo cinque missili anti-tank».

«Bene. Ecco il mio piano: a mezzo chilometro di distanza i razzi dovrebbero funzionare bene. Lanciatene uno a cento metri dall'avanguardia. Dica ai suoi soldati di sparare alcune raffiche in aria. Nessuno deve essere colpito. L'impatto psicologico sarà tale che la folla verrà presa dal panico e si fermerà».

«Sì, forse. Ma se continuano ad avanzare?».

«Ci restano i quattro missili. Li potrete lanciare dove meglio crederete».

Con maggior sicurezza, il capitano si mise a dare ordini. I serventi anti-tank si sistemarono, davanti agli altri. Un pesante silenzio regnava tra i soldati, mentre seguivano l'avanzata della folla. Quanti tra loro avevano a casa delle famiglie che avrebbero potuto partecipare a una simile manifestazione?

Il ronzio della radio li riportò alla realtà.

«Comandante del convoglio militare, da parte della squadriglia elitrasportata. Ci stiamo avvicinando. Dove siete, esattamente? Passo».

«Squadriglia elitrasportata da parte del convoglio militare» squittì il capitano nel suo trasmettitore. «Fate presto, ci sono quasi addosso. Passo».

«Ci indichi la posizione, altrimenti non possiamo aiutarvi! Passo» risposero con voce calma.

«Siamo in cima a una collinetta, vicino alla strada principale, a circa due chilometri a ovest del fiume Ridack. Passo».

«*Roger*. Pensiamo di arrivare tra circa venti minuti. Ce la fate a resistere? Passo».

«Dobbiamo. Ma in nome del cielo, fate presto! Passo».

«Ricevuto. Facciamo il possibile. Quando sentirete i nostri motori, lanciate un razzo come segnale e continuate a farlo a intervalli regolari. Appena vi vedremo, daremo conferma. Passo».

«Potete lasciare atterrare un elicottero e permettere ai membri del governo locale e a un luogotenente in missione speciale per ordine del comando supremo di salire a bordo? Passo».

«Preparate un posto e lo faremo atterrare. Passo».

«Grazie. Sbrigatevi! Chiudo».

Ajit, fino ad allora, non li aveva notati. In un camion era seduto un gruppetto di civili silenziosi che non sembravano capire bene cosa stesse succedendo. Erano intimiditi, al contrario di come, solitamente, vogliono apparire gli uomini di governo. Ajit li capiva: non doveva essere molto piacevole trovarsi in quel momento insieme ai propri concittadini. Dando un'occhiata alla valle, vide la folla avvicinarsi pericolosamente. Il capitano urlò un ordine ai serventi anti-tank. Con un rumore lacerante, il razzo uscì dal tubo. Il capitano abbassò il braccio e la detonazione di un centinaio di fucili esplose, rompendogli i timpani. Il razzo cadde troppo presto, la folla avvertì appena l'impatto, ma sentì le raffiche e alzò gli occhi.

«Lanciate un altro razzo, ma più lontano!» urlò Ajit.

Il tiratore guardò il capitano che confermò l'ordine. Il secondo razzo cadde proprio ai piedi dell'avanguardia. L'onda d'urto fece schizzare in aria alcuni piccoli gruppi. Un urlo esplose da migliaia di gole, pietrificando tutti. Un nuovo rumore riempì l'aria.

«Gli elicotteri!» urlò un soldato.

«Lanciate i bengala!» gridò a pieni polmoni il capitano. Puntini rossi esplosero sopra le loro teste. Ajit prese la radio.

«Squadriglia elitrasportata, vi sentiamo a est. Fate rotta a ovest! Riuscite a vedere i nostri segnali? Passo».

«Continuate a lanciarli, siamo ancora troppo lontani, ma intravediamo le luci. Tenga la radio accesa. Abbiamo bisogno delle sue istruzioni».

La folla non si era ancora mossa. I capi correvano per farla avanzare. Lentamente, i manifestanti ricominciarono a seguirli. Il rombo cresceva nell'aria e le mani indicarono il cielo.

Ajit strappò il trasmettitore dalle mani del capitano.

«Comandante della squadriglia da parte del convoglio militare. Sorvolate la folla con cinque elicotteri e lanciate i lacrimogeni. Tenetene quattro di riserva e fatene posare uno vicino ai camion. Passo».

«*Roger*. Sbarchiamo le truppe dagli elicotteri di riserva. Chiudo».

L'arrivo degli elicotteri paralizzò i manifestanti. Grida di rabbia e di frustrazione accolsero la pioggia di lacrimogeni. I capi persero il controllo della folla che iniziò a disperdersi.

I soldati urlarono di gioia quando l'elicottero si posò vicino ai mezzi militari. Senza spegnere i motori, il pilota fece segno ai soldati di scendere e invitò i membri del governo locale a salire. Fu difficile per Ajit e gli altri riuscire a stiparsi nella cabina. Appena Ajit Singh prese posto sul sedile del copilota, l'elicottero decollò.

«Grazie mille per il pronto aiuto» disse al pilota. «La prego di portarmi direttamente a Hashimara».

La firma sul lasciapassare mise a tacere ogni domanda. Il suo arrivo al QG del Border Road Task non passò inosservato. Non succedeva quasi mai che un luogotenente dell'esercito venisse trasportato in elicottero per occupare il posto di ufficiale topografo. Ajit non poteva immaginare che i membri della missione geografica del Bhutan, in visita di cortesia dal brigadiere generale, si sarebbero interrogati sull'episodio.

L'incontro con l'ufficiale incaricato del Bhutan centrale fu privo d'interesse. A quanto pareva, l'uomo non sapeva niente della reale natura della missione. Finalmente, il giorno dopo, Ajit fu mandato nel Bhutan. Con sollievo, fece il suo ingresso nel paese dalla città di frontiera di Phuntsholing. Alla dogana indiana, le formalità furono sbrigate alla svelta. I bhutanesi ci misero più tempo a esaminare i documenti del gruppo con il quale viaggiava Ajit. L'ufficiale della polizia reale bhutanese gli spiegò che stavano cercando dei rivoltosi dell'Assam. Una spiegazione abbastanza plausibile per Ajit. Restituiti i documenti, l'ufficiale li salutò con un gran sorriso.

Le comunicazioni con la capitale bhutanese erano facili. Grazie a speciali apparecchiature, inaugurate recentemente, una copia della foto di Ajit arrivò a Thimphu pochi minuti dopo il suo ingresso nel Bhutan. Il piccolo autobus lo lasciò proprio davanti al campo di transito della Border Road Task Force, vicino alla posta centrale. La notizia del suo arrivo mise in moto tutti i collegamenti. I messaggi in codice tra la capitale e la città di frontiera non turbarono minimamente la sua prima notte di sonno tranquillo in una settimana.

New Delhi-Thimpu

«Buongiorno, signor segretario!».

«Salve, Mister Wiscott! Come è gentile a venirmi a trovare! La aspettavo».

«Suppongo che Londra l'abbia già disturbata a mio riguardo».

«Nessun disturbo. Ho saputo che verrà coinvolto in una esperienza eccitante».

«Da quel che so, il posto è piuttosto calmo. Cosa dovrei aspettarmi?».

«Non ho mai avuto occasione di visitare il regno del Bhutan» rispose il primo segretario dell'ambasciata britannica a Delhi. «Per quanto riguarda la calma, dipenderà molto dai suoi piani, immagino».

Era appena arrivato e già veniva messo alla prova. Come capo dell'ufficio della rete di informazioni britanniche in India, il segretario faceva solo il suo lavoro.

«Suppongo, signore, che questo ufficio sia sicuro».

«Non si preoccupi, signor Wiscott! Ogni mattina lo controllo, io stesso, elettronicamente. Prendo ogni precauzione».

«Bene. Cosa ha saputo dal Foreign Office? Non vorrei annoiarla con dettagli che forse già conosce».

Il segretario di ambasciata soppesò il giovanotto con sguardo benevolo. Detestava dover fare lui le domande. Il modo elegante che aveva usato per metterlo in posizione di svantaggio segnava un punto a favore di Timothy. Era, comunque, una piacevole prospettiva, quella di giocare con lui al gatto e al topo: lo aveva fatto per tutta la vita. Con prudenza, iniziò la fase di osservazione:

«Pare che vada in Bhutan alla ricerca di documenti molto speciali. I miei superiori mi hanno informato che persone altolocate, a Londra, sono estremamente interessate a questo progetto».

Ecco come stavano le cose: tanto valeva dire subito che le notizie erano arrivate ai servizi d'informazione della Corona.

«Cos'altro ha sentito?» insistette Timothy.

«Niente di particolare. Come sempre quando si tratta di dilettanti» disse il segretario di ambasciata con un sorrisetto.

Timothy rise:

«Benissimo, perché non entriamo nel vivo del problema, invece di girarci intorno?».

«Sono perfettamente d'accordo» disse il segretario. «Da troppo tempo faccio questo giochino e sta diventando noioso. È piacevole incontrare qualcuno estraneo alla palude dello spionaggio e alle grandi scene di cappa e spada. Qualcuno che viene dal mondo reale e che ha senso dell'umorismo. Cosa ne pensa di un bicchierino, Timothy, se posso permettermi di chiamarla così?».

«Ottima idea. Un whisky con acqua andrebbe benissimo».

Con due bicchieri in mano, il segretario di ambasciata fece il giro della scrivania e si sistemò comodamente nella poltrona accanto a Timothy.

«Benissimo! Ora mi racconti tutto. A essere onesto non so granché sulla sua missione. Londra mi ha solo ordinato di fare del mio meglio per aiutarla. È un assegno in bianco: prima di riempirlo, vorrei sapere di che si tratta».

«Certamente, capisco benissimo» disse Timothy posando il bicchiere. «Alcuni mesi fa, mio zio Rudyard ha ricevuto una strana lettera da un suo cugino coltivatore di tè a Ootamund».

Sorseggiando tranquillamente il whisky, l'addetto alle informazioni dell'ambasciata britannica ascoltava con crescente stupore il racconto del giovane interlocutore. Infine, si alzò di scatto esclamando:

«Perbacco! È la storia più folle che abbia mai sentito! Ho bisogno di un altro bicchiere. E lei?».

«Nessuna obiezione».

Quando il diplomatico tornò a sedersi, riprese il suo atteggiamento professionale:

«Suppongo che le ricerche fatte da suo zio Rudyard siano state accurate».

«Conoscendo lo zio Rudyard e quanto si preoccupa per la sua buona reputazione, posso assicurarle che ha meticolosamente verificato i dati».

«Ho sentito parlare di lui. Non si è mai staccato di un millimetro dalla *Realpolitik*».

«Questa è una notizia dei suoi informatori, suppongo» ironizzò Timothy.

«Esatto. Per questo l'M-2 ha dato il suo assenso a procedere. Conosciamo entrambi i servizi resi da suo zio. Cosa fa ora? Dovrebbe avere circa settant'anni, no?».

«Sì, ma le assicuro che è ancora perfettamente lucido. Le sue idee e i suoi pareri, per ciò che riguarda la politica asiatica, hanno sempre un certo peso al Foreign Office».

«È vero» ammise il segretario d'ambasciata. «Dunque, ci stiamo imbarcando in una faccenda seria. Come immagina il seguito e cosa si aspetta da me?».

«Il lavoro alle Nazioni Unite a Thimpu mi servirà da copertura. Lavorerò come specialista di foreste, e avrò così la possibilità di viaggiare nell'intero paese. Subito dopo il mio arrivo cercherò di visitare la parte centrale del Bhutan. Ho una ragione assolutamente plausibile: gli Svizzeri dirigono un centro di formazione forestale nel Bumthang».

«Non male. Ma la sua specializzazione ha poco a che fare con tutto questo. Non ha l'aria di uno che lavora all'aperto, ma per questo posso aiutarla io. Il travestimento è il mio forte. Proverò a darle un aspetto meno signorile. Ma veniamo al nodo centrale. Come farà a trovare questi famosi documenti e a impadronirsene? E come pensa di uscirne fuori, senza creare danni?».

«Per questo avrò bisogno del suo aiuto» sospirò Timothy.

«Vediamo. Innanzitutto dobbiamo cercare di avere un'idea dei luoghi dovrà andrà a operare. Mi sono fatto spedire alcune foto del Bhutan prese dal satellite. Sono ingrandite in scala 1/50.000».

Trascorsero tre ore a discutere i piani e le diverse vie di fuga nel caso qualcosa fosse andato storto. Su un unico punto il segretario di ambasciata fu inflessibile:

«Sarò molto chiaro. Se dovesse succederle qualcosa, sarà assolutamente impossibile inviare una squadra di soccorso. Non possiamo intervenire con la forza sul territorio di una nazione sovrana. Lei è lì a suo rischio e pericolo. Intesi?».

«Suppongo che siano queste le regole del gioco» rispose Timothy.

«Esatto» aggiunse il segretario. «Credo sia tutto, per il momento. Domani, avremo il tempo di esaminare i dettagli. Spero che fin qui il suo soggiorno a Delhi sia stato piacevole. È la prima volta che visita l'India?».

«No, la seconda. La prima volta ho viaggiato qui e là. Fu un grande periodo di libertà, anche se pericoloso. L'estasi e la morte erano molto vicine a Poona, Goa e Katmandu. La dama bianca – l'eroina – era un'amante morbosa. Credo che questo viaggio sarà altrettanto appassionante».

«Ha senz'altro ragione. A proposito, che cosa fa stasera?» chiese l'alto funzionario.

«Niente, per ora».

«Perché non viene a un nostro piccolo ricevimento in

onore di una delegazione commerciale in visita in India e in alcuni paesi vicini? Ci saranno i rappresentanti diplomatici, forse anche i bhutanesi. Se è fortunato potrà conoscere il mio omologo, il primo segretario. Posso venire a prenderla in albergo alle otto?».

«Molto bene, l'aspetto. A più tardi».

«Arrivederci».

Quella sera non ebbe alcun dubbio che l'India fosse molto diversa da quella che aveva conosciuto durante il suo primo viaggio. Il ricevimento all'ambasciata britannica non somigliava affatto alle festicciole sulla spiaggia a cui aveva partecipato a Goa nelle notti di luna piena. Il segretario d'ambasciata lo presentò a molte persone di cui, immediatamente, dimenticò i complicati nomi.

«Caro Timothy, posso chiederle un minuto di attenzione?».

Quando si voltò, un paio di occhi neri a mandorla lo osservavano attentamente.

«Timothy, le presento la signorina Sonam Dorje, primo segretario all'ambasciata del Bhutan. Il signor Wiscott andrà a lavorare per le Nazioni Unite nel Bhutan».

«Come sta, signor Wiscott?».

Niente mano tesa, solo una leggera inclinazione della testa accompagnò questo tiepido saluto.

«Buonasera, signorina. Il mio amico non mi aveva preparato a questa piacevole sorpresa: non sapevo che il primo segretario dell'ambasciata del Bhutan fosse una signora».

"Idiota!" pensò ascoltandosi parlare. Ma lei lo lasciò finire e rispose sorridendo:

«Signor Wiscott, sappia che le donne nel Bhutan sono molto rispettate. Le figlie ereditano terra e case. Di solito è la madre a scegliere la moglie per il figlio».

«Ne prendo nota» rispose Timothy, imbarazzato. «Ma

cosa succede se ci sono due femmine nella stessa famiglia?».

«In caso possono avere lo stesso marito o scegliere due fratelli e abitare insieme».

«Capisco. Poliandria e poligamia, non male».

«Si sbaglia, signor Wiscott! Noi scegliamo con cura» rispose frenando il suo entusiasmo.

«Posso prenderle qualcosa da bere?» disse, cercando di trattenere l'affascinante signorina. Aveva capelli neri che scendevano liberi sulle spalle e denti di un bianco perfetto che brillavano tra le labbra sensuali. Notò la grazia felina del corpo mentre la seguiva verso il buffet, sistemato tra due pesanti porte sul lato opposto del salone. Uscirono sul terrazzo portandosi dietro un bicchiere di vino bianco. Le risate e le chiacchiere sfumarono in un gradevole brusìo, lasciando salire i suoni dal lussureggiante giardino. Si sedettero a un tavolino bianco.

«Lavora da molto tempo a Delhi?» chiese Timothy, incapace di trovare un argomento migliore per iniziare la conversazione.

«Questo è il secondo anno, e spero l'ultimo!» rispose Sonam Dorje.

«Non le piace Delhi?».

«Non è male, ma dopo un po' le possibilità si esauriscono. La comunità internazionale diventa piuttosto noiosa. Esistono essenzialmente due gruppi di persone. Quelli che si occupano di sesso e quelli, generalmente un po' più avanti nella carriera, che bevono. I peggiori sono quelli che credono di poter unire le due cose».

«Non è un po' così ovunque?».

«Forse. Ma altrove, a New York o a Londra, ci sono altre possibilità».

«C'è stata?».

«Certo. Ho lavorato alla nostra delegazione presso le Nazioni Unite a New York. Sa, cambiamo spesso posto. Il nostro governo crede che i giovani debbano conoscere il mondo, non possiamo vivere in eterno isolamento. Non vogliamo diventare un museo etnografico».

«Ma siete proprio voi bhutanesi a proteggervi. È praticamente impossibile entrare nel vostro paese. Molte persone considerano il Bhutan una specie di regno proibito nel cuore delle montagne. Una sorta di Shangrila!».

«Oh, mio caro amico! Si sbaglia di grosso se spera di trovare nel Bhutan un luogo mitico. Siamo un paese con una forte tradizione religiosa, è vero, e non neghiamo il valore dell'antica saggezza. Ma ci sforziamo anche di diventare un paese evoluto e moderno. Non rifiutiamo i vantaggi della tecnologia né della scienza moderna».

«Allora, perché tenete chiuse le frontiere?».

«È stata una scelta obbligata. Tuttavia l'isolamento forzato non ha avuto solo effetti negativi. Guardi cosa è successo ad altri paesi che si sono aperti totalmente al turismo. L'equilibrio ecologico e etnologico è stato completamente distrutto. L'esempio più triste è quello del nostro vicino Nepal. Non sono più padroni del proprio sviluppo».

«E la vostra indipendenza?».

«Avrà occasione di rendersi conto di persona, visto che è riuscito a forzare la nostra pretesa chiusura» rispose con ironia. Ma i suoi occhi non ridevano.

Si chinò in avanti e sfiorò con un movimento sensuale il bordo del bicchiere ghiacciato. L'odore soave dei fiori e il brusìo delle miriadi di insetti invisibili si mescolarono, trasformandosi per Timothy in una piacevole oppressione sul petto. Sonam sospirò e lo guardò dritto negli occhi.

«Ha già avuto modo di esplorare Delhi di notte?».

A Timothy salì il cuore in gola.

«Sono arrivato solo ieri. Ho trascorso la serata cercando di riprendermi sul cambio di fuso orario».

«Spero che sia riuscito a farlo».

«Completamente».

«Bene. Non li trova noiosi questi ricevimenti?».

«Grazie a lei, non posso lamentarmi» osò dire, con la gola secca.

«Ho alcuni amici a Old Delhi, nella città vecchia. Hanno organizzato una serata per festeggiare la fine degli studi. Perché non li raggiungiamo? Avrebbe un'idea meno diplomatica della città».

«Fantastico».

«Allora andiamo».

Provarono a passare inosservati, ma il funzionario britannico se ne accorse e gli sfuggì un sorriso. Con un segno impercettibile della mano, ordinò a uno dei suoi collaboratori di seguirli.

Il tettuccio e i finestrini della Volkswagen erano aperti. Un piacevole vento caldo fece dimenticare l'afa del ricevimento. Stavano lasciando l'ordine apparente di New Delhi per la cacofonia di Old Delhi. Via via che le strade rimpicciolivano, il rumore e la folla crescevano.

Timothy ritrovò finalmente l'odore dell'India. La mescolanza, così particolare, dell'odore dolciastro di centinaia di spezie di un bazar vicino gli riportò alla memoria il suo primo contatto con quel paese. Improvvisamente fu sommerso da una sensazione di piacere mista ad ansia. Tutto sembrava desiderabile e al contempo impossibile da penetrare. Con una punta di tristezza, realizzò quanto gli fosse difficile calarsi nel profondo dell'anima di quel paese.

La voce della sua guida misteriosa lo riportò alla realtà.

«Sembra anni luce lontano da qui».

«Sì e no. Pensavo a come è meraviglioso, ma difficile, essere immersi nella vita di questo paese».

«Che lo trovi meraviglioso, è probabilmente dovuto al suo humour britannico» lo redarguì bonariamente. «Che lo trovi difficile, mi sembra più sensato. Talvolta lo penso anch'io».

«Veramente? Eppure, lei ha la stessa origine» obiettò Timothy.

«Sì, ma può succedere che i vicini di una stessa casa si sentano molto diversi. L'amicizia tra l'India e il Bhutan è avvenuta piuttosto di recente. Nei secoli scorsi, o cercavamo di rubargli le terre ai piedi dell'Himalaya, o provavano loro a respingerci nelle nostre montagne. Non ci sono mai riusciti veramente, come d'altra parte neppure i britannici!».

«Ogni piacere e rimpianto è mio» disse elegantemente Timothy.

«Probabilmente, non vi avrebbe fatto molto bene» fece Sonam, soffocando una risata. «Non siamo mai stati colonizzati. È ciò che ci rende diversi dagli indiani. Abbiamo anche un'altra storia religiosa, siamo buddisti. Il messaggio è diverso... Non crede?».

Fu percorso da un brivido di freddo. Le parole di Sonam erano del tutto casuali? Lanciò uno sguardo furtivo al suo viso statuario. Non c'era traccia di emozione negli occhi socchiusi, mentre sterzava per evitare un risciò col conducente ubriaco. Timothy distolse lo sguardo e disse con tono neutro:

«Da quel che ho sentito dire, pare che sia così».

«Che cosa ha sentito dire?».

Sentì lo stomaco contrarsi.

«Beh, diciamo che il Buddismo mi interessa molto. Ho preso un diploma in storia cinese. Non potevo fare altro, quindi, che avvicinarmi ad alcuni aspetti della religione buddista».

«Interessante! In Bhutan, avrà la fortuna di potere studiare le foreste e il Buddismo! Ora capisco perché ha chiesto quella sede» aggiunse Sonam Dorje, lanciandogli uno sguardo penetrante.

«Veramente non l'ho scelto. Lei sa che alle Nazioni Unite il personale viene mandato dove serve. Ma devo ammettere che ero molto contento quando mi hanno offerto quella sede».

L'imponente sagoma del Forte Rosso si profilò alla loro sinistra. Sonam guidò l'auto verso un parcheggio all'aperto, circondato da filo spinato.

«È meglio parcheggiarla qui, se la si vuole ritrovare con tutte le ruote. Continueremo a piedi, non è molto lontano».

Appena sceso dalla macchina, Timothy fu circondato dalla folla. Tutti si muovevano, spingevano e nessuno fece caso a quella strana coppia, tranne alcuni venditori ambulanti che provarono a rifilargli diverse cose, dalla *ganja* a immagini di Krishna. Dopo una passeggiata tranquilla di pochi minuti, arrivarono di fronte a una vecchia dimora costruita in stile moghol, dipinta di rosa e giallo.

«Lo chiamiamo il palazzo di Vaniglia e Fragola» spiegò Sonam. «In realtà, come potrà vedere, non è un palazzo. Mi segua».

Da un viottolo entrarono in un mondo totalmente diverso: nessun rumore, niente folla. Camminarono fino a un piccolo altare dedicato a Vishnu, al centro di un cortile poco illuminato. C'erano due boschetti di malvarose all'ingresso del tempietto; a quell'ora nessun fedele pregava.

«Ha già visitato il tempio?» chiese Timothy.

«Non ci sono mai entrata» sorrise Sonam.

«Le dispiace se diamo un'occhiata?».

«Assolutamente no. Anche a me piacerebbe vederlo».

Entrando in quel luogo sacro, Timothy fu particolarmente consapevole della presenza di lei al suo fianco nella notte improvvisamente calma. Non osava guardarla, per paura di mettere a nudo i suoi pensieri e di vederla allontanarsi. Non arrivarono fino al Sancta Sanctorum, poiché nei templi indù l'accesso è proibito a chi non appartiene a quella religione. Si appoggiò allo stipite della porta e contemplò la fiamma che bruciava sull'altare.

«Nelle chiese cristiane avete anche voi una fiamma sacra che brucia sempre. Come nei nostri monasteri. Strano constatare che il simbolo della santità del fuoco appartiene alla maggior parte delle civiltà» gli mormorò Sonam all'orecchio. Era felice di comunicare con lei in modo così intimo. Stava forse cercando di sedurlo? Non osò verificare le sue speranze. Con un leggero cenno del capo, annuì e prendendola dolcemente per un braccio la ricondusse verso il cortile.

«Andiamo dai suoi amici» disse attraversando il patio.

Il leggero tremito della voce non passò inosservato. Salirono sette piani lungo scale scarsamente illuminate. Con il fiato corto, Timothy mormorò:

«Splendido esercizio per prepararmi alle vostre montagne».

«Avrà bisogno di un buon allenamento per affrontare le difficoltà della sua missione» rispose Sonam, con un sorriso d'intesa.

Prima che potesse rispondere, la porta si spalancò e vennero travolti da una musica rumorosa.

«Salve Sonam, Fiore di montagna» gridò un hippy attempato dall'aspetto americano. «Che tipo di stambecco ci hai portato, stasera? Vediamo questo esemplare! È bianco. Deve essere un leopardo delle nevi. Benvenuta a bordo del vascello intergalattico».

Sembrava alticcio, ma era una brava persona.

«Timothy, questo è Johannes, lavora per i Peace Corps in Nepal» disse Sonam.

«Timothy?» ripeté l'altro, incredulo. «Non è un nome americano. State provando a rinnovare un qualche trattato di amicizia anglo-bhutanese? Mi permetta di avvertirla, caro amico, che... che cosa, Sonam? Continuo a dimenticare l'inizio delle frasi. Accidenti! Non ho detto bene?» Scoppiò a ridere con un'espressione soddisfatta. Continuava a oscillare avanti e indietro, ma finalmente riuscirono a superarlo.

«Uno stambecco inglese è più rapido di un ippopotamo americano» sussurò Timothy all'americano.

«Ip...Ip... Ippocosa? Ipo... ip ip ip urrà agli inglesi dal viso imbronciato!» singhiozzò Johannes lasciandosi scivolare lentamente lungo il muro fino a cadere su un fragile tavolino di bambù, che inevitabilmente crollò sotto il peso dell'americano, abbandonando a malincuore la sua terza dimensione sul pavimento.

«È Johannes sputato. Non può partecipare a una festa senza svenire una o due volte. Ma vedrà, presto riacquisterà i sensi. Ha un'incredibile energia!».

Entrarono in quella che sembrava la stanza principale. Si trovarono davanti a una vista mozzafiato. Timothy non aveva realizzato che la casa dove si trovavano aveva due piani in più delle altre: c'era un panorama sui tetti di gran parte della città vecchia bagnati dalla luna piena, e sul Forte Rosso. Una lunga vetrata aperta dava accesso a un grande balcone con una balaustra ornata da un delicato colonnato di marmo.

Una quantità di giovani dall'aria felice stava in piedi, seduta o addirittura sdraiata in mezzo alla stanza. La luce proveniva da alcune grosse candele e dagli spot diretti su due foto: una di Shiva in posizione di danza cosmica, e l'altra di una collisione di particelle, fatta al laboratorio Fermi vicino a Chicago.

«Cerchiamo di trovare il mio amico, l'anfitrione della serata» disse Sonam.

Si avvicinarono a un gruppo che ascoltava in silenzio. In mezzo a loro, Timothy notò uno strano individuo. I capelli nero corvino gli cadevano sulle spalle e lunghi baffi gli scendevano ai lati delle labbra sensuali diventate color rosso vivo a furia di masticare betel. Portava pantaloni bianchi e larghi, una giacca grigia dal taglio assolutamente classico, una camicia verde e una cravatta rosa shoking.

Muovendosi piano per non calpestare nessuno, Sonam

condusse Timothy all'interno del gruppo. Quando l'uomo li vide, smise di parlare, si alzò e baciò affettuosamente Sonam sulle guance. Timothy ebbe un leggero fremito di gelosia.

«Sonam, che piacere di averla qui con noi a festeggiare i miei nipoti. Vedo che non è sola. Perché non mi dice chi è il suo cavalier servente stasera?».

«Timothy Wiscott. Lavora per le Nazioni Unite. Sta partendo per il Bhutan, dove ci aiuterà nel settore delle foreste. Timothy, le presento il professor Mulch Ram. È titolare della cattedra di fisica molecolare all'Istituto indiano di tecnologia».

«Ah, ora capisco il significato dei due poster».

«Lo capisce davvero, ragazzo?» chiese il professore, con una scintilla di malizia nei profondi occhi grigi.

«Suppongo che così onori la sua religione e la sua professione» provò a dire Timothy.

«La realtà ha vari aspetti, ma è sempre la stessa» rispose.

«Cioè?».

«In India abbiamo la fortuna unica e la difficoltà, anch'essa unica, di assistere allo scontro di diverse civiltà. Forse non dovrei chiamarlo scontro, poiché è un fenomeno che non indica animosità. È piuttosto la fusione di espressioni diverse dell'animo umano e dell'intelletto. Se proviamo ad aprire gli occhi e il cuore alle diverse strade attraverso cui l'umanità ha tentato di affrontare ciò che la circonda e si è sforzata di avvicinarsi alla realtà trascendente di Dio, potremmo dire che, in fin dei conti, questi tentativi apparentemente diversi sono singolarmente analoghi. Esprimono tutti l'incessante ricerca da parte dell'uomo della realtà ultima, nella quale trovare un senso alla propria esistenza. Non posso biasimarla se ancora non ha capito il significato di quei due poster. Sicuramente non ha studiato i Veda dell'induismo e, magari, non è neanche tanto portato per la fisica nucleare. Ho ragione?».

«Devo umilmente ammettere che mi appaiano alquanto esoterici, sia l'uno che l'altro».

«Esoterico, come ha giustamente detto. Proverò a spiegarle brevemente il significato dei due poster».

Tornò il silenzio. Quell'uomo emanava una grande forza spirituale e la sua voce calda e profonda rispondeva alle aspettative dei presenti.

«Secondo gli antichi insegnamenti dei Veda, l'universo è in continuo movimento. Questo è possibile grazie alla Danza cosmica ballata da Shiva. Tutto si muove. Non esiste realtà statica. Ogni cosa è collegata e, nello scambio infinito, il centro è movimento. Questa idea la si può ritrovare in altre filosofie, come il taoismo quando afferma che il Tao, cioè il Cammino, è movimento. A lungo, la scienza occidentale ha creduto che al di sopra della realtà ci fosse il vuoto, cioè "niente". La credenza nell'esistenza del nulla era ovvia, fino a pochi anni fa, per la maggior parte degli studiosi, a dispetto del fatto che uno tra i vostri scienziati e filosofi più eminenti, Aristotele, avesse concluso che la Natura ha orrore del vuoto. È solo di recente che i fisici delle particelle sono arrivati alla stupefacente conclusione che, a livello delle particelle sub-atomiche, la realtà è molto diversa. A livello quantico, non hanno trovato il vuoto ma, al contrario, tantissime scorie di particelle create e distrutte in ogni istante. Incredibili quantità di energia si muovono in frammenti di tempo infinitamente brevi, spariscono e si ricreano all'infinito. Questa quantità illimitata di energia, la cui somma è probabilmente uguale a zero, è considerata da molti fisici la sorgente ultima dell'energia. Avrebbe dato vita al nostro universo prima del Big Bang. La creazione dell'universo veniva chiamata "fluttuazione del vuoto". Se potessimo canalizzare quest'energia, faremmo, come Shiva, la Danza dell'Universo. Ecco perché ho messo le foto vicine, caro amico! Capito, ora?».

«Ci provo, ma non è facile» disse Timothy.

«Dipende» rispose il professore. «Se ascolta unicamente il suo cervello, non capirà mai. Se apre il suo cuore, la comprensione verrà da sola».

Si alzò e, prendendo Timothy per un braccio, lo condusse in un'altra stanza.

«Venga! Nutriamo anche il corpo! È impossibile vivere solo di considerazioni spirituali. E poi mi è venuta sete. Grazie alle risorse diplomatiche della sua amica Sonam, abbiamo alcune buone bottiglie di vino francese. Adoro la spiritualità di un buon Bourgogne».

«Con lei tutto è movimento! Passa dall'universo allo stomaco in men che non si dica».

«Non c'è niente di paragonabile nell'universo a un pasto gratuito» disse il professore con un lampo di malizia negli occhi.

Con un piatto pieno di pollo al *tandori*, di *puri* e di *dal*, Timothy fece il giro dell'appartamento alla ricerca di Sonam. Sentì il suono lamentoso e delicato del sitar. Stordito dalle emozioni della serata, seguì la melodia mistica che usciva da una stanza buia. Un'anziana donna corpulenta, avvolta in un sari di seta rosso scuro, era seduta su un cuscino al centro della stanza. Teneva il vecchio strumento con maestosa disinvoltura e sembrava totalmente assorta nelle vibrazioni della musica.

Timothy sedette e appoggiò la testa al muro. Non osò toccare il cibo per paura di fare rumore con le posate. All'improvviso, un'ombra scivolò lungo il muro e gli si fermò accanto. Girò la testa e il cuore prese a battere più veloce: era Sonam. Sorridendo, gli tese un bicchiere di vino rosso. Timothy sentì il corpo della ragazza che lo sfiorava. Non osava muoversi né parlare. Era riconoscente alla suonatrice di sitar per la musica eterea che riempiva la stanza. Più cercava di concentrarsi su Sonam, più la melodia del sitar sembrava impossessarsi del suo spirito. Sentiva la teva la testa ingrandirsi, dilatarsi e diventare una grande grotta dalle mura perfettamente bianche. I suoni rimbombavano all'infinito. Era in piedi e ballava su una superficie di schiuma; era invaso da un'incredibile energia. Durante tutto quel tempo, sentì Sonam fargli domande sulla sua vita passata e futura. Che bello potersi confidare con lei, il cui cuore era come un prezioso gioiello!

Lentamente, la luce si smorzò nella grotta e la musica svanì. L'energia rifluì e iniziò a sentire un movimento ritmico. Si accorse di avere le guance fredde e gli piacque lo stato in cui si trovava. Ma avvertì che qualcosa stava andando storto. Con un dito intirizzito riuscì ad aprire un occhio e vide i riflessi della strada che sfilavano a intervalli regolari sotto il cielo nero.

«Come possono esserci riflessi dentro una grotta?» disse stupito ad alta voce.

«Benvenuto a bordo» si sentì rispondere da una voce allegra. «Come è stata la sua immersione?».

«Quale immersione?» bofonchiò.

«Diciamo che ha tutta l'aria di essersi immerso a fondo nel vino».

Non riusciva a capire di cosa stessero parlando. Comunque, gli sembrava più importante contare i riflessi. Non si sa mai, magari se ne saltava uno se la prendevano con lui. C'era una luce che non spariva dal suo campo visivo.

«Cosa c'è che non va?» si chiese; poi qualcuno lo scosse energicamente.

«Su, pivello! È arrivato in albergo! Si alzi!» Non apprezzavano molto che gli venissero scaricati sul pavimento clienti ubriachi. «Ce la farà da solo dopo, se l'aiuto a salire le scale?».

In quel momento il film si interruppe definitivamente.

Svegliandosi, completamente vestito, ebbe l'impressione che la testa battesse contro le quattro pareti della stanza. Un'anima buona aveva tirato le tende. Solo un raggio di luce toccò la sua retina dolorante. A quattro zampe arrivò in bagno, mandò giù due Alka-Seltzer, si chinò sulla vasca e lasciò scorrere l'acqua fredda sulla testa. Riprendendo lentamente coscienza, provò a ricordarsi cosa fosse successo. C'era un grosso buco nero. Scivolò nella vasca e fece un bagno rinfrescante. Le idee iniziarono a schiarirglisi e compose il numero di telefono che Sonam gli aveva dato la sera prima.

«Ambasciata del Bhutan. Possa aiutarla?» rispose una voce maschile.

«Buongiorno, vorrei parlare con la signorina Sonam Dorje».

«Buon pomeriggio. Con chi parlo?».

«Oh, scusi» mormorò dando un'occhiata all'orologio che indicava inesorabilmente le tre di pomeriggio. «Sono Timothy Wiscott, delle Nazioni Unite di Thimpu».

«Signor Wiscott, la signorina Dorje non è in ambasciata in questo momento».

«Può dirle di richiamarmi?».

«Non credo sia possibile prima di una settimana. Si è dovuta recare urgentemente dalla madre malata a Bombay».

Dio, non l'avrebbe più rivista e non avrebbe mai saputo come si era svolto il resto di quella meravigliosa serata.

«Bene, grazie. Le porga i miei saluti e le dica quanto ho apprezzato la serata».

«Va bene» rispose la voce. La comunicazione s'interruppe prima che Timothy potesse sentire la risata cinica di Sonam e del centralinista.

Fece appena in tempo a riattaccare che il telefono suonò, procurandogli un nuovo ronzio in testa.

«Wiscott» disse.

«Dove diavolo era?» gridò la voce agitata del segretario d'ambasciata. «Ho provato a chiamarla tutta la mattina e mi hanno detto che non c'era».

«Effettivamente non c'ero e credo che non ci sarò più, se continua a gridare così dopo la sbronza che ho preso».

«Ah, ah! La giovane bhutanese l'ha fregata!».

«Era solo un bicchiere di vino rosso. Dio solo sa quale droga ha potuto ridurmi così!».

«Cosa sta dicendo, Timothy? Può essere grave. Cosa è successo in quella casa?».

«Quale casa?».

«Il palazzo di Vaniglia e Fragola».

«Ehi, aspetti! Come sa che ci siamo andati?».

«Elementare, caro Wiscott! Nel mio lavoro non posso lasciare una giovane spia dilettante, entusiasta e di buona famiglia, prendere il largo con un addetto alle informazioni di un altro paese, non altrettanto ingenuo».

«Diavolo! Non mi dica che mi sono fatto fregare!».

«Non so cosa sia successo tra voi».

«Assolutamente niente, purtroppo» rispose Timothy, e gli raccontò la serata così come se la ricordava.

«Sembra che le abbiano messo qualcosa nel bicchiere. Impossibile sapere se ha parlato troppo. Ma supponendo che si sia lasciato scappare qualcosa, sarà comunque sembrata una storia folle. Hanno sicuramente pensato che aveva bevuto troppo. Lei ci avrebbe creduto a una storia simile?».

«Spero che abbia ragione, altrimenti sono finito».

«Non ne faccia una tragedia. Personalmente, non vedo grossi problemi. Credo che dobbiamo andare avanti con il nostro progetto».

«Se lo dice lei, che è lo specialista...».

«Dunque, vediamo di organizzarci. La miglior cosa da fare è di mandare una macchina a prenderla, mentre si prepara e fa le valigie. Non avrà il tempo di tornare in albergo prima di prendere il volo per Calcutta, ma non lo deve perdere. Il suo posto mi è costato due bottiglie di Black Label: l'aereo era pieno. Ci vediamo dopo. Le terrò un piccolo corso per insegnarle a usare diversi attrezzi che si porterà dietro».

Il segretario d'ambasciata era riuscito a dissipare parzialmente i postumi della sbornia. Ora, Timothy era comodamente seduto sull'Airbus dell'Indian Airlines che scendeva lentamente a Calcutta.

«Che esordio!» borbottò. «Spero che d'ora in avanti le cose andranno lisce. Domani prenderò l'aereo per Paro e la sera dormirò a Thimpu, nell'aria fresca delle montagne».

Il suo sorriso sarebbe stato meno fiducioso se avesse saputo cosa lo aspettava.

Kalimpong-Geylephug

Non aveva mai veramente pensato di lasciare la Compagnia di Gesù. E, come diceva, era molto riconoscente al destino per averlo finalmente condotto in India. Come soldato di Dio, padre Fulvio doveva andare lì dove i suoi superiori pensavano che potesse essere utile. Aveva capito che la decisione di mandarlo in Ruanda non aveva niente a che vedere con lui personalmente. Nelle lunghe notti africane si era convinto di quest'idea. La lettera sigillata del generale era stata lapidaria e lui l'aveva vissuta come la pioggia, a lungo attesa, durante la traversata del deserto.

La prova è finita. Il suo prossimo lavoro sarà quello di segretario del comando regionale dell'India del Nord. Parta immediatamente per Darjeeling. Lì troverà altre istruzioni.

Padre Fulvio, a quel tempo, non aveva ancora pienamente realizzato che le vie del Signore sono impenetrabili. Il messaggio non gli forniva maggiori chiarimenti:

Aspetti a Kalimpong e aiuti i suoi fratelli. Saprà quando verrà il momento di proseguire. Che le nostre benedizioni la accompagnino nella sua missione. In Dio...

Da due mesi, Fulvio trascorreva il suo tempo alla scuola dei gesuiti a Kalimpong. Era rimasto sorpreso dalla qualità dell'insegnamento. La Compagnia di Gesù cercava di dare la migliore educazione possibile ai bambini dell'élite indiana.

«Padre Fulvio!». La voce senza fiato del *chowkidar*, il portiere della scuola, lo strappò ai suoi pensieri. «Il padre superiore mi ha mandato a chiamarla. Vuole vederla immediatamente nel suo ufficio. Si sbrighi, per favore».

«Cosa succede, Balkumar?» chiese il giovane prete. «Sembra così agitato».

«Non lo so, mi ha detto di trovarla il più rapidamente possibile e di condurla da lui».

«Le ha dato un messaggio per me?».

«No, padre. Venga, andiamo, per favore».

Fulvio si preoccupò per tutta quell'urgenza. A passo svelto i due scesero la collinetta, dove padre Fulvio aveva trascorso il pomeriggio a leggere e meditare. Attraversarono l'orto e si diressero verso i vecchi edifici, il cui stile coloniale testimoniava la potenza culturale del Raj britannico. Quando arrivò nell'ufficio di padre Gregory, lo trovò che camminava a grandi passi nella stanza buia.

«Ah, eccola qui! Sono spiacente di avere interrotto la sua passeggiata pomeridiana. Ho appena ricevuto un telegramma dal nostro nunzio a Delhi. Ci avverte che alle quattro di questo pomeriggio arriverà una telefonata da Roma. Qualcuno vuole parlarci».

«Chi vuole parlarci, padre Gregory?» chiese preoccupato Fulvio.

«Dio solo lo sa! Come al solito, non mi si dice niente» disse il prete ridendo nervosamente. «Ha una qualche idea?».

«Credo di sì».

«Me lo dica allora! Sono stufo. È la prima volta che succede una cosa simile!».

«Perché non aspettiamo la telefonata e così, dopo, saprò cosa dirle?».

«Mi sembra alquanto presuntuoso da parte sua. Dopo tutto, sono il suo superiore!».

«Per favore, padre, abbia pazienza! Sono sicuro che, se il sistema telefonico indiano lo permette, tra poco più di mezz'ora sapremo di cosa discutere».

«Le linee telefoniche sono migliorate, figliolo. E poi, visto che la telefonata arriva da Roma, perché non sperare in un piccolo miracolo?».

Aspettarono, tesi, in silenzio. Quando il telefono squillò, saltarono in piedi.

«Pronto Vaticano, padre Gregory per favore» sentirono a circa diecimila chilometri di distanza.

«Sì, sono io» balbettò padre Gregory. «Chi parla?».

«Un attimo per favore! Rimanga in linea! Le passo l'ufficio del generale!».

«Pronto, padre Gregory?». La voce del generale dei Gesuiti si sentiva chiaramente.

«Sì, sono io, generale, la sento bene».

«Perfetto, figliolo. Fulvio è con lei?».

«Sì, generale, è qui».

«Benissimo. Mi ascolti bene. Abbiamo alcuni problemi che ci obbligano ad agire rapidamente, per questo abbiamo deciso di telefonarle invece di usare i soliti canali di comunicazione. Fulvio deve compiere una missione che non posso svelarle. Deve dargli tutto l'aiuto di cui ha bisogno. Inoltre, d'ora in poi, non è più sotto la sua autorità, può agire come meglio crede. È chiaro?».

«Capisco, generale».

«Bene. Mi passi Fulvio, la benedico, figliolo!».

«Che Dio la benedica». Padre Gregory tese la cornetta a Fulvio con mano tremante.

«Generale, sono padre Fulvio».

«Come vanno le cose a Kalimpong, caro Fulvio?».

«Bene, padre generale. Aspetto» rispose semplicemente.

«Ora mi ascolti con attenzione. Ci siamo affrettati a metterci in contatto con lei a causa di eventi imprevisti che si sono svolti in questi giorni. È un collegamento aperto, se capisce cosa voglio dire...».

«Certo, capisco...».

«Bene. Tempo fa, ha dovuto lasciare Roma all'improvviso. Senz'altro ricorderà la conversazione avuta con il mio segretario...».

«Certo, come avrei potuto dimenticarla...».

«Sono contento che sia così. Allora, forse, non aveva capito il motivo del suo trasferimento».

«No, non l'ho capito e ancora oggi non lo capisco».

«Lo so e abbiamo apprezzato che abbia comunque eseguito gli ordini. È dovuto andare in Africa perché le sue ricerche avrebbero potuto, in quel momento, provocare reazioni. I tempi, per così dire, non erano ancora maturi. Ora, può andare avanti».

«Sono pronto».

«Per telefono non posso dirle di più, ma domani, dovrebbe ricevere la visita di due nostri fratelli. Le consegneranno le istruzioni di cui avrà bisogno».

«Cosa sanno delle mie ricerche?».

«Poco, solo vaghe informazioni. Si muoverà secondo le istruzioni e verificherà l'ipotesi di cui ha parlato con il mio segretario. Consegnerà direttamente a me, nel più breve tempo possibile, prove e conclusioni. È tutto chiaro?».

«Perfettamente, generale» rispose Fulvio.

«In tal caso, la benedico, figliolo. Non riattacchi, un'altra persona vuole darle un consiglio importante e incoraggiarla».

«Buongiorno, figliolo». Una voce profonda, con un forte accento, fece impallidire Fulvio.

«Santo Padre!» balbettò, lanciando uno sguardo terrorizzato a padre Gregory, che manifestò la stessa meraviglia.

«Sono io, Fulvio. Sono contento che stia bene e che sia pronto a compiere questa difficile missione per la nostra santa Chiesa. Il suo eccellente lavoro di ricerca è stato molto prezioso, in quanto ci ha permesso, in parte, di svelare un antico mistero, nascosto da secoli sotto le volte di Roma. Ma non tutto è chiaro, ancora. Il suo compito sarà quello di scoprire la verità. Non abbandoni le indagini prima di arrivare alla soluzione! Le chiediamo questo sacrificio a rischio della sua stessa vita. Quali che siano le sue azioni, figliolo, pregherò personalmente per la salvezza della sua anima immortale».

«Santo Padre, farò di tutto per portare a buon fine il mio compito» rispose Fulvio, profondamente emozionato.

«Allora vada, figliolo, con la mia benedizione» queste furono le ultime parole prima che la linea s'interrompesse.

Con mano tremante, Fulvio posò la cornetta e sedette. Con i gomiti sulle ginocchia, si prese la testa tra le mani. Per diversi minuti, i due preti non aprirono bocca. Quando Fulvio alzò gli occhi, incrociò lo sguardo indagatore di padre Gregory: lo fissava con un leggero disagio che ammetteva il cambiamento di gerarchia appena avvenuto.

«Caro Fulvio, temo che dovrà portare sulle spalle un pesante fardello. Mi dica se posso fare qualcosa. Tutta la nostra organizzazione è a sua disposizione».

«Grazie, padre Gregory» rispose Fulvio. «Aspetta alcuni preti domani, per caso?».

«Non credo, non ho ricevuto nessun messaggio».

«Accade che persone arrivino senza avvertire?».

«No, dato che di solito dobbiamo organizzare il loro soggiorno».

«Eppure, sembra che stiano succedendo cose assolutamente insolite, non crede?».

«Indubbiamente lo sa meglio di me» rispose padre Gregory, senza riuscire a nascondere un'ombra di irritazione per lo svolgersi dei fatti.

«Vorrei tanto saperlo» sospirò il giovane prete. «Suppongo che i messaggeri saranno qui domani. Dovrei andare a preparare le mie cose per poter partire rapidamente, qualunque sia la mia meta».

Detto questo, lasciò l'ufficio di padre Gregory e tornò nella sua stanza.

«Fratello Mac, lo sa che questa povera Land Rover non è una macchina da corsa e che queste strade non sono un circuito automobilistico?» disse il vecchio prete.

«Lo so, padre John, ma mi ha detto che dobbiamo essere a Kalimpong entro sera. Non è colpa mia se i doganieri indiani hanno voluto perquisire tutti i bagagli».

«È vero. Ma non per questo deve rischiare di uccidermi».

«Sarebbe contrario al quinto comandamento».

«Cerchi di rispettarlo! Spero che si renda conto che sono seduto al posto del morto».

«Mi rendo conto che per lei è ora di rimettere il naso fuori dal Bhutan. Si è completamente dimenticato che si può guidare a più di venti chilometri all'ora».

«Uhm, il mio naso stava benissimo nel Bhutan. Lo sa, fratello Mac, è la prima volta che gli indiani perquisiscono i miei bagagli. La prima volta in vent'anni! Pensa che sospettino qualcosa?».

«Come potrebbero?».

«Non ne ho idea. Fortunatamente per noi, non parlano latino. Non possono sapere che il secondo capitolo del Vangelo di Giovanni non è il testo originale di questa nuova Bibbia. Che splendida copertura per fare passare messaggi segreti alle frontiere! Devo ammettere che i nostri uomini a Roma sono diventati veramente scaltri».

«Cosa dice questo secondo capitolo, padre John?».

«Basta, fratello Mac! Sa perfettamente che non possiamo leggerlo».

«Scusi, l'avevo dimenticato. Chiedevo solo...».

«Chiedevo, chiedevo, figurarsi» brontolò padre John.

«Oh, va bene» disse Mac. «Ma sono sicuro che è curioso quanto me. Prima d'ora non ci era mai stato chiesto di eseguire una missione, così su due piedi e senza nessuna spiegazione. Un ordine che arriva dall'alto, portato da misteriosi messaggeri. Messaggi segreti, qui nel Bhutan! Strano. Mi chiedo se a Roma non ci sia qualcuno che legge troppi *James Bond*. Si dice che i polacchi, a volte, possano essere paranoici».

«La pianti con queste chiacchiere irriverenti. Non oso neppure pensare a chi vuole alludere».

«Ci sono talmente tanti stranieri che lavorano presso la Santa Sede» mormorò Mac.

«Non spetta a noi giudicare le decisioni di Roma. Si ricordi, siamo soldati di Dio».

«Va bene, va bene, lo so. Ma io la conosco bene. Da più di vent'anni, viviamo insieme nelle montagne del Bhutan. Non cerchi di farmi credere che tutta questa storia non la disturba!».

«Certo che mi disturba. Ma abbiamo ricevuto degli ordini e dobbiamo eseguirli».

«Mi dica, padre John, non trova straordinaria la facilità con cui padre Fulvio ha avuto il visto per il Bhutan? Gli indiani gli hanno addirittura dato un lasciapassare per l'Assam».

«Sì, mi ha sorpreso. Ma è già successo altre volte».

«Mai, per un fratello della Compagnia».

«Le vie del Signore sono impenetrabili».

«Così come le strade indiane» borbottò Mac sterzando il volante della jeep per evitare una grossa buca. «Dovremmo essere a Kalimpong stasera, almeno spero».

«Pregherò perché sia così» disse padre John, sistemandosi meglio sul sedile per cercare di addormentarsi.

Padre Fulvio era seduto su una grande poltrona nella

veranda del vecchio edificio centrale. La notte d'autunno esalava forti odori di fiori, rumori soffocati arrivavano dalla cucina, di fronte alla quale un gruppo di cani si azzannava per i resti della cena. L'umida stagione dei monsoni era finita. Volando basso, alcuni uccelli neri gli passarono davanti. Si sentiva tranquillo, ma teneva d'occhio la strada che, attraverso i boschetti di tè verde, conduceva alla piantagione dei Gesuiti.

Prima, Fulvio sentì qualcosa che somigliava al rumore di una bicicletta, poi via via che si avvicinava, riconobbe il motore di una macchina. Le venti e trenta: una brutta ora per viaggiare, ma, evidentemente, qualcuno stava arrivando.

Quando la Land Rover attraversò il portone principale, il *chowkidar* si precipitò nel cortile per vedere chi osava viaggiare a quell'ora. Un individuo tarchiato e massiccio saltò giù dal sedile dell'autista. Quasi tutto il viso era coperto da barba e baffi castani. I domestici indiani accolsero il visitatore con grida di sorpresa.

«Fratello Mac, è lei? Che ci fa, qui? Non sapevamo del suo arrivo. Perché non ci ha avvertiti?».

«Piano, piano! Abbiate pietà di un povero viaggiatore sfinito. Aiutatemi a fare uscire padre John dalla macchina! Le sue vecchie ossa non ne possono più».

«Oh, padre John è con lei? Andiamo subito ad avvertire il padre superiore».

«Non c'è bisogno, eccomi!». La sagoma scheletrica di padre Gregory apparve in mezzo al gruppo che si affannava intorno alla jeep. «Benvenuto, fratello Mac. Che sorpresa averla qui. Perché non ci ha avvertiti del suo arrivo?».

«Glielo spiegheremo. Può aiutare padre John? Il viaggio è stato massacrante».

«Ma certo. Buonasera, caro amico. Andiamo su da me. Vi serviremo un buon pasto mentre facciamo scaricare la jeep e preparare le camere».

Con l'aiuto del *chowkidar*, il vecchio e fragile prete scese dalla macchina. Stirandosi, con una smorfia di dolore sul viso, padre John esclamò:

«Ahi, ahi! Non è certo il modo di viaggiare per una vecchia carcassa come me. Caro Gregory, sono felice di trovarla in forma. Vivendo in un mondo così caotico, è sempre un piacere venire nella vostra tranquilla dimora».

«Avete avuto problemi durante il viaggio?» chiese padre Gregory.

«Non proprio. I doganieri indiani erano piuttosto nervosi. Hanno perquisito tutti i nostri bagagli».

«Strano. Perché mai...».

«Più tardi, amico mio. Saliamo. Sono letteralmente affamato. Fratello Mac, vuole assicurarsi che la borsa con la Bibbia venga portata nella residenza di padre Gregory?».

Rimasto indietro, Mac dava degli ordini al *chowkidar*, mentre padre Gregory aiutava padre John ad attraversare lentamente il cortile. Superato il grande atrio illuminato da un'unica lampadina, entrarono nell'edificio principale. In silenzio, salirono le scale che portavano all'appartamento privato di padre Gregory. Entrati nello studio, trovarono una cameriera bengalese che apparecchiava la tavola con cibo e bibite. Guardò i visitatori con aria di rimprovero:

«Padre John, come pensa che posso occuparmi seriamente di lei, se non avverte del suo arrivo? Non ho preparato nessuno dei suoi piatti preferiti».

«Buonasera, Maduri. Non si preoccupi. Qualsiasi avanzo andrà bene per stasera. Sono certo che domani avrà il tempo di fare miracoli».

Con un profondo sospiro, padre John si sistemò su una comoda poltrona di vimini. Quando i due preti furono finalmente soli, padre John chiese al suo ospite:

«È qui padre Fulvio?».

«Cosa?» esclamò padre Gregory alzandosi di scatto. «Siete voi i messaggeri! Non me lo sarei mai aspettato!».

«Stiamo vivendo strane situazioni, caro Gregory. Alla mia età dovrei evitare simili avventure. Ma dovevo eseguire l'ordine».

«A chi lo dice! Lo so» disse sospirando padre Gregory. «Ieri abbiamo ricevuto una telefonata da Roma. Il generale e il Santo Padre...».

«Il Santo Padre!» mormorò padre John con voce tremante. «Non avevo capito che si trattava di una cosa così seria».

I due uomini rimasero in silenzio, sforzandosi di capire il significato di quanto avevano appena appreso uno dall'altro. I loro pensieri vennero bruscamente interrotti da Mac che irruppe nella stanza.

«Che meraviglia questa tavola!» esclamò, aggiungendo con tono cospiratore: «Da quando in qua i suoi domestici stanno dietro alla porta con un orecchio incollato alla serratura?».

«Dio mio, cos'è questa storia?».

«Non so. Uno che non ho mai visto prima, tarchiato, con una cicatrice sulla guancia sinistra. Sembra un nepalese».

«Oh, è Ramchun. Uno dei domestici. Non dovrebbe essere qui a quest'ora. Dovrò controllare meglio».

«Non mi piace» osservò padre John. «Perché un domestico dovrebbe ascoltare la nostra conversazione?».

«Forse si tratta semplicemente della curiosità di un nuovo impiegato».

«Può darsi e spero che abbia ragione. Ma se non fosse così?» obiettò Mac «È una seccatura. Che diamine starà succedendo?».

«Ieri abbiamo ricevuto una strana telefonata» rispose padre Gregory. In due parole raccontò ai missionari la conversazione con Roma e concluse: «Sfortunatamente la mia linea è collegata al centralino della scuola».

Gregory impallidì.

«Chi è l'addetto al centralino?».

«Il cugino di Ramchun. È lui ad avermelo raccomandato».

«Possiamo dire, quindi, che non è innocente. Che facciamo, padre John?».

Il vecchio prete sospirò profondamente:

«Suppongo che l'unica possibilità sia di accelerare i tempi e metterci in moto prima che le autorità indiane vengano allertate. Gregory, perché non fa venire qui padre Fulvio? Dobbiamo discutere con lui di alcune cose e decidere insieme cosa fare. Per ora stiamo a vedere come si comporta Ramchun».

Fulvio venne accolto da un pesante silenzio. I volti dei tre preti tradivano i loro pensieri.

«Padre Fulvio, le presento padre John e fratello Mac. Sono loro i messaggeri che aspettavamo».

Fulvio fu molto sorpreso.

«Ciò significa che le mie ricerche devono continuare nel Bhutan?».

«Caro Fulvio» disse sorridendo padre John, «forse dovrebbe prima informarci sulla sua missione. Nessuno lo ha fatto fino a ora».

«Scusatemi» disse padre Fulvio. «La prospettiva di poter finalmente andare avanti nella mia ricerca mi ha fatto dimenticare che vi devo qualche spiegazione».

«Faccia presto» insistette Mac, assicurandosi che nessuno ascoltasse dietro la porta. «Temiamo l'intromissione degli indiani. Poco fa, Ramchun, uno dei domestici, stava spiando alla porta. Sa qualcosa di più su quell'uomo, padre Gregory?».

«Mi hanno detto che se ne è andato» rispose padre Gregory.

«Bene, sarò breve» disse padre Fulvio. «Permettetemi di darvi solo un'idea generale del mio lavoro. Come ricercatore di Buddismo tantrico, mi interesso in particolare dei testi detti di rivelazione. Ho studiato molti testi misteriosi dove si allude a ciò che viene definito l'Insegnamento segreto. Questo, viene tramandato da un maestro spirituale al suo discepolo, nel lungo periodo di iniziazione. Durante la fase di apprendimento, il discepolo impara un po' per volta il sapere del suo maestro, grazie alla lettura di antichi testi religiosi e alla meditazione. Il maestro risponde a ogni domanda posta dal discepolo, via via che la sua coscienza si allarga. Le risposte e le spiegazioni riguardanti la Saggezza trascendentale costituiscono l'Insegnamento segreto. Questo non viene mai chiaramente svelato nei testi e può essere tramandato soltanto da un maestro dallo spirito illuminato a un discepolo la cui coscienza è sufficientemente aperta per riceverlo. A questo proposito, la storia della vita del grande santo tibetano Milarepa è esemplare. Venne iniziato alla conoscenza suprema e alla saggezza dal suo maestro Marpa, a sua volta discepolo del grande saggio indiano Naropa. Benché non si sia mai riusciti a conoscere l'Insegnamento segreto, per quanto riguarda gli altri Insegnamenti i testi di rivelazione sono perfettamente coerenti. Studiando, sono venuto a conoscenza, da diverse fonti, di alcuni fatti sorprendenti e del tutto logici. Per questo motivo le più alte autorità della Chiesa si sono interessate ai miei studi».

I tre uomini erano rimasti ad ascoltarlo affascinati. Ma Fulvio si accorse della loro perplessità. Nessuno commentò e il prete continuò:

«Ciò che vi ho detto non deve uscire da questa stanza. Le mie ricerche sono sostenute dalla più alta autorità della nostra Santa Chiesa e nulla deve ostacolarle!».

I tre preti annuirono aspettando in silenzio che Fulvio continuasse.

«Due anni fa i miei studi mi condussero a Lhasa, dove ebbi occasione di consultare alcuni testi alla biblioteca del Potala. Non trovai nulla d'interessante. Pensai che i testi più importanti fossero stati portati via dal Dalai Lama oppure fatti sparire dai cinesi. Stavo per lasciare il Tibet, quando, una sera, un guardiano del monastero si avvicinò dicendomi di essere un monaco Gelug-pa e di avere un'importante informazione da comunicarmi. La stessa che ho poi riportato a Roma e che ha scatenato tutto. Capirete certamente che non posso dire di più a questo proposito. Ma potrebbe trattarsi di una rivelazione capace di cambiare il corso della storia. Sembra che a Roma siano arrivati alla stessa conclusione».

Dopo un lungo silenzio, padre John prese la parola:

«Le istruzioni che abbiamo ricevuto corrispondono esattamente al suo racconto. Ci è stato chiesto di fare il possibile per aiutarla».

Porgendogli la Bibbia, aggiunse:

«Qui troverà il messaggio del nostro generale. Legga il secondo capitolo del Vangelo di San Giovanni. Sono certo che la sua conoscenza delle Scritture l'aiuterà a individuare il passaggio che le interessa».

Alzandosi dalla sedia, padre Gregory dichiarò:

«Padre Fulvio, lei sarà sicuramente d'accordo che dobbiamo muoverci rapidamente. Le lasciamo il tempo di leggere le nuove istruzioni mentre noi organizziamo la sua partenza».

Quando i tre preti lasciarono la stanza, Fulvio sprofondò nella lettura del capitolo "revisionato".

Questo messaggio le arriverà a tempo debito. Saprà allora che è arrivato il momento di agire. Le ricerche che ha condotto in Tibet e l'informazione che ha riferito a Roma sono probabilmente giuste. Abbiamo noi la Lettera di Seta dell'imperatrice Ming, il cui contenuto non può esserle ancora rivelato. Lei sa, comunque, che si tratta di un messaggio dalle conseguenze incommensurabili, una vera profezia. Il suo compito sarà quello di cercare le prove di quanto affermato nella lettera. Fonti attendibili dicono che un im-

portante documento, collegato alla Lettera di Seta, è custodito nella regione centrale del Bhutan. È probabile che emissari di altre potenze siano alla ricerca dello stesso tesoro. Vorremmo che fosse lei il primo a impadronirsene. Il suo contenuto non dovrà essere rivelato a nessuno senza l'autorizzazione di Sua Santità. Dovrà riportare il documento a Roma nel più breve tempo possibile, usando tutti i mezzi che riterrà necessari. Che Dio la benedica.

Con mani tremanti, Fulvio posò il libro. All'improvviso sentì delle voci concitate e riconobbe padre Gregory che esortava i due preti del Bhutan a ripartire subito.

«Stanno arrivando delle macchine, probabilmente dal campo militare qui vicino. Le riconosco dal rumore dei motori. Tra l'altro, Ramchun è introvabile. Sono sicuro che è andato a informare qualcuno».

«Non riuscirò mai a sopportare un'altra notte in strada. Le mie vecchie ossa si sgretoleranno» si lamentò padre John.

«Potrei partire io con padre Fulvio» suggerì Mac. «Prenderemo il sentiero che attraversa la foresta a nord della missione. Lei rimarrà qui e dirà che avevamo cose importanti da fare a Darjeeling e che saremo di ritorno domani. Così, avremo un po' di vantaggio».

Consapevole del rischio che stavano correndo, padre Fulvio non perse tempo. Andò nella sua stanza e prese la borsa che aveva preparato il giorno prima. Uscendo nel cortile, vide in lontananza i fari di un convoglio che si stava avvicinando. Mac aveva già messo in moto la jeep.

«Su, svelto! Padre John, ci rivedremo da qualche parte nel Bhutan. Ci dirigeremo a sud, seguendo la strada che attraversa l'Assam. I nostri visti di transito sono validi solo se entriamo da Geylephug. Speriamo che da quelle parti non ci cerchi nessuno».

Fulvio strinse le mani dei due preti:

«Grazie tante per il vostro aiuto. Spero che non avrete noie con i militari».

Senza accendere i fari, Mac uscì con la jeep dal cortile. A tutta velocità, si diressero verso il sentiero di campagna. La strada era illuminata solo da una pallida mezza luna che ogni tanto si nascondeva dietro una nuvola pigra. I due uomini guardavano con ansia alle loro spalle. Riuscirono comunque a sfuggire ai militari che avevano quasi raggiunto l'ingresso della missione.

«Padre Fulvio, appena sente che si fermano, me lo dica. Dovrò spegnere il motore. Spero di aver già raggiunto la foresta. Da lì, la strada è in discesa, dobbiamo allontanarci senza accendere il motore».

Spinse a fondo l'acceleratore, pregando che nessun nido di gallina ostacolasse la loro cavalcata selvaggia.

«Motore! Sono arrivati!» gridò Fulvio.

«Maledizione! C'eravamo quasi» disse Mac. «Credo che dovremo spingere».

«Ma scherza! Spingere la macchina in salita?! Peserà una tonnellata. Ci vuole Sansone per un lavoro del genere».

Erano in piedi vicino alla jeep con lo sguardo rivolto agli edifici della missione. All'improvviso, padre Fulvio esclamò:

«C'è un argano nel cofano. Può funzionare a batteria?».

«Sì, per pochi minuti, però».

«Bene, tireremo la jeep con l'argano. Spero che la batteria non faccia troppo rumore».

Padre Fulvio srotolò il cavo lungo la strada e lo strinse forte intorno a un tronco d'albero, in cima a una collinetta. Con la mano fece segno a Mac di azionare la manovella. Con un rumore lacerante la vecchia carretta iniziò ad arrampicarsi verso l'alto. I due preti ascoltavano il cigolìo dell'argano, timorosi che si potesse sentire giù alla missione. La jeep era a tre quarti della salita, quando l'argano iniziò a singhiozzare.

«La batteria sta morendo. Su, spingiamo» urlò Mac.

Spinsero con tutte le loro forze. Il mezzo saliva con lentezza esasperante. Di colpo qualcosa cedette e la macchina iniziò a prendere velocità.

«Santo Dio» gridò Mac, «siamo in cima».

Padre Fulvio, con un salto da gigante, riuscì ad aprire la portiera e a saltare al posto dell'autista. Spinse a fondo il freno. Il pesante mezzo si fermò, scivolando. Senza fiato, Mac arrivò correndo.

«Grazie a Dio, è riuscito a fermare la jeep. Passi sull'altro sedile, dobbiamo scappare».

«E il cavo? Non vorrà mica portarsi dietro quel povero albero nel Bhutan?».

«Ha ragione, mio caro compagno. Non sono abituato a questo genere di avventure».

Lentamente acquistarono velocità in discesa. Non erano ancora del tutto sicuri dell'esito positivo della loro fuga. Dietro di loro non c'erano né luci né rumore. All'alba, si fermarono a mangiare qualcosa in un villaggio. Non avevano incontrato poliziotti né posti di blocco. Solamente i loro visi spaventati e la targa rossa del Bhutan avevano destato curiosità.

«Com'è la situazione nell'Assam?» chiese Fulvio. Stavano viaggiando tranquillamente sulla strada dritta con vista sull'Himalaya, ai cui piedi iniziava la frontiera del Bhutan.

Senza togliere gli occhi dalla strada, Mac rispose:

«Secondo le fonti ufficiali indiane, la situazione è sotto controllo. Per questo abbiamo avuto il permesso di passare dall'Assam. Ma non credo che sia come dicono loro. La radio del Bangladesh ha detto più volte che ci sono scontri tra i due gruppi etnici. I viaggiatori raccontano brutte storie di violenze commesse sia dalla polizia che dagli estremisti delle due fazioni».

«Speriamo di poterli evitare» disse padre Fulvio. «Abbiamo già abbastanza problemi».

«Ha ragione» aggiunse l'altro. «Glielo dico sinceramente, questa situazione mi preoccupa. Sono solo un fratello della Compagnia di Gesù, la mia fede è forte: ma le sue ricerche potrebbero mettere in pericolo i suoi fondamenti e non so come la mia anima semplice possa reagire.

«Neanche io lo so, fratello Mac» rispose padre Fulvio.

«Ma se è stato proprio lei a mettere in moto tutto quanto! Perché non ha lasciato perdere quando ha capito quali conseguenze ne potevano nascere?».

«Non so risponderle. La prospettiva di svelare un simile mistero è semplicemente irresistibile».

«Intende dire che le piace l'idea di entrare nella Storia» gli urlò Mac.

«Sono solo uno strumento. Mi deve credere, non cerco la gloria».

«Lo spero, per la pace della sua anima. Non ha mai pensato di essere lo strumento di forze malefiche?».

«L'ho pensato, ed è per questo che mi sono confidato con i miei superiori. La nostra Santa Chiesa può giudicare e valutare i risultati dell'indagine. Sono sicuro che la saggezza di quelle persone ci guiderà».

«Apprezzo la fiducia che ripone nella nostra Chiesa. Molte persone pregheranno perché le cose vadano come lei spera. Eppure, sento una certa apprensione».

Rimasero in silenzio a riflettere su quanto si erano appena detti. La pallida luce del mattino rendeva la situazione ancora più irreale. In lontananza, una nebbia leggera nascondeva la foresta. Lungo la strada c'erano qui e là gruppetti di misere capanne, dove bestie e persone iniziavano una nuova giornata di lavoro. Nessuno tentò di rallentare la loro corsa e nessun controllo di polizia interruppe gli scossoni ipnotici della jeep.

«Se la sente di guidare, padre? Sono esausto. Rischiamo di finire in un burrone».

«Ma certo, fratello Mac! Sono felice di potermi distrarre».

Padre Fulvio si mise al volante.

«Stia attento, le strade indiane sono infide: piene di buche, di bestiame e di biciclette senza luci».

«Non si preoccupi. Le strade africane non sono migliori».

All'ora di colazione si fermarono in un chiosco lungo la strada. Un tè zuccherato e uno yogurt al latte di bufala li aiutarono a rilassarsi dopo la fuga.

«Niente male, vero? Siamo vivi, in buona salute e sazi!» esclamò Mac, con i gomiti sul tavolo. «Quando si conduce una vita semplice e isolata, come la mia nel Bhutan, si apprezzano momenti simili. Dovremmo prendere le cose come vengono. Fino a ora i nostri angeli guardiani ci hanno vegliato con un sorriso sulle labbra».

«Ha ragione. Forse abbiamo avuto una reazione esagerata. Magari i militari passavano per caso dalla missione».

«Non ne sarei troppo sicuro» rispose Mac.

Quando tornarono alla macchina, una folla silenziosa si era accalcata intorno alla Land Rover. Non c'era la minima ostilità nell'atteggiamento della gente. Quando padre Fulvio accese il motore, un poliziotto si avvicinò e gli chiese qualcosa. Mac si fece avanti per rispondere al suo posto:

«Dove vuole andare?».

«Dovrei andare a trovare la mia famiglia a Geylephung. Lei va lì, signore?».

«Immagino che voglia un passaggio» borbottò il prete.

«È possibile?».

«Chi viaggia insieme a lei?».

«Solo mia moglie e i suoi genitori.»

«È questa la seccatura con questa gente» imprecò Mac in inglese. «Ne prendi uno e finisci per avere tutto il villaggio in macchina. È una fortuna che non ci siano animali. Ma per attraversare la dogana indiana potrebbe esserci utile avere quest'uomo con noi. Sono contenti quando si dà una mano a uno di loro».

Con la testa fuori dal finestrino disse:

«*Accha*, può venire! Dica alla sua gente di muoversi, non vogliamo perdere altro tempo!».

Con un largo sorriso, il poliziotto tornò rapidamente, accompagnato dalla famiglia che si portava dietro metà dei suoi beni. In men che non si dica, la macchina fu riempita dal suocero, la suocera, la moglie, i pacchi, le coperte, i cesti di volatili e dal poliziotto che, felice, stava con metà del corpo fuori della jeep. Lentamente, sobbalzando, la Land Rover passò tra la folla, prendendo velocità appena oltre il villaggio.

A mezzogiorno, arrivarono finalmente alla frontiera con il Bhutan e si fermarono alla dogana indiana.

«Vado a parlargli io» disse Mac. «Ci conosciamo. Mi chiederanno informazioni su di lei e sull'assenza di padre John. Dirò che non si è potuto muovere per motivi di salute e che lei è una specie di ispettore mandato da Roma da un burocrate imbecille. Lo farò contento dato che spesso gli impiegati del loro QG vengono qui a rompergli le scatole».

Fermarono la macchina di fronte alla casetta bianca. C'era un caldo opprimente. Una slavata bandiera indiana sventolava sull'asta. Solo il brusìo di una miriade di insetti invisibili spezzava il silenzio. Il passo di Mac rimbombava mentre si dirigeva lentamente verso il posto di controllo.

«*Namaskar*! Sono tornato, amici! Come va?» disse salutando il doganiere che, annoiato, sedeva sotto l'unico ventilatore della stanza».

«Così presto?» si limitò a constatare il poliziotto.

«Cosa vuol dire, così presto? Sono passati sei mesi da quando ci siamo visti l'ultima volta».

«Forse. Ma i miei colleghi di Sandup Jonjar l'hanno vista un paio di giorni fa».

Senza battere ciglio, il prete replicò:

«Vedo che il vostro sistema di comunicazione è notevolmente migliorato in questi ultimi tempi».

«Perché tanta fretta, fratello Mac?».

«Non ho fretta» rispose, chinandosi verso di lui per aggiungere con tono confidenziale: «Ma c'è qualcuno con me che ne ha molta».

«Capisco, chi è?».

«È uno stupido prete mandato da Roma per controllare il mio lavoro e quello di padre John. Si rende conto? Controllarci».

«Dov'è padre John? Non riesco a vedere la macchina da qui».

«Il pover'uomo ha un forte mal di schiena. Ha difficoltà a muovere la gamba destra».

«Poveretto! Dov'è?».

«È rimasto con padre Gregory a Kalimpong. Credo però che dovranno mandarlo a Calcutta o da qualche altra parte. Ha bisogno di buone cure».

«Chi sono le persone che viaggiano con lei?» chiese il doganiere, vedendoli scendere dalla macchina.

«Mi hanno chiesto un passaggio a cinquanta chilometri da qui. Il tizio mi ha detto che doveva portare la moglie a Geylephug. È un poliziotto».

Il doganiere si avvicinò alla macchina e il poliziotto gli disse qualcosa. Dopo uno scambio di idee breve ma animato, il doganiere prese i passaporti e i lasciapassare per timbrarli nel suo ufficio, e poi, li mandò via con un gesto altezzoso.

In trance, padre Fulvio spostò la macchina duecento metri più avanti, fino al posto di controllo bhutanese. Il battito cardiaco gli rimbombava nelle orecchie. Come avvolto nella nebbia, sentì padre Mac trattare e ridere con gli uomini che portavano l'uniforme blu della polizia reale bhutanese. Le formalità furono sbrigate prima che lui se ne rendesse conto. Era finalmente arrivata in quella che gli sembrò la Terra Promessa.

«Mio Dio, grazie» mormorò padre Fulvio.

«Amen» rispose semplicemente il suo compagno.

Dharmsala-Thimpu

Il viaggio in autobus sembrava infinito. La bocca di Rinchen Namgyl era secca e la vescica piena. Ogni sobbalzo glielo ricordava dolorosamente. Non era abituato alle pianure indiane e preferiva i 1.800 metri di Dharmsala. Da quando era fuggito dal Tibet, venti anni prima, era vissuto lì, vicino al Dalai Lama.

Non era stato facile guadagnarsi la fiducia dei lama più anziani. Erano diventati sospettosi dopo la scoperta di agenti cinesi infiltrati tra i rifugiati tibetani. Il passato di Rinchen Namgyl era stato scrupolosamente esaminato, ma non era stato trovato alcun legame con gli invasori cinesi. Il partito aveva previsto tutto. Il fervore di Rinchen e le sue conoscenze religiose avevano infine convinto i lama ad accettarlo come monaco.

Gli anni di meditazione e di preghiera a Dharmsala avevano lasciato in lui tracce profonde. Non era facile vivere come un prete devoto vicino al Dalai Lama ed essere una talpa dei servizi segreti cinesi. Quando aveva ricevuto il messaggio, ci aveva messo un bel po' a rispondere, rischiando di perdere la vita. All'ultimo momento, prima che l'esasperato agente cinese decidesse di sopprimerlo, si era ricordato del vecchio codice. Rabbrividì e distolse il pensiero da quel brutto ricordo. Guardando dalla finestra, notò che il traffico si era fatto più intenso. C'era una miserabile bidonville lungo la strada.

Appena sceso dall'autobus, ebbe l'impressione che Chandigarh fosse avvolta dalla polvere. Si sentì a disagio, in mezzo ai palazzi in stile occidentale. Non sapeva, e d'altra parte se ne fregava, che architetti di fama mondiale, come Le Corbusier e Maxwell Fry, avevano progettato le costruzioni di gran parte della città. Lasciò velocemente la stazione degli autobus. Conosceva abbastanza bene l'hindi da poter chiedere dove andare per raggiungere il luogo d'incontro con il suo contatto. Nessuno prestò attenzione al monaco tibetano perso nella città. Erano numerosi e di solito badavano ai propri affari.

Entrando nell'angusta farmacia, si chiese se fosse l'indirizzo giusto.

«C'è il signor Phurba Tsering?» chiese al piccolo sherpa seduto dietro al banco. Il vecchio uomo lo guardò con sospetto e rispose: «Forse».

«In tal caso, sarei felice di incontrarlo. Gli porto i saluti del Sikkim».

Nessuna emozione trapelò dal viso del negoziante, che rispose freddamente:

«Il Sikkim è lontano. Chi può mandare i saluti in questo periodo dell'anno?».

«Qualsiasi stagione è buona per l'amico che manda i saluti».

«È vero, ma è giusto riceverne in qualunque momento e da qualsiasi persona?».

«Vengono dalle nuvole e sono portati dal vento».

Dopo queste parole, il negoziante si precipitò verso la porta chiudendola. Chiese al monaco di seguirlo nel retrobottega.

«Dunque lei è la talpa. Non mi sarei mai aspettato un monaco Gelug-pa. Devo ammettere che il travestimento è perfetto».

«Non è un travestimento, sono un monaco».

Il vecchio fece una smorfia di sorpresa e disse:

«Ancora meglio per la sua missione. Si sieda. Preparo un po' di *tsampa* e di *suja*, prima di iniziare con le spiegazioni».

Rinchen Namgyal sedette su un cuscino a gambe incrociate. Il vecchio iniziò a preparare del tè tibetano al burro e posò una ciotola di farina d'orzo grigliata davanti all'ospite.

«La ringrazio di onorarmi così, anche se il nostro incontro è professionale».

«È un piacere rispettare le tradizioni, soprattutto quando il mio ospite è un onorevole lama».

Rinchen Namgyal si stupì di questa dichiarazione. D'altra parte, il vecchio non aveva necessità di farla, avrebbe potuto fare finta di niente. Apprezzava l'evidente ambiguità delle parole del piccolo sherpa. Il vecchio non rappresentava un pericolo. Mise un po' di *tsampa* nel tè salato col burro.

«Credo che dovremmo discutere di affari» osservò Rinchen posando la tazza.

«Ho infatti ricevuto un messaggio dal QG, firmato "Il Serpente"» rispose Phurba.

Rinchen Namgyal fu sul punto di perdere il controllo. Una sola persona aveva il diritto di usare quel codice e unicamente in caso di estrema urgenza. Questa persona era uno tra i più alti dirigenti del suo paese. Con estrema calma disse:

«Qual è il messaggio del Serpente?».

Un po' dispiaciuto dall'apparente mancanza di reazione del suo ospite, il vecchio disse:

«Mi è stato dato a voce accompagnato da questo pezzetto di carta. Come vede è solo una firma».

«Direi autentica». Rinchen rassicurò il vecchio uomo. «Ora sentiamo il messaggio...».

«Mi è stato ordinato di dire questo: "Dica al monaco di andare a trovare la sua famiglia. Ci sarà anche un giovane inglese in zona. Sta cercando qualcosa. Deve scoprire di che si tratta, impadronirsene e portarla immediatamente al QG. Usi pure ogni mezzo, ma non torni senza"».

Rinchen Namgyal ebbe un fremito d'orrore ascoltando le ultime parole.

«Capisco. Sembra una missione interessante. Le è stato detto qualcos'altro?».

«Nessun'altra istruzione, solo di dimenticare tutto una volta che lei se ne fosse andato».

«È sicuramente la miglior cosa da farsi! Ora devo trovare un posto per dormire».

«Se vuole rimanere qui, è il benvenuto. Non ho famiglia, può dormire nell'oratorio».

«E i vicini? Non si insospettiranno se a un tratto avrà ospiti?».

«Non si preoccupi. Ho già detto che aspettavo la visita di un lontano parente dal Tibet».

Fu soddisfatto della risposta del vecchio sherpa. Con un leggero cenno della testa si ritirò nella sua camera. Un piccolo *thangka* del Budda in veste di Guru Rimpoche era sospeso sopra l'altare. Davanti all'immagine sacra c'erano sette ciotole d'argento piene di acqua fresca e otto *tormas,* offerte che rappresentavano le sacre montagne degli sherpa.

Come faceva da tanti anni, Rinchen Namgyal si sedette nella posizione del loto, in cerca di pace e di raccoglimento per la meditazione profonda. Non sospettava che qualcuno lo stesse osservando per mandare un rapporto su di lui al QG. Anni prima aveva deciso di lottare per la libertà, di prendere questo gioiello da qualsiasi parte arrivasse e di difenderlo a ogni costo.

Non riusciva a liberare la mente dai tanti interrogativi impliciti nella sua missione. Se il suo ruolo di talpa presso il Dalai Lama era stato sacrificato, significava che qualcosa di molto grave stava per accadere. Si chiese cosa poteva esserci di più importante, per garantire la pace in Tibet, che sorvegliare e influenzare le attività del peggiore nemico della Cina. Il messaggio era stato di una frustrante brevità:

"Seguire un inglese!".

Non sapeva niente di quell'individuo, solo che era alla ricerca di qualcosa. Quanti pazzi inglesi giravano il mondo cercando i resti del loro impero scomparso? Rimase per un'ora intera ad arrovellarsi su questi pensieri, poi si addormentò.

Quando Rinchen Namgyal scese dall'aereo, venne accolto all'aeroporto di Bagdogra da un vento fresco proveniente dal vicino Himalaya. Aveva abbandonato l'abito da monaco e il nuovo travestimento lo faceva sentire estraneo a se stesso.

«Qual è lo scopo della sua visita?» gli chiese il doganiere con voce annoiata.

«Commercio in tappeti tibetani e sono venuto a trovare parenti che abitano nel Buthan».

«Ha il permesso di transito per stranieri?».

«Sono cittadino indiano» rispose Rinchen, tendendo al doganiere il passaporto.

«Allora può andare senza lasciapassare. Bene, ecco i suoi documenti».

Con il cuore in gola, Rinchen riprese le sue cose. Lasciò l'aeroporto e salì sul vecchio autobus traballante delle Indian Airlines.

«Va a Siliguri?» chiese all'autista. Per tutta risposta ebbe solo un pigro grugnito. Ci vollero non meno di quaranta minuti perché tutti i passeggeri e gli amici dell'autista si sistemassero.

Trascorse la giornata al bazar, comprando tappeti, sete e pietre preziose. Oggetti che avrebbero dato conferma alla sua identità di mercante, occupazione molto comune tra i rifugiati tibetani. Carico di oggetti, prese l'ultima corriera per il Buthan.

Mischiato alla folla dei frontalieri, Rinchen Namgyal attraversò il confine a Phuntsholin la sera seguente. Sotto la fiacca luce delle lampade a cherosene che illuminavano i piccoli chioschi del bazar, sperò di passare inosservato. Non sfuggì, però, all'occhio vigile dei tre poliziotti buthanesi in borghese che si erano appostati agli ingressi del bazar. Con grande soddisfazione uno di loro afferrò il walkie-talkie:

«È passato davanti al negozio di Tashi e si è diretto all'hotel Riyga. Si è seduto al ristorante del piano terra. Passo».

«Andateci e ordinate qualcosa da bere! Cercate di scoprire se rimane lì o se invece ha altri programmi. Chiudo».

Sul posto

Adèle de Sainte-Fleur amava molto il comodo albergo Mothitang, considerato d'altronde il migliore della capitale. L'architettura tradizionale era stata adattata alle moderne tecniche di costruzione. La sua camera, con pareti verde chiaro, era luminosa ma non molto grande. Uscì sul balcone da dove si godeva una vista panoramica sulla valle di Thimpu. Una leggera nebbia mattutina copriva la capitale, il fumo saliva dai camini delle case basse, nessun rumore raggiungeva l'albergo, costruito su una collina al confine occidentale della città. Respirò l'aria fresca e profumata delle montagne, felice di essere ancora viva dopo un volo terrorizzante.

La sua contemplazione venne interrotta da due camerieri che portarono alcune sedie, un tavolo e dei vassoi. Sorrise di fronte alla simpatica goffaggine dei ragazzi. Non avevano sicuramente fatto la scuola alberghiera a Losanna! Il miglior modo per ottenere le uova alla coque era di chiederle fritte. La maggior parte delle ordinazioni veniva accolta con un sorriso disarmante e un'alzata di spalle, a indicare che il solo modo possibile per farsi capire era di esprimersi in *dzongka,* la lingua ufficiale del Druk Yul, il Paese del Drago tranquillo.

Adèle si sedette al tavolino, e pensando ai cinque giorni già trascorsi nel Buthan sorseggiò lentamente il tè zuccherato che aveva chiesto per colazione. La visita al museo nazionale di Paro aveva fornito solo poche informazioni. Il custode era stato molto evasivo, pur consigliando di proseguire le ricerche alla biblioteca nazionale di Thimpu.

Il personale della biblioteca, benché estremamente gentile, aveva sostenuto che i documenti da loro richiesti facevano parte di un testo assolutamente sconosciuto nel Bhutan, e dunque non furono di grande aiuto. Un leggero colpo alla porta la strappò ai suoi pensieri.

«Chi è?» chiese.

«Siamo io e Jean» rispose il professor Machprot.

Si alzò per andare ad aprire.

«Qual buon vento?» disse, accogliendoli con un sorriso ironico.

«Cara Adèle, vorremmo parlare dei nostri prossimi programmi».

«Benissimo, entrate! Prendete le sedie e andiamo sul balcone, si sta bene fuori».

«Signorina» iniziò Jean Dupont, «suppongo che abbiamo tutti l'impressione di girare a vuoto...».

«Gioventù impaziente» rispose senza alcuna condiscendenza. «Lo sa quanto c'è voluto per decifrare le iscrizioni delle piramidi d'Egitto?».

«Non sapevo che la sua carriera fosse iniziata allora» rispose Jean Dupont, risentito.

«Che impertinente» sibilò furiosa Adèle nel vedere Machprot nascondere a fatica una risata.

Si sedettero in terrazzo; i primi raggi di sole iniziavano a scaldare l'aria. I due uomini ordinarono la colazione.

«Questo posto è veramente troppo piacevole per litigare» fece notare Machprot. «Parliamo di affari. La ricerca che stiamo facendo qui nel Bhutan poggia su indizi estremamente fragili. Siamo venuti qui perché Jean è stato avvicinato, in strane circostanze, da un lama bhutanese. Non abbiamo altri punti di riferimento».

«Avremmo potuto iniziare a Dalhousie» rispose Jean. «Da quel che sappiamo, gli altri documenti potrebbero essere lì».

«Falso, amico mio» annunciò trionfalmente il professore. «Se a Dalhousie ci fosse stato qualcosa, Vieusac ne sarebbe stato informato».

«Con tutto il rispetto per le sue conoscenze in tibetologia, lei crede di sapere veramente come la pensa un asiatico, in particolare un tibetano, quando si tratta di organizzare un complotto?».

«Spiacente di doverlo ammettere, ma il giovanotto ha segnato un punto» borbottò Adèle.

«Va bene, ammettiamo che abbiate ragione; forse avevano ulteriori informazioni, ma allora perché non dirlo a Vieusac?» chiese Machprot.

«Forse hanno voluto prendere in giro l'ambasciatore. A loro piace divertirsi» rifletté Jean.

«Non sono d'accordo» contrattaccò Machprot. «Per due motivi: il primo è che gli hanno consegnato un documento antico e prezioso».

«Ne è sicuro?» interruppe Adèle.

«Oh, basta! Pensa veramente che il nostro governo ci avrebbe mandato a fare questo viaggio senza avere prima analizzato, polverizzato, persino atomizzato quel documento in uno dei suoi tanti laboratori segreti e sofisticati?».

«D'accordo, obiezione accolta» concesse Dupont. «L'altro motivo?».

«Non riesco a immaginare che possano aver fatto uno scherzo all'ambasciatore. Non rischierebbero di dispiacere al governo. L'esilio pone i tibetani in una situazione delicata, hanno bisogno di aiuto».

«Lei è un avversario coriaceo» disse Jean ridendo. «Va bene, non è uno scherzo. E allora?».

Machprot si alzò, incrociò le mani dietro la schiena e si mise a camminare su e giù per il balcone. Come in trance, iniziò a declamare:

«Ho l'impressione che, attraverso di noi, i Tibetani cerchino disperatamente di inviare un messaggio. Si preoccupano che non si riesca a capirlo. Ricordate cosa hanno detto a Vieusac. All'inizio del secolo, quei documenti sono stati mostrati ai membri di una spedizione britannica. Non è servito a nulla. Ora, probabilmente, i Tibetani temono che neppure noi li si ascolti. Ma di cosa hanno paura? Forse che il loro messaggio sia poco credibile. Non dimenticate che i monaci della cerchia del Dalai Lama studiano soggetti altamente esoterici e sanno che in Occidente pensiamo e agiamo in maniera diversa. Ma sanno anche che ricercatori come noi possono capire cosa vogliono dire. Forse ci considerano come una sorta di ponte verso l'Occidente, ovvero verso un governo europeo».

Dopo essersi fermato vicino al tavolo per bere un sorso di caffè, proseguì:

«Perché dico questo? Guardate il contenuto del documento. Sembra una favola, a dir poco! Se lo mandassero direttamente ai nostri governi, non potrebbero aspettarsi di essere presi sul serio. Dunque, cercano di convincere noi della sua autenticità. Perché, allora, non stare al gioco?».

Sottolineando le parole con un gesto interrogativo, riprese:

«Vogliono coinvolgerci e credo che, a questo proposito, abbiano avuto un'idea molto brillante, cari amici. Hanno stimolato la nostra curiosità sottoponendoci una storia folle, ma al tempo stesso qualcosa di concreto: il documento. Può essere analizzato e scientificamente datato».

«Bravo, professore» applaudì Adèle. «Tutto questo è molto interessante ma non ci indica la strada da percorrere».

«Esatto» confermò Jean. «Siamo nel Bhutan da quasi una settimana e non abbiamo fatto neppure un passo avanti».

«Forse sì, invece» disse Machprot, con un sorriso malizioso. «Supponiamo per un attimo che loro sappiano dove si trovano i documenti. Non sono né in Tibet né in India. Penso che siamo tutti d'accordo su questo...».

«Beh, sì, altrimenti non ci avrebbero indirizzati in Bhutan» osservò Adèle.

«Dunque» disse Machprot, «l'unica conclusione possibile è che il Dalai Lama abbia inviato qui quei documenti quando ha lasciato il Tibet. Conosciamo le strade che collegano il Tibet al Bhutan. Guardiamo una mappa del paese».

Svelta, Adèle andò a prenderla nella sua stanza. Tutti e tre ci si chinarono sopra con avidità.

«Da quel che ne so» iniziò Adèle, «le tre principali strade carovaniere passavano da Lingshi e Haa a ovest, dalla valle di Tang e il Bumthang al centro, e da Singey Dzong a est».

Machprot, balzando dalla sedia, gridò:

«Sapete cosa c'è nel Bumthang?».

«No» disse Jean Dupont.

«Il monastero di Kurje! È il posto più sacro del Bhutan. Si dice che Budda ci abbia vissuto undici anni reincarnato in Padma Sambhava, o Guru Rimpoche. Lì vengono cremati i re del Bhutan. Quale miglior posto di Kurje per nascondere dei documenti?».

Un energico colpo alla porta interruppe la loro discussione.

«Cosa c'è?» chiese Adèle.

«Un messaggio per il professor Machprot e il suo gruppo, da parte del direttore del Turismo».

«Entri».

Un giovane bhutanese, vestito con il tradizionale *bakoo*, apparve sul balcone. Con un leggero inchino consegnò una busta bianca. Machprot aprì la lettera e la lesse ad alta voce:

"Il direttore del Turismo Dasho Jigme Tsering invita la signorina Adèle de Sainte-Fleur, il professor Virgile Machprot e il signor addetto culturale Jean Dupont nella sua residenza questa sera, alle ore venti, per una cena in loro onore".

«Che meraviglia!» esclamò Adèle. «Accettiamo, vero Virgile?».

«Certo! Sarà un'ottima occasione per incontrare persone interessanti. Tra l'altro, il direttore del Turismo potrebbe aiutarci a organizzare un viaggio nel Bumthang» aggiunse Machprot a bassa voce. Rivolgendosi al bhutanese, disse: «È un onore per noi e accettiamo l'invito con grande piacere».

Quando il messaggero se ne fu andato, Machprot si voltò mormorando:

«Strano, ho l'impressione di sfondare una porta aperta».

Per la prima volta, dopo tre giorni, Timothy Wiscott non aveva più l'impressione di essere seguito. Aveva avuto questo sensazione uscendo dal negozio Tashi a Thimpu. La sua macchina era parcheggiata proprio di fronte al grande magazzino. Aveva visto un giovane ufficiale indiano della Border Road Task Force esaminare la sua auto da vicino. Era un modello straniero, ma ce n'erano molte a Thimpu. Di solito, gli ufficiali indiani erano piuttosto snob e non manifestavano mai il loro interesse per cose così banali, anche se segretamente le sognavano. Quando Timothy era tornato verso l'ingresso, l'indiano si era girato bruscamente ed era sparito dietro l'angolo. Timothy non era riuscito a vederlo in viso. Alto e magro, poteva assomigliare a un sik, benché senza barba né turbante.

Timothy percorse lentamente la strada principale, guardò nello specchietto retrovisore, ma non vide nessuna macchina dietro di lui. Passò di fronte al cinema, girò a sinistra verso il negozio Drake, passò davanti al magazzino Wo Ho e arrivando sulla piazza di fronte alle Druk Airlines si fermò per controllare di nuovo. Non vide l'uomo dalla pelle scura che scendeva le scale dell'edificio vicino alla stazione centrale dei taxi. Quando ripartì, non badò alla macchina, una jeep Mahindra traballante, che lo seguiva a distanza.

Percorse la strada principale, girò a sinistra e, oltrepassando la pasticceria svizzera, si diresse verso il quartiere dove risiedevano gli agiati funzionari del governo. Non si parlava di casa: era una residenza, lo aveva imparato nel corso della prima telefonata al direttore delle Foreste. Tra l'altro, non si doveva chiamare senza un valido motivo: astruse regole del protocollo, difficili da capire.

All'inizio, tutti gli stranieri rimanevano sorpresi dall'accoglienza calorosa e ospitale degli alti funzionari. Alcuni gringo avevano commesso l'errore di considerarsi subito amici. "Non è così semplice" aveva pensato Timothy. L'invito alla residenza del direttore del Turismo l'aveva veramente sorpreso. Il cartoncino diceva che la cena era organizzata in onore di un gruppo di tibetologi francesi. Aveva molta voglia di conoscerli, chiedendosi se non fossero anche loro sulle tracce dello stesso segreto.

"In fondo, la notizia è rimbalzata da fonti francesi" pensò, arrivando di fronte alla casa di Dasho Jigme Tsering. La padrona di casa, una donna originaria del Sikkim, gli aprì la porta. Dapprima, due vivaci occhi neri lo esaminarono freddamente, poi venne accolto da un grande sorriso.

«Signor Wiscott, suppongo» disse, mentre Timothy si inchinava leggermente.

«Molto onorato, signora. Ho un aspetto così inglese da essere riconosciuto immediatamente?».

«Beh, non sembra certo bhutanese!» disse ridendo. «Conosco tutti i francesi della città. Gli svizzeri sarebbero vestiti altrimenti. Sono state le scarpe a tradirla».

«Le scarpe?».

«Adoro il candore inglese a proposito di scarpe. Ho l'impressione che da quando Robin Hood è saltato dall'albero sulla schiena del ricco cattivo, l'evoluzione della scarpa inglese si sia arrestata del tutto. Non si offenda, sono sicura che quelle scarpe di camoscio sono molto comode».

Solo l'impeccabile educazione inglese di Timothy gli impedì di fare un paragone tra le scarpe nei due paesi. Inoltre, aveva apprezzato il sublime senso dell'umorismo della sua ospite.

Quando la porta si chiuse, un'ombra sgattaiolò da dietro un albero verso una zona buia accanto al muro. Senza far rumore, scivolò sotto il tetto e Rinchen Namgyal poté apprezzare la particolarità delle case bhutanesi di non essere chiuse ermeticamente tra le mura e il tetto. Come un serpente strisciò sulle travi polverose. Si fermò sopra il salone. Accostando l'orecchio al pavimento, poteva sentire chiaramente la conversazione al piano di sotto. Con infinite precauzioni sollevò leggermente un'asse e la spostò tanto da creare uno spazio che consentisse di vedere cosa succedeva nella stanza. Vide un gruppo di europei che parlavano una lingua a lui sconosciuta.

Dopo poco, riconobbe l'inglese che aveva seguito: stava entrando nella stanza con un piatto pieno in una mano e un bicchiere di whisky nell'altra. Era in compagnia del direttore del Turismo. Quando venne presentato al gruppo che chiacchierava in un angolo, Rinchen capì che si trattava dei tibetologi francesi in visita nel Bhutan.

«Signor Wiscott» iniziò il professor Machprot, «sono contento di conoscere un cittadino del mio stesso continente in un paese così lontano».

«Per ora siamo ancora un'isola, ma i nostri governi hanno la folle idea di collegare la Gran Bretagna al continente tramite un ridicolo tunnel. Ma, ben inteso, sono molto felice di conoscervi, signora, signori».

«Oh, che bello, parla francese!» esclamò Adèle de Sainte-Fleur.

«Infatti, ma sono sicuro che gli altri ospiti si sentirebbero esclusi, non è vero, caro Dasho?» disse Timothy.

«Temo di sì, non ho mai avuto occasione, fino a oggi, di imparare a esprimermi correttamente nella vostra bella lingua. Sfortunatamente, i turisti francesi sono ancora rari nel nostro paese. Speriamo che la situazione cambi presto. A questo proposito, saprà che stiamo iniziando ad avere contatti con la Francia».

«Infatti, ne abbiamo sentito parlare. Sembra che il Bhutan abbia un ruolo politico importante nella regione» azzardò Dupont.

«Siamo un piccolo paese rigidamente neutrale» spiegò il direttore, «e questo ci dà un vantaggio come mediatore tra fazioni rivali. Vorremmo organizzare regolarmente a Thimpu delle riunioni tra i ministri degli Affari Esteri dei paesi vicini. Avrete senz'altro sentito parlare delle trattative di pace tra le parti belligeranti dello Sri Lanka, qui nella nostra capitale. Sfortunatamente fino a ora i risultati non sono stati molto incoraggianti».

«Sono loro a rimetterci, non il Bhutan» disse semplicemente il professor Machprot.

«Grazie, professore» disse il direttore. «Ma non siamo qui, stasera, unicamente per parlare di politica. Sedete e assaggiate il cibo preparato da mia moglie».

Il gruppetto prese posto sulle panche lungo il muro. Davanti a ognuna di queste, a fare le veci del tavolo, c'era una piccola cassapanca lavorata e dipinta finemente. Si sedettero proprio a portata d'orecchio dell'intruso al piano di sopra.

«Posso chiederle, professore, se si trova qui nel Bhutan per turismo o per motivi professionali?» chiese Timothy.

«Certo che può farlo. Siamo tutti e tre tibetologi e lavoriamo all'Istituto nazionale di lingue e civiltà orientali. Quale migliore posto del Bhutan per studiare gli scritti del Buddismo tantrico? Non è vero, cara Adèle?».

Adèle stava disperatamente cercando di ingoiare un pezzo di *ima datsi*, il piatto nazionale a base di formaggio di yak e di peperoncino rosso terribilmente piccante. Il bruciore in bocca e le lacrime agli occhi le impedirono di ascoltare con attenzione le domande dell'inglese.

Anche Timothy si trovò a lottare eroicamente con un pezzo di grasso di maiale. Qualcuno gli aveva spiegato che in Bhutan il grasso veniva considerato il pezzo migliore. Era stato proprio il padrone di casa a servirgli quella deliziosa specialità e non poté fare a meno di sospettare che l'avesse fatto apposta. La padrona di casa sussurrò qualcosa all'orecchio del marito e Timothy notò in lui una certa irritazione. Uno strano individuo entrò nella stanza: indossava un *bakoo* grigio, il tradizionale vestito bhutanese maschile, aveva capelli nero corvino che contrastavano con le sopracciglia completamente bianche, gli occhi profondi appena nascosti dietro occhiali dalla montatura d'oro.

La camminata tranquilla e disinvolta lo faceva assomigliare a una pantera nera. I bhutanesi si alzarono e salutarono con una leggero inchino. Timothy si ritrovò in piedi ancor prima di capire il perché.

«Signore e signori» annunciò cerimoniosamente il direttore, «permettetemi di presentarvi Sua Eccellenza Dasho Lam Dorji, vice presidente del Consiglio reale».

Le aristocratiche ginocchia di Adèle tremarono quando il ministro, da perfetto gentiluomo, si avvicinò per salutarla con un leggero sorriso sulle labbra:

«Signora, è un vero piacere per noi, semplici bhutanesi, ricevere nel nostro regno lontano persone erudite come lei e il professor Machprot. Signor Dupont, apprezziamo molto la sua presenza qui, come membro dell'ambasciata di Francia in Nepal».

Con un sorriso gentile ma ironico, guardò Timothy:

«Caro signor Wiscott, è bello sapere che i vecchi nemici sono oggi nostri amici. È la collaborazione e non il conflitto tra i nostri due paesi a dare i frutti migliori. Sedetevi, prego. Noi bhutanesi amiamo comportarci con semplicità. Questa sera siamo tra amici».

Il ministro si sedette tra Adèle e Machprot. A Wiscott parve strano che un così alto funzionario fosse venuto a un ricevimento per ospiti comuni. Sicuramente, non era lì per lui: dopo tutto era solo un funzionario delle Nazioni Unite.

Fu allora che fece il suo ingresso un uomo alto, con una folta barba bionda. Un vistoso naso aquilino sporgeva tra due occhi blu gelidi, ma scherzosi. Aveva mani enormi e indossava, come gli indigeni, un *bakoo* da cui uscivano due gambe grosse e goffe. Non era certamente bhutanese. Salutò tutti i presenti con una voce tonante da baritono.

"Si sente a suo agio" pensò Timothy. "Deve avere trascorso un lungo periodo qui per potersi permettere un comportamento simile".

«Buonasera, signore. Sono Hans Limonada, del progetto svizzero. Sono un ingegnere forestale».

«Felice di conoscerla. Mi chiamo Wiscott e lavoro per le Nazioni Unite, anch'io nel campo forestale».

«Lo so, lo so» rispose Hans Limonada.

«Come mai?».

«Oh, noi svizzeri abbiamo spie ovunque. Siamo neutrali ma sappiamo tutto. Non è vero, Dasho? Gli parli della terribile *Swiss Connection*».

Visibilmente divertito, il ministro confermò quanto detto, aggiungendo:

«Li rende così felici bersi tutte le false notizie di cui ogni giorno li rimpinziamo. È un modo per occupare le lunghe serate tranquille nel Bumthang».

Timothy decise di approfittare della situazione. Poteva essere una buona occasione per fare un giro nel Bumthang senza suscitare troppi sospetti.

«Hans, perché non si siede qui e mi racconta del suo lavoro?».

«Stasera sono in libera uscita e lei vuole che le parli proprio di lavoro?». Detto ciò, lo svizzero tuffò il naso nel piatto e si immerse nel cibo. Timothy riuscì a tirare fuori dalla bocca di Hans Limonada solo qualche sporadico grugnito. Il ministro, che aveva seguito l'intera scena con un sorrisetto beffardo, si rivolse allo svizzero lasciando Wiscott a bocca aperta:

«Hans, non riesce proprio a capire cosa vuol chiederle il nostro amico inglese? Perché non lo porta con sé e gli mostra cosa fa nel Bumthang?».

«Perché mai? Le Nazioni Unite non lavorano nel Bhutan centrale».

«Su, lasci perdere. Per una volta che un esperto ha la curiosità di vedere cosa succede all'interno del paese...».

«Deve essere l'eccezione del secolo» borbottò Hans.

«Non sia così severo» disse il ministro. «Lasci che le spieghi, signor Wiscott. Hans pensa che sono loro gli unici esperti stranieri a lavorare in questo paese. Tutti gli altri sono solo degli scansafatiche che passano le giornate seduti in comodi uffici qui nella capitale».

«Veramente?» esclamò Timothy. «Per quel che mi riguarda, posso assicurarle che ho molta voglia di viaggiare e di guardarmi intorno».

«E come mai tutto questo interesse?» chiese il ministro.

«È normale nel mio lavoro. Dobbiamo verificare cosa succede sul territorio. Altrimenti i progetti e le pianificazioni sono solo fantasie e buoni propositi».

«Giusto» concesse Hans. «Dove ha già messo in pratica le sue teorie?».

"Piano" pensò Timothy, "siamo entrati in un terreno scivoloso". Con estrema sicurezza, rispose:

«In diversi posti, ma soprattutto nell'Africa sub tropicale».

Timothy sperava che l'Africa non facesse parte delle conoscenze di Hans.

«Che bel continente, l'Africa. Mi piaceva molto quando lavoravo lì».

Con il cuore in gola e un grande sorriso sulle labbra, Timothy decise di passare all'attacco:

«Che meraviglia trovare qualcuno che ha avuto la tua stessa esperienza. Dove lavorava?».

«In Sierra Leone».

«Oh, deve essere stata dura laggiù. Non ci sono mai stato, lavoravo lontano da lì, in Ruanda. L'Africa è talmente grande».

Wiscott fu soddisfatto di avere messo qualche migliaia di chilometri tra le loro esperienze passate.

«In Ruanda. Dunque, deve avere conosciuto Jürg Unterholz. È un mio caro amico che lavora al ministero delle Foreste. Vado spesso a trovarlo».

«Jürg Unterholz... Sì, penso di avere sentito parlare di lui» rispose prudentemente Wiscott. «Ma sa, lavorando nelle foreste non avevo molto da fare al ministero».

«Ma tutti conoscono Jürg» insistette Hans. «Viaggiava in tutto il paese. Sono sicuro che l'ha conosciuto. In quali anni c'è stato?».

«Vediamo, è passato tanto tempo. Nel 1974 o 1975, avevo appena finito l'università».

«Jürg era in Ruanda in quel periodo» continuò lo svizzero. Timothy iniziò a sentirsi veramente a disagio, e fortunatamente la gentile padrona di casa venne in suo aiuto.

«Per favore, signori, venite a servirvi, prendete ancora qualcosa».

«Con piacere, signora» disse Timothy alzandosi e dirigendosi verso il buffet, nella stanza accanto.

«Dasho, se vuole il mio parere, quel tizio non ha nulla dell'esperto forestale» disse lo svizzero al ministro.

«Non le ho chiesto niente» rispose Lam Dorji ridendo, «ma dato che me lo dice, sono d'accordo con lei. È un po' strano, ma non sembra una cattiva persona. Se veramente vuole viaggiare nel paese, dobbiamo incoraggiarlo, non crede?».

«Bah, probabilmente si tratta di un altro di quegli esperti Onu che vengono nel vostro paese per fare un po' di turismo a buon mercato».

«Hans, com'è severo. Perché non dargli una possibilità? Gli faccia vedere cosa fa. Osservi le sue reazioni e me lo faccia sapere».

«Dunque, autorizzerà il suo viaggio nel Bumthang?».

«No, no, non mi fraintenda. Non ho alcun interesse personale per il suo lavoro. Parlavo dell'interesse generale del mio paese. Il suo permesso deve ottenerlo dal direttore delle Foreste».

«Bene, Dasho, come vuole» rispose Hans nascondendosi dietro al piatto.

Tornando dall'altra stanza, Timothy trovò Machprot e il ministro impegnati in un'animata conversazione.

«Come mai, caro professore, la nostra cultura buddista suscita così tanto interesse in paesi come la Francia, gli Stati Uniti e altri in Occidente? Avete cultura e storia a sufficienza. Tra l'altro, i vostri progressi scientifici dovrebbero rendervi piuttosto scettici riguardo alle tante storie mistiche che si sentono da queste parti».

«È vero, in Francia abbiamo molto materiale storico» ammise il professore. «Non so se questo sia altrettanto vero per gli Stati Uniti. Ma esistono altri ricercatori nel mio paese che si occupano della nostra cultura e ciò mi dà la possibilità di venire qui e di interessarmi a voi».

«Tra poco parlerà come un vero bhutanese» disse il ministro ridendo, «non dirà mai il vero motivo delle sue azioni. Caro professore, mi sono chiesto spesso da dove provenga l'interesse del pensiero occidentale per la nostra cultura».

«Forse non è solo il pensiero a esserne interessato. Certamente, essendo un ricercatore, il mio spirito analitico è sempre in funzione quando studio, per esempio, i *mantra*. Ma ci sono altri aspetti della mia personalità a essere coinvolti. Dubito che la vera comprensione venga unicamente dal pensiero».

«Cos'è "la vera comprensione" per lei?» chiese Lam Dorji, con lo sguardo divertito.

«È impossibile definirla in due parole» rispose Machprot. «Direi che ha qualcosa a che vedere con l'udito e la vista».

«Non capisco».

«Credo, invece, che lei sappia perfettamente cosa voglio dire. Mi sta mettendo alla prova».

«Caro amico, non oserei mai farlo» disse il ministro.

«E perché no? Come amico, può farlo. Altrimenti, cos'è l'amicizia? Non è forse farsi capire totalmente dall'altro?».

«Esattamente. Ma continui, la prego».

«Prima di tutto, sarebbe meglio definire con maggior precisione le parole che usiamo» proseguì il professor Machprot. «Dunque, cosa significa esattamente "reale"? La maggior parte delle persone, almeno in Occidente, lo percepiscono come qualcosa che possono sperimentare perché accade in loro presenza. Ammetteranno inoltre che sono reali degli avvenimenti che accadono nell'ambiente circostante, se riferiti da una fonte sicura: ecco, il concetto di realtà si estende pressappoco fino a qui. Per quanto riguarda la garanzia sulla veridicità dell'evento, sono stati elaborati numerosi sistemi di valutazione. L'informazione deve avere un alto grado di verosimiglianza, cioè deve corrispondere ai riferimenti dell'esperienza quotidiana e deve essere controllabile da fonti indipendenti. Nella scienza, persone diverse devono poterla riprodurre. I dati quantitativi dell'informazione devono essere sempre gli stessi. Questo è un aspetto interessante. Per la scienza occidentale, i numeri hanno un grado di verosimiglianza più alto del giudizio puramente qualitativo. Ciò impone alla scienza un approccio riduttivo. Una misura quantitativa affidabile è possibile solo in situazione di isolamento, quando l'oggetto della sperimentazione viene fissato in maniera tale che tutte le variabili, a eccezione di quelle studiate, siano conosciute. Certo, questo toglie alla scienza il diritto di proclamare che studia la realtà, poiché, per definizione, l'oggetto sperimentale non è più un sistema senza interferenza. La realtà non è più la stessa da quando l'osservatore è entrato in azione».

Il professore bevve un grande sorso di caffè.

«Sono s'accordo con lei. Ma è anche vero che questo tipo di osservazione empirica riduttrice ha fatto fare molti passi avanti alla scienza occidentale» obiettò il ministro.

«Sì, certo» concesse Machprot. «Ma stiamo parlando di realtà e di ciò che è la realtà. Volevo solo dire che l'approccio allo studio di quest'ultima da parte della scienza occidentale non regge. Uno dei nostri più grandi fisici, Werner Heisenberg, che ha scoperto il principio d'indeterminazione in fisica quantistica, lo precisa nel suo libro *Fisica e Filosofia*, quando ricorda che dobbiamo tener presente che ciò che osserviamo non è la natura stessa, ma la natura sottoposta al nostro metodo di indagine. Sicuramente funziona per quel che riguarda i sistemi macroscopici omogenei. Ma appena vengono studiate, come in medicina, strutture più complesse come le cellule viventi o organismi interi, ci si scontra con l'esilità insita in questo genere di approccio. La sua stessa logica interna lo evidenzia. Supponiamo di studiare un frammento di sistema, come per esempio la reazione di una cellula muscolare a una medicina.

«Durante l'osservazione e la misurazione, si commettono inevitabilmente errori dovuti all'imprecisione degli strumenti. Quando si passa alla fase successiva del lavoro, cioè quando si cerca di integrare i risultati ottenuti in un sistema più vasto, per esempio un muscolo o un qualsiasi organo come il cuore, questo moltiplicherà non solo i risultati, ma anche gli errori. È ciò che chiamiamo l'amplificazione dell'errore insito nel sistema di osservazione.

«L'amplificazione dell'errore esterno deriva da ciò che abbiamo detto prima: separare una parte dall'insieme provoca una reazione diversa. Ecco perché i risultati che così si ottengono non si adattano sempre alla realtà nel suo ambiente naturale. Tornando all'esempio di prima, il cuore dei pazienti non reagisce sempre come le cosce di rana. A volte, salta di più».

Il silenzio che seguì venne interrotto da una breve risata. Ciò diede alla persona nascosta sotto il tetto l'occasione, disperatamente attesa, di cambiare finalmente posizione. L'uomo non sentiva più le braccia. Il suo sguardo si spostò sullo spazio tra il tetto e la casa da dove poteva sorvegliare sia il giardino che l'ingresso sulla strada. Vide, dietro ai cespugli di canapa selvaggia, una piccola scintilla rossa, probabilmente la brace di una sigaretta. Già da un po' di tempo aveva notato una persona. Forse era l'autista di uno degli invitati? Non gli sembrava di aver visto nessuno, quando era arrivato. Ma dato che non pareva avesse intenzione di avvicinarsi alla casa, decise di non preoccuparsene. Di sotto avevano ripreso la discussione e il ministro batteva amichevolmente sul braccio di Machprot:

«Lei è terribilmente severo con i suoi. La vostra civiltà ha dato al mondo persone come Beethoven e Einstein».

«Beethoven è vissuto in un'epoca in cui la scienza non aveva ancora raggiunto il potere culturale che ha oggi. Per ciò che riguarda Einstein, è sempre stato molto religioso. Contro tutte le prove della fisica nucleare moderna, in particolare della teoria quantistica, ha dichiarato che non credeva che Dio giocasse ai dadi».

«È veramente notevole che uno scienziato come Einstein abbia dato la priorità alle sue convinzioni religiose piuttosto che alla comprensione del mondo materiale» disse Lam Dorji. «Crede che abbia intravisto un'altra realtà?».

«Sinceramente non lo so. Da quanto mi risulta, non si fa cenno a niente di simile nelle sue pubblicazioni. È possibile che quel grande uomo sia giunto a questa sorprendente conclusione solo per intuizione, e questo ci riporta al punto di partenza. Quali sono gli strumenti attraverso cui veniamo a conoscenza della realtà? Mi riferisco al pensiero, al pensiero cosciente, naturalmente. Ecco la prima difficoltà. Cos'è il pensiero? Cos'è la coscienza? Temo che questa discussione non ci porti molto lontano. E, tra l'altro, credo che debba essere piuttosto noioso per la maggior parte di voi ascoltare simili sproloqui filosofici».

«Non sono sproloqui. Credo, al contrario, che abbiamo affrontato il tema centrale» obiettò il ministro.

«Sono perfettamente d'accordo con lei» disse Machprot, «ma penso che una discussione sul pensiero e la coscienza dovrebbe essere condotta da qualcuno di religione buddista come lei, signore».

«Mi ha preso in trappola. Vuole che sia io a fare il suo lavoro?».

«Non è il mio lavoro. È il lavoro di tutti. Ma sono sicuro che ne sa molto più lei di me».

«Mi lusinga, caro professore. Se qualcuno mi offre un buon bicchiere di whisky, proverò a inoltrarmi su questo terreno puramente spirituale».

Adagiandosi sulla poltrona, Lam Dorji riprese:

«Capirete bene che un simile argomento non può esaurirsi in una serata. Il grande Milarepa ci ha messo una intera vita a scoprire questi segreti. Nel meraviglioso *Gur bum*, i *Centomila Canti*, la sua lotta per liberarsi dall'inganno del *samsara*, il mondo delle illusioni, è descritta magnificamente. Vi dirò la risposta che diede all'invidioso Lama Geshe Tsakpuhwa, dopo che questi aveva tentato di avvelenarlo:

Tendete senza tregua verso la purificazione
Dissipate l'ignoranza e accumulate i meriti.
Se lo fate, vedrete non solo
Gli dei che amano il dharma venire ad ascoltare,
Ma avvertirete in voi stessi
Il Dharmakaya, il più alto e il più santo tra gli dèi.
Se vedrete questo, vedrete anche
Tutta la verità del Samsara e del Nirvana
E vi libererete del karma.

«In questi pochi versi, il maestro ci dà una splendida spiegazione dello sforzo necessario per percorrere la strada verso il risveglio, prima, e verso l'illuminazione, poi. Alla fine o all'inizio, chiamatelo come preferite, c'è lo stato di percezione totale e la dissoluzione del corpo terrestre nel Vuoto che comprende tutto e ci libera definitivamente dal *karma*».

Bevuto un sorso di whisky, il ministro sorrise:

«Sono spiacente per questo breve riassunto, se così posso chiamarlo, della filosofia buddista. Per coloro che non hanno familiarità con l'argomento, vorrei solo sottolineare un punto essenziale. Esistono diversi livelli di coscienza. A seconda del livello, la percezione della realtà cambia e insieme la qualità stessa dell'essere umano subisce un grande cambiamento. Ciò significa essenzialmente che, nel processo di acquisizione della Conoscenza suprema della realtà ultima, la realtà stessa e lo strumento di esplorazione, cioè il pensiero, subiscono un radicale cambiamento».

«Meraviglioso, mio carissimo e nobile amico!» esclamò Machprot. «Sapevo che avrebbe capito perfettamente il mio punto di vista e credo che sappia anche perché mi interesso alla vostra cultura».

«Lei pensa veramente?» interrogò il ministro, con espressione di pietra. A Machprot servì tutto il suo autocontrollo per rispondere con trasporto:

«Un uomo come lei, con una conoscenza così profonda della bellezza dei vostri insegnamenti, comprenderà senz'altro come un uomo di un'altra cultura possa ammirarli».

«Molto gentile, professore» disse il ministro chinando leggermente il capo. Machprot nascose il viso dietro al bicchiere e sospirò. Il suo interlocutore continuò:

«Dato il suo profondo interesse per la nostra cultura, penso che dovrebbe avere la possibilità di visitare altre regioni del nostro paese. Cosa ne pensa di un viaggio nel Buthan centrale, lì dove il nostro gran Guru Rimpoche è vissuto per undici anni?».

«Vuole dire nel Bumthang?». Adèle non riuscì a nascondere la sua sorpresa.

«Esattamente, signora. È un posto particolarmente sacro, con una tradizione molto ricca».

«Sarebbe molto interessante per le nostre ricerche» si intromise Jean Dupont.

Hans Limonada ebbe difficoltà a nascondere un sorrisetto. Era il secondo invito del ministro, quella sera, a visitare il Bumthang. Assolutamente inusuale, dato che il governo non era mai molto propenso a concedere agli stranieri la possibilità di viaggiare all'interno del paese. Chinandosi verso il direttore del Turismo, il ministro chiese:

«Avete macchine e guide disponibili per i nostri amici francesi?».

«Sono certo di potere trovare qualcosa. Quando vorreste partire?».

«Prima possibile, anche questa settimana».

"In tal caso" pensò Timothy, "farei meglio a muovermi anch'io". Chinandosi verso l'ingegnere svizzero, chiese:

«Hans, quando pensa di partire per il Bumthang?».

«Probabilmente entro tre giorni. Vuole venire con me?».

«Mi piacerebbe molto, ma prima devo ottenere un lasciapassare dal mio dipartimento».

«È la prima cosa da fare domani mattina. Queste pratiche possono a volte richiedere parecchio tempo prima di essere accettate. Sarà meglio chiederlo direttamente al direttore. Lo vedrò domani mattina. Gliene devo parlare?».

«Lo farebbe? Gliene sarei molto grato».

«Ok, Timothy, credo che sia arrivato per me il momento di andare a dormire. La chiamerò domani. Buonanotte».

Seguendo l'esempio dello svizzero, gli altri invitati si apprestarono ad andare via.

L'uomo nascosto sotto il tetto approfittò del rumore, sgattaiolò in silenzio sotto la pensilina, si lasciò scivolare al suolo, sparendo nel buio della notte.

Ajit Singh era turbato da ciò che aveva visto nella casa del ministro del Turismo. Era una pura coincidenza che l'inglese fosse stato invitato con il gruppo francese? Dopo tutto, era stato l'ambasciatore di Francia a informare il coltivatore inglese. Decise di sorvegliare i due gruppi da quel momento. Ma per farlo, aveva bisogno di aiuto.

"Che sfortuna!" pensò. "Dovrò chiederlo al comandante della Task Force. Mi odia perché posso dargli degli ordini".

Ajit ce l'aveva con se stesso per essersi lasciato sorprendere dall'inglese mentre ispezionava la sua macchina davanti al negozio Tashi. Era stato sciocco e superficiale: una semplice curiosità non professionale. Avrebbe dovuto tenersi alla larga da Wiscott.

Secondo le informazioni fornite dalla Casa d'India, l'inglese occupava funzioni importanti al Dipartimento delle Foreste. Le foreste costituivano la principale risorsa naturale del Bhutan, cosa assolutamente non sorprendente, data la loro quantità. Nelle giungle del sud, c'erano preziose essenze tropicali, nelle regioni montagnose del nord c'erano in abbondanza legno da costruzione e pini.

"Furbo questo Wiscott a farsi passare per esperto forestale" pensò Ajit. "Gli dà la possibilità di viaggiare in tutto il paese senza destare sospetti. Spero che parta presto".

Prima succedeva, meglio era per Ajit, la cui presenza alla Task Force, senza una funzione precisa, iniziava a creare problemi. Molti colleghi ufficiali lo interrogavano sul suo lavoro. Non erano granché convinti delle vaghe spiegazioni su uno studio riguardante l'organizzazione della loro squadra. Ajit temeva che alcune informazioni arrivassero alle autorità bhutanesi. Gli Indiani vivevano separati dai locali, ma ciò non impediva ai bhutanesi di aver informazioni precise su ogni loro attività. Apprezzavano tutti l'amicizia indo-bhutanese, ma non si doveva dimenticare che gli indiani rimanevano pur sempre degli stranieri nel loro paese.

Durante le ultime due settimane, non aveva mai smesso di controllare la sua attrezzatura. Era pronto a partire all'istante. Venne allestito un punto di osservazione proprio all'incrocio dove la strada nazionale che portava verso est lasciava la valle di Thimpu. Ajit era in costante contatto radio con le guardie lì appostate. Già era tanto che gli indiani avessero una postazione in zona. Il pretesto ufficiale era la necessità di una sorveglianza più severa sulle attrezzature, dati gli ultimi sabotaggi degli attivisti sik.

La presenza dell'ingegnere svizzero aveva innervosito Ajit. Quanto a Wiscott, invece, quella era l'occasione ideale per organizzare un viaggio nel Bumthang. Decise di rinforzare la sorveglianza su Timothy.

Seduto in un angolo della pasticceria svizzera, Timothy Wiscott picchiettava con impazienza sul tavolo. La struttura rotonda del ristorante, diversa dalle altre case della capitale, era stata voluta da Franz, uno svizzero che viveva lì da una vita. Era l'unico posto della capitale che assomigliasse vagamente a una sala da tè. Dietro il banco di foggia europea, il padrone si dava da fare a sistemare le paste, di cui nessuno avrebbe osato garantire la freschezza.

Un rumoroso motivo rock martellava le orecchie di Wiscott. A ricordargli che si trovava ancora nel Bhutan era solo la presenza di alcuni adolescenti in *bakoo*. Lanciando un'occhiata dalla finestra, si chiese dove poteva essere andato a finire Hans Limonada. Sulla soglia della porta c'era ancora l'alto tibetano con il mantello rosso scuro.

"Basta! Non agitarti!" si rimproverò. "Stai diventando paranoico".

Verso mezzogiorno, sentì arrivare finalmente la jeep dell'ingegnere svizzero. Il tibetano scomparve.

"Semplice coincidenza?" si chiese Timothy.

I suoi pensieri vennero velocemente allontanati dal rumoroso ingresso dello svizzero.

«Salve, vecchio Franz, come va la pasticceria?».

Hans rideva e dava al suo connazionale delle pacche sulla schiena da far male ai polmoni. Per qualche istante senza fiato, Franz rispose debolmente:

«Molto bene, fino a poco fa. Presto ti ritroverai una pasticca di stricnina nel piatto».

«Muoviti allora, altrimenti la roba che ci darai da mangiare avrà lo stesso effetto della stricnina... Su, non fare quella faccia, ti verranno le rughe».

Ciò detto, i due uomini scoppiarono a ridere e si strinsero la mano.

«Allora, eccoti di nuovo in città. Sei venuto al dipartimento per spiegare a tutti come crescono gli alberi, oppure c'è sotto un immondo segreto?» lo stuzzicò Franz.

«Gentile come al solito. Sei membro effettivo dei servizi segreti bhutanesi, o continuano a pagarti come lavoratore autonomo?».

«Come se a qualcuno importasse quel che fai tu».

«Allora perché me lo chiedi, vecchia volpe? Te lo voglio dire. Abbiamo prodotto troppa segatura, questo mese, nel Bumthang».

«Veramente?».

«Certo, e mi chiedevo se per caso non volevi comprarne un po' per la pasticceria, a un buon prezzo, chiaramente».

«Molto divertente. Perché non ti ci riempi un po' la testa? Le ossa, lì dentro, devono sentirsi piuttosto sole, senza cervello a fargli compagnia».

Con un gran sorriso, Limonada si diresse verso il tavolo di Timothy e si sedette.

«Spiacente di averla fatta aspettare. Il direttore era in ritardo, stamattina».

«Salve, Hans. Non importa, sono contento di vederla. Il direttore era molto occupato?».

«Mah, non lo so. C'era un po' di agitazione in ufficio».

«Capisco. Pare che sia frequente qui, vero?».

«Stamattina doveva essere successo qualcosa».

«Cioè?».

«Il segretario mi ha detto che il direttore era stato improvvisamente chiamato a palazzo reale».

«Ah sì? Non succede spesso?».

«Sì, ma di solito il motivo viene spiegato, così il funzionario può portarsi dietro i documenti necessari».

«E oggi invece?».

«È stato dato ordine al direttore di lasciare perdere, senza aggiungere altro. Quando è tornato sembrava agitato, mentre normalmente è molto posato».

«Avrà avuto qualche problema urgente da risolvere».

«Ma cosa? Ha sentito parlare di problemi importanti al suo dipartimento?».

«Non che io sappia, va tutto bene».

«Beh, penso che non riusciremo a scoprire nulla» disse Limonada, lasciandosi scivolare sulla sedia. «Ha già mangiato?».

«No, ho preferito aspettare lei. Perché non ordiniamo qualcosa prima che arrivi la segatura?».

«D'accordo, se proprio vuole. Ehi, Franz» gridò, «c'è qualcosa di vagamente commestibile in cucina, che sia degno dei nostri palati raffinati?».

«La carta igienica».

«Beh, ero sicuro che di là tenevi la merda, sennò perché avere la carta igienica in cucina?».

A dispetto di questi commenti da gourmet, i due uomini si chinarono, felici, sui piatti di pasta fresca, una specialità della casa, condita con salsa piccante e formaggio. Con le lacrime agli occhi, Timothy esclamò:

«Buono! Credo che mi ci vorrà ancora un po' di tempo per abituarmi alle spezie di qui. Come fa a mangiare senza piangere?».

«Ci sono voluti sei mesi prima che le mie mucose si abituassero a questi assalti».

Prostrato, Timothy sprofondò nel silenzio, cercando di calmare l'incendio che aveva in bocca con un torrente di birra.

«Lo sa, Timothy, la cosa più strana successa stamattina, è che la sua richiesta di andare nel Bumthang è stata immediatamente accolta».

«È così strano?» chiese Wiscott.

«Lei è appena arrivato. Di solito, il governo non ama vedere il personale delle Nazioni Unite viaggiare all'interno del paese».

«Eppure, il mio lavoro richiede che mi rechi sul territorio» proseguì Timothy.

«Non gliene importa niente, vogliono essere loro a condurre il gioco. Più un esperto straniero conosce il paese, più avanza proposte di migliorie; e per di più prepara un rapporto sulle sue brillanti idee, cosa che fa venire a tutti il mal di testa. Il governo ha già molte più proposte di quante ne possa realizzare. Ogni volta deve trovare una scusa per calmare gli ardori dell'esperto straniero. Mi creda, so di cosa parlo. All'inizio, ogni volta che incontravo il direttore delle Foreste, gli sottoponevo una nuova brillante idea. Una sera, dopo diversi whisky, mi disse che ogni volta che mi vedeva aveva l'impressione di incontrare un prete e che la sua anima immortale, così come il suo stomaco mortale, tollerava una quantità di prediche limitata... Da allora, offro il mio parere solo quando viene richiesto».

«Dunque, lei considera abbastanza eccezionale il mio lasciapassare per il Bumthang».

«Quasi sospetto, direi».

«Perché sospetto?» chiese Wiscott, un po' a disagio.

«Mi chiedo di cosa si occupi veramente. Non dà l'impressione di essere un esperto forestale. Qual è il suo vero lavoro?».

Sentendosi con le spalle al muro, Timothy decise di bluffare:

«Beh, in un certo senso, ha ragione. Anche se sono specializzato in questo settore, mi occupo piuttosto dell'aspetto commerciale».

«E cosa fa qui, nel Bhutan?».

«Il direttore non glielo ha detto?».

«No».

«Mi hanno chiesto lo studio di un progetto per l'industria del legno nel Bumthang, con diverse opzioni».

«Cioè?» insistette, diffidente, lo svizzero.

«Una fabbrica sia di prodotti finiti, come i mobili, che di travi e compensati».

«E perché il direttore avrebbe tanta fretta di mandarla laggiù?».

«Non so, forse qualche pressione del ministero delle Finanze per accelerare lo sviluppo di industrie che portano valuta».

«Lei ancora non sa come funziona il governo qui. Se ci

fosse stata un'iniziativa delle Finanze, il direttore delle Foreste lo avrebbe saputo. Ha molti amici alle Finanze, così come loro hanno amici nel nostro dipartimento. Qui, tutto è più o meno pubblico. Unica eccezione, il re. Ha intorno a sé un pugno di consiglieri praticamente muti. È incredibilmente ben informato su tutto ciò che accade nel paese e nulla filtra dal ristretto gruppo di consiglieri. Dunque che ne conclude?».

«Non capisco bene dove vuole arrivare» disse Timothy.

«Non faccia lo scemo! Mi sembra chiaro che il direttore delle Foreste ha ricevuto ordine dal re di darle via libera per il Bumthang».

«Ah, veramente divertente. Lei è completamente fuori di testa! Perché mai Sua Maestà dovrebbe interessarsi a ciò che faccio qui?».

«È proprio quel che mi chiedo da quando ho lasciato l'ufficio, stamattina».

«Oh, basta, è grottesco. Sta diventando paranoico».

Un po' sorpreso dallo scatto del giovane inglese, Hans Limonada si affrettò a calmare le acque.

«Suvvia, non se la prenda. Era solo un'ipotesi e, tra l'altro, poco probabile. Dimentichi tutto e si goda il fatto di avere ottenuto il lasciapassare».

Timothy era molto preoccupato per le supposizioni dello svizzero. Aveva saputo qualcosa della sua missione? Con calma apparente, rispose:

«D'accordo. Quando pensa di partire per il Bumthang?».

«Dopodomani, credo. Va bene per lei?».

«Perfetto. Viaggeremo assieme al gruppo francese. Sembravano molto gentili e interessanti, non pensa?».

«Uhm, spero solo che non siano i soliti imbecilli che vengono nel Bumthang invitati dal governo. Ricordo un gruppo canadese di buddisti occasionali che visitarono il nostro ospedale nel Bumthang. Una delle donne chiese al medico svizzero come i monaci andassero da un monastero all'altro. Lui rispose che i più giovani andavano a piedi e per gli altri il governo metteva a disposizione dei camion. Gli anziani e i più saggi, invece, viaggiavano levitando... Siccome era molto serio, medico e, tra l'altro, svizzero, la signora prese questa battuta per oro colato, entusiasta di vedere confermate le sue credenze mistiche. Il medico non se la sentì di gettare la benché minima ombra sulla sua felicità».

«Non è molto portato per il misticismo, vero Hans?» disse sorridendo Wiscott.

«Non proprio. Rimarrà sorpreso, credo, da ciò che racconta la gente del Bumthang a proposito di tanti strani fenomeni» rispose Hans, pronto a captare qualsiasi reazione di Timothy.

«Ah sì? Non è così un po' in tutti i posti sperduti? Chi vive isolato adora le leggende».

«Sì, forse ha ragione. Ma ora, pensiamo alle cose pratiche. Sarà pronto a partire, dopodomani?».

«Lo spero. Devo portare qualcosa di particolare?».

«Tutto ciò che ritiene necessario per il suo comfort personale. In questo periodo dell'anno, le strade sono in buono stato. Se partiamo presto, ci vorrà un giorno per arrivare nel Bumthang».

«Nessun problema».

«Bene. Credo di avere ancora qualcosa da comprare. A presto».

«Arrivederci, Hans».

Timothy pagò il conto e lasciò il ristorante. L'uomo con il mantello non era più nei paraggi.

La casa era completamente isolata. Il luogo stabilito per l'incontro era in una valle deserta, dieci chilometri a nord di Thimpu. Non c'era un solo villaggio nei dintorni. Impossibile arrivare lì senza essere visti dalle guardie reali. Erano una élite della quale nessun rapporto ufficiale parlava. Ogni uomo era stato scelto personalmente dal re. Nessuno sapeva niente su questa unità speciale che riceveva ordini solo dal comandante e dal re. Gli uomini erano stati addestrati nelle più prestigiose unità di combattimento in Germania, Francia e Giappone. Ognuno trasportava nel proprio bagaglio un sofisticato impianto di comunicazione. Anche le armi erano particolari, tali da non attirare l'attenzione. Ci aveva pensato il vecchio maestro ninja. La loro devozione al re era totale e l'unità delle Tigri uno strumento temibile.

La vecchia jeep si era fermata una sola volta. Sapevano che, per non farsi notare, il loro re aveva scelto una vecchia macchina. Era loro dovere assicurarsi che nessuno si avvicinasse senza permesso al luogo dell'incontro. Gli ordini erano chiari, piuttosto allarmanti: l'unità doveva andare fino in fondo, incontro al proprio destino. Erano la colonna portante dell'operazione Tigre, attivata due mesi prima. Da allora, tutti gli uomini dell'unità avevano vissuto in stato di massima allerta. L'allenamento era stato intensificato, controllate le comunicazioni nell'intero paese, ispezionati tutti i nascondigli.

Mentre la vecchia jeep si avvicinava al luogo dell'incontro, la casa veniva circondata dalle diverse squadre. Quando la macchina arrivò davanti all'edificio, l'intera zona rimase tagliata fuori dal mondo esterno da un muro invisibile di uomini determinati. Vestito con un logoro *bakoo*, dei sandali e un cappello di feltro che gli nascondeva parzialmente il viso, il re scese dalla jeep. Venne seguito all'interno dell'edificio dal comandante, i capisquadra e i luogotenenti. Circondato dal più rispettoso silenzioso, il re prese posto sotto il bel *thangka* del Guru Rimpoche, ritratto in una delle sue espressioni corrucciate, a cavallo del suo "veicolo" preferito, la Tigre divina.

«La riunione di questa sera verrà ricordata come un evento eccezionale nella storia del Bhutan e di questa unità» iniziò il Druk Gyalpo, come i bhutanesi chiamano il loro sovrano. «Voi sapete quanta importanza abbia il segreto nelle vostre attività. È venuto il momento di darvi maggiori informazioni sul compito che vi aspetta. Mi è ancora impossibile rivelarvi l'intero piano. Ciò nonostante ascoltatemi: parteciperete a eventi con enormi conseguenze per l'umanità. Non esagero, ne sarà testimone il tempo. Ho deciso di attivare il piano Tigre, spinto dalla profonda convinzione che possa aiutare a preservare la vita e la felicità su questo pianeta. Io, il vostro re, lo giuro solennemente».

Gli uomini furono percorsi da un brivido. Mai, prima d'ora, avevano visto il loro capo così grave e preoccupato.

«La vostra unità è stata segretamente creata da mio padre per compiere un'unica missione. È venuto il momento. Stasera, per la prima volta, le Tigri sono tutte riunite in uno stesso luogo. Vi si chiede di svolgere il compito che, a suo tempo, vi è stato assegnato. Siete tenuti da un sacro giuramento a non dire mai una sola parola di ciò che sapete e a sacrificare la vostra vita se necessario».

I profondi occhi neri del monarca scrutarono ogni uomo alla ricerca della minima esitazione o di un'ombra di disagio, ma il suo sguardo incontrò solo calma e determinazione nei volti dei soldati riuniti intorno a lui.

«Da tempi immemorabili questo paese è stato un posto particolare. Le valli isolate erano il posto ideale per nascondere importanti segreti alla curiosità degli stranieri. Alla mia famiglia è stata affidata la custodia di uno dei segreti più stupefacenti che l'umanità possa immaginare».

Nell'assoluto silenzio, nessuno si muoveva.

«Recentemente, ci è giunta notizia che alcune potenze straniere sono interessate a questo segreto. Non sappiamo come ne siano venute a conoscenza. Pur essendone i custodi, non siamo evidentemente gli unici a sapere della sua esistenza. È un segreto antico e dunque si può supporre che già nel passato ci siano state delle fughe di notizie.

«Ora, queste potenze straniere hanno mandato i loro agenti nel nostro paese. Il vostro compito sarà quello di vegliare a che il segreto non venga divulgato a coloro che non devono conoscerlo. È questo il piano Tigre. Sarò io a dirigere l'operazione e prenderete ordini solo da me».

Pur non scorgendo la minima emozione sui quei volti impassibili, il re capì quanto i suoi soldati fossero scossi. Gli ci volle tutta la sera per spiegare minuziosamente i dettagli del piano. Ogni squadra doveva essere accuratamente messa a conoscenza del suo ruolo specifico. Una volta convinto che tutti avessero recepito bene, li congedò e tornò a Thimpu nella sua vecchia jeep.

Il capo dei guardiani di yak si sentiva a disagio nel suo nuovo ruolo. Per giorni interi avevano lasciato gli animali pascolare e nutrirsi lungo l'austera riva del lago glaciale. In quell'epoca dell'anno la vegetazione abbondava. Fiori rossi, gialli e blu scuro spuntavano dall'erba irrobustita dalle piogge dei monsoni. Il freddo non era ancora arrivato, benché fossero quasi a 3.000 metri. L'aria secca e perfettamente trasparente della montagna avvolgeva il meraviglioso paesaggio in un'atmosfera di pace assoluta.

Eppure, tanta armonia non riusciva a penetrare il cuore di Norbu Gyaltsen. Non erano né il viaggio, né la missione, ma la lentezza degli animali a renderlo nervoso. Avrebbe riso se qualcuno gli avesse predetto che, un giorno, sarebbe diventato capo dei guardiani di yak. Dopo tutto, non era per questo tipo di attività che era stato addestrato alla scuola militare di Pechino. Ma, come ufficiale delle informazioni, aveva il dovere di compiere qualsiasi compito assegnatogli dai superiori.

Anche i suoi uomini erano rimasti sorpresi, ma da veri professionisti avevano accettato la missione senza discutere. L'aspetto inusuale di questo nuovo stile di vita aveva suscitato la loro curiosità e sembrava divertirli molto. C'erano anche alcuni vantaggi: liberi da beghe burocratiche e da scartoffie, liberi anche dalla continua paura di venir scoperti e forse uccisi, avevano condotto, nelle ultime quattro settimane, un'esistenza tranquilla.

All'inizio, non era stato facile. Per evitare le pattuglie bhutanesi avevano messo a punto un piano strategico. Onde attraversare la frontiera senza farsi notare, avevano condotto con sé altri tre branchi di yak in modo da distogliere l'attenzione delle guardie; un gruppetto di soldati cinesi aveva dato il tocco finale alla scena. Così, erano riusciti a entrare nel Bhutan senza farsi notare. Avevano cambiato i loro vestiti tibetani con pesanti abiti in lana di yak, tipici della popolazione locale. Provavano addirittura a parlare tra loro in dialetto. All'inizio si erano divertiti molto, ma poi erano tornati alla loro ferrea disciplina.

Erano alla loro seconda settimana di campeggio sotto il colle di Gophu, nella regione di Lunana. Il meraviglioso lago turchese era un invito al bagno, ma rimasero delusi accorgendosi che tanta bellezza era ghiaccio puro. Nessuno aveva osato avvicinarsi, salvo per immergere i piedi. Quel soggiorno in riva al lago fu l'occasione ideale per controllare tutta l'attrezzatura.

La loro avanzata veniva guidata da un contatto radio quotidiano. Ogni pomeriggio, alle cinque in punto, arrivava la comunicazione. Neanche una montagna di 4.000 metri sarebbe stata in grado di bloccare le onde radio trasmesse via satellite. Norbu si stupiva spesso del contrasto tra l'alta tecnologia dell'attrezzatura e il loro stile di vita intorno ai fuochi da campo. I messaggi erano chiari e brevi, così come i loro rapporti sull'avanzata. Comunque, non c'era molto da dire.

Gli ordini di Pechino erano piuttosto confusi. Norbu sospettava che le autorità agissero sulla base di informazioni alquanto vaghe e frammentarie. Ciò non di meno sembrava una missione importante, visto che avevano deciso di inviare quindici uomini in un paese confinante. Indubbiamente, era un'azione d'attacco e gli uomini scelti erano tra i migliori agenti nel Tibet che Norbu conoscesse.

A giudicare dalle ultime istruzioni, l'itinerario appariva un poco più logico. Prima, gli era stato detto di andare verso ovest, in direzione di Thimpu. Poi, improvvisamente, aveva ricevuto ordine di andare di nuovo verso nord, poi verso est. Norbu pensava che stessero tornando sul bersaglio.

A ovest, il sole tramontava dietro le cime innevate. L'ora dell'appuntamento, come ogni sera: la routine. Insolitamente teso, si avvicinò alla tenda dove era nascosta l'emittente radio. Tamburellò sui tasti freddi. Gli auricolari gli fecero esplodere l'elettricità statica nelle orecchie, come il fuoco di una mitraglietta, proiettandolo dalla tranquilla realtà della valle in un mondo di segreti e violenza. Il registratore con dispositivo anti-interferenze stava trasmettendo il messaggio. Sembrava più lungo del solito. Iniziò a decodificarlo mentre la comunicazione era ancora in corso.

Leggendo lo stampato, lo stomaco gli si contrasse:

Allarme rosso. Inizio della fase finale. Lasciare animali e attrezzatura pesante sul posto con tre uomini. Attrezzatura completa da combattimento. Direzione sud-est, destinazione Bumthang. Obiettivo da definire.

"Al diavolo! Ancora incertezze!" pensò. Ma, almeno ci muoviamo. La sua risposta fu breve e professionale: «Ricevuto allarme rosso. Partiamo per il Bumthang. Avremo tre contatti radio al giorno. Aspettiamo definizione obiettivo. Chiudo».

Norbu chiamò gli uomini e li informò dei nuovi ordini: nel piccolo accampamento regnava un'eccitazione appena dissimulata. Non vennero fatte domande inutili, le varie ipotesi erano state tutte prese in considerazione durante le lunghe serate intorno al fuoco. La delusione dei tre agenti, destinati a restare al campo, era comprensibile. La scelta fu eseguita tirando a sorte, e i tre non persero la faccia. La notte fu breve. Prima dell'alba, i dodici uomini iniziarono un lungo cammino solitario verso le foreste meridionali, dove speravano di trovare buoni nascondigli.

Rinchen Namgyal si era stufato di cacciare gli innumerevoli scarafaggi che correvano sul pavimento. Esausto, si accasciò sul letto, unico mobile nella piccola stanza che odorava di muffa. Ci aveva messo tre giorni per capire che lo seguivano. Non se ne sarebbe accorto senza l'aiuto della Rete. Dopo il suo arrivo a Thimpu, la sera tardi, Rinchen aveva preso alloggio in un miserabile alberghetto vicino al Sunday Bazar. Dietro la piazza del mercato c'era un vicolo buio, fiancheggiato da botteghe di stoffe, quasi tutte gestite da tibetani. Doveva incontrare il suo contatto proprio lì.

Per Rinchen, la Rete era uno strumento pericoloso da usare. Era stata creata per aiutare i tibetani che vivevano nel Bhutan e che avevano difficoltà ad adattarsi alla nuova realtà dell'esilio. Inizialmente, c'era stata grande cooperazione. Ma via via che il tempo passava, all'interno della comunità tibetana si erano formati gruppi politici opposti. Il problema nasceva dall'atteggiamento da adottare nei confronti del loro statuto di rifugiati. Alcuni avevano preso la cittadinanza bhutanese, nella speranza di potersi inserire meglio nel paese che li ospitava: ma questi venivano considerati traditori dai più duri, che sognavano di tornare in un Tibet libero dall'oppressione cinese. Approfittando di tali contrasti, alcune potenze straniere erano riuscite a infiltrarsi nella Rete. La polizia bhutanese, i servizi di informazione indiani e agenti cinesi sorvegliavano attentamente le attività svolte al suo interno. Nella cerchia del Dalai Lama tutto questo era risaputo, ma non era mai stato possibile creare una rete sicura e indipendente che gli fosse totalmente devota. La copertura di commerciante in visita alla famiglia dava a Rinchen Namgyal la possibilità di usare la Rete.

Era rimasto sorpreso quando, la sera del terzo giorno, i suoi due contatti lo avevano informato che la polizia bhutanese lo stava sorvegliando. Aveva sperato che l'incursione a casa del direttore del Turismo fosse passata inosservata. E così doveva essere, altrimenti lo avrebbero sicuramente fermato. Non riusciva a prendere sonno, tormentato da un dubbio atroce: perché si interessavano a lui? "Non possono sapere nulla della mia missione" continuava a ripetersi, "la mia copertura a Dharmsala era perfetta. Le procedure di contatto sono state rispettate alla lettera. Mi sorvegliano come probabilmente fanno con ogni tibetano appena arrivato, viste le recenti sommosse all'interno della comunità".

I tibetani che non avevano accettato la nazionalità bhutanese, e dunque la fedeltà al re, avevano subito ogni sorta di pressioni. Le giovani teste calde nazionaliste avevano formato, per protesta, un movimento di disobbedienza civile. Avevano rifiutato di pagare le tasse e di obbedire alle amministrazioni dei distretti, provocando, così, rappresaglie da parte del governo. La polizia aveva chiuso alcune botteghe.

Malgrado le sue supposizioni, Rinchen Namgyal era preoccupato. Il suo lavoro era seriamente minacciato poiché, con la polizia bhutanese alle calcagna, non sarebbe stato più possibile sorvegliare l'inglese e il gruppo francese. "Farei meglio ad andare direttamente nel Bumthang" pensò, fissando le travi della sua cameretta sporca e opprimente. "Se ci arrivo per primo, non penseranno mai che li sto seguendo. Spero solo che il camion promesso dal mio contatto arrivi in tempo".

Si alzò e aprì la valigia. Tirò fuori la tonaca rossa da monaco buddista e se la infilò. Con il cuore che batteva all'impazzata, scese la scala scarsamente illuminata. I due poliziotti gli diedero un'occhiata sospettosa e Rinchen si avviò all'uscita a piccoli passi. La mano sinistra faceva scorrere instancabilmente le perle di un rosario, mentre la destra teneva stretta la pistola nascosta sotto la tonaca. Farfugliò un *Om Mani Padme Hum*, varcando la soglia proprio sotto il naso dei poliziotti.

Trattenne la tentazione di darsela a gambe e imboccò lentamente la strada che portava fuori città. Non osava voltarsi. Gli ci vollero due ore per arrivare sano e salvo al nascondiglio. Tenendo ansiosamente d'occhio i dintorni, aspettò sotto un albero vicino alla strada che portava al colle di Dorchu-la, lì dove la strada nazionale va verso est, in direzione del Bumthang, attraverso una catena montagnosa. Sentì avvicinarsi un grosso camion e, quando superò la curva, riconobbe l'autista. Correndo, raggiunse il mezzo che avanzava lentamente. La portiera era tenuta aperta dall'unico passeggero. Rinchen gli afferrò la mano e salì sul camion in movimento.

«Grazie. Mi evita parecchie noie».

«Non c'è di che. Sono contento di dare una mano a un compatriota. Non dovremmo incontrare molti posti di blocco, ma la avvertirò in tempo, così potrà tagliare per i boschi».

Ajit Singh non sopportava la bassa qualità della sua emittente radio. Di solito, la linea con Bagdogra non era buona. La minima perturbazione atmosferica provocava fruscii. Ma oggi, per fortuna, il dispositivo antiinterferenze sembrava funzionare bene.

Dopo il suo dettagliato rapporto, Kali, il suo corrispondente, gli chiese di rimanere in linea. Dovette aspettare un'intera ora prima di sentire di nuovo la voce del generale. Il messaggio era inquietante:

«C'è stato un piccolo contrattempo alla frontiera, nella regione di Lunana, con dei guardiani cinesi di yak. Pensiamo che non tutti siano riusciti a passare. Comunque, l'incidente non dovrebbe avere niente a che fare con noi. Abbiamo mandato un distaccamento di forze speciali per appoggiarvi. Cercheranno di farsi passare per viaggiatori. Potrà comunicare con loro sulla frequenza che le verrà assegnata. Comunichi solo in codice. Parta immediatamente per il Bumthang e faccia un rapporto qui al QG. I lasciapassare arriveranno domani a Thimpu. Domande? Passo».

Cercò di pensare rapidamente a eventuali problemi da sottoporre al generale. Ma ogni dettaglio della missione era già stato esaminato. Fino a ora non c'era stato nessun imprevisto. Un solo pensiero lo angosciava e decise di parlarne:

«Esistono segnali che la mia copertura sia stata scoperta? Passo».

La risposta fu immediata:

«Non mi è stato comunicato nulla del genere. Ha motivi per crederlo? Passo».

La linea era di nuovo disturbata, ma Ajit percepì una tono di minaccia nella formulazione della domanda.

«Niente di particolare. Ma il mio prolungato soggiorno a Thimpu senza uno scopo preciso avrebbe potuto suscitare sospetti. Passo».

«Ha una copertura di ferro e, data la sua immediata partenza, non c'è di che preoccuparsi. Ha domande più pertinenti da fare? Passo».

«Nessuna, Kali. Chiudo».

Con mani tremanti, si tolse la cuffia e la gettò sul tavolo. Ogni volta che parlava con quell'uomo, si sentiva gelare il sangue nelle vene. Accese una sigaretta e aspirò profondamente, cercando di placare l'agitazione. Doveva restare calmo e studiare con cura la prossima mossa. Una partenza precipitosa poteva di nuovo destare sospetti nei suoi colleghi ufficiali. Ma un ordine è un ordine. Si alzò sospirando e chiuse la cassetta della radio. La sistemò con cura tra le sue cose. Esausto, si lasciò cadere sul letto cercando di addormentarsi.

Il berretto era pericolosamente scivolato dalla nuca di Virgile Machprot, rimanendo in bilico sul prominente naso gallico. Niente riusciva ad attutire i tremendi scossoni che, attraverso il mezzo traballante, la strada sconnessa ripercuoteva sulla colonna vertebrale del povero professore. Quando il bordo del berretto toccò la punta del naso, un capello si fece strada fino alla mucosa nasale, provocando in Virgile un formidabile starnuto che svegliò tutti, compreso l'autista. Si trattò di un evento fortunato considerato il precipizio profondo circa duecento metri sul ciglio sinistro della strada.

«Dio mio, che tortura questa strada!» si lamentò Machprot. «Siamo ancora lontani dal Bumthang?».

«Spiacente, professore» disse l'autista, «ma non riusciremo ad arrivare stasera, sono già le quattro. Sarà meglio fermarsi a Tongsa, la capitale del distretto».

«Ci sono alberghi decenti?» si preoccupò Adèle. «Detesto dormire all'addiaccio».

«Non si preoccupi, signora» la rassicurò l'autista. «C'è una discreta locanda. Non è molto lontana. Tra una decina di chilometri circa, vedrà la fortezza, il *dzong* di Tongsa. È piuttosto spettacolare».

«Mi dica qualcosa di più sugli *dzong*» disse Jean Dupont. «Ce ne sono tantissimi. A Thimpu ne ho visti due, e uno a Wangdiphodrang. Sono veramente impressionanti».

«Con piacere, signor Dupont. Sono quasi tutti molto vecchi. Quello di Tongsa, per esempio, è stato costruito circa cinquecento anni fa. Era la fortezza dei *penlop* di Tongsa, la nostra attuale famiglia reale. È lunga 450 metri, e in alcuni punti alta più di 40. È stata costruita senza chiodi né cemento. Una parte è abitata dai monaci e dal prete del distretto. L'altra è occupata dagli uffici amministrativi del governo. C'è anche l'ufficio giudiziario, dove si riunisce l'assemblea del distretto».

Uscendo da una curva Adèle esclamò eccitata:

«Che vista meravigliosa! Ci possiamo fermare per fare qualche foto?».

«Senz'altro, cara. È davvero un bel paesaggio» concesse Machprot.

Dall'altro lato della valle, l'imponente *dzong* di Tongsa, simile a una tigre su un piccolo crinale, li salutava con fierezza. Le mura bianche riflettevano l'intensa luce del sole. Dal fondo della valle, saliva il ruggito del fiume Tongsa. Coperte da fitte foreste le montagne sullo sfondo, formavano un semicerchio intorno a quel luogo maestoso e inespugnabile.

Con orgoglio, la guida indicò ogni dettaglio del magnifico paesaggio:

«Nessuna potenza straniera è mai riuscita a occupare il nostro paese. Forse capirete il perché. Per conquistarci, il nemico avrebbe dovuto mettere alle calcagna di ogni bhutanese almeno due soldati».

«È un privilegio vivere in questo paese» esclamò Machprot. «Non ho mai visto una simile armonia. Spero che riusciate a preservarlo dalla distruzione».

«Quanto manca per Tongsa?» chiese Jean Dupont frenando l'entusiasmo del professore. «Le mie povere ossa reclamano un letto».

«Siamo vicini» rispose la guida, «purtroppo la strada dietro la collina è piena di curve. Dobbiamo arrivare a metà valle, fino al ponte. Da qui, non esistono strade più dirette. La locanda non è grande. Prima ci saremo, più facile sarà avere camere decenti».

«In macchina!» urlò Virgile, calandosi il berretto sulla calvizie.

All'improvviso, sentirono una macchina avvicinarsi a tutta velocità.

«Qualcuno ha fretta di arrivare. Chi sarà?» disse stupito, con un pizzico di nervosismo, Jean Dupont.

«Probabilmente l'ingegnere svizzero» rispose la guida. «Ieri ho sentito dire che andava nel Bumthang. Strano che sia partito così tardi. Di solito fa il viaggio in un solo giorno. È stato senz'altro trattenuto dall'inglese».

«Quale inglese?» domandò Machprot.

Sorpreso, il bhutanese guardò il professore:

«Non sapeva che Wiscott voleva visitare il Bumthang?».

«Ah sì, è vero!» Machprot si sforzò di nascondere la sua irritazione. «Ho sentito qualcosa del genere durante il ricevimento a casa del direttore. Non importa, andiamo. Non ho voglia di dividere il letto con loro».

L'autista saltò in macchina e avviò il motore. Prima di riuscire a muoversi, vennero circondati da una nuvola di polvere e la macchina di Limonada li sorpassò.

«Maledetti, arriveranno prima di noi! Faccia presto e provi a sorpassarli!» urlò Jean Dupont.

«Impossibile, la strada è troppo stretta e pericolosa. Tra l'altro, Limonada è un'autista temibile. Non ama affatto che lo si sorpassi. Gli lascerò un po' di vantaggio, se non vogliamo essere sommersi dalla polvere».

«Non è stato molto educato» disse Adèle de Sainte-Fleur.

«Oh, basta! Non siamo mica in un salotto parigino, qui» esclamò Dupont.

«Questo è poco, ma sicuro. Persone come lei non sarebbero ammesse in quegli ambienti» rispose.

«Su, su ragazzi. Una tregua. Se continuate a litigare, stasera, come punizione dividerete la stanza» disse Machprot ridendo.

«Dio mio, se sono queste le condizioni, preferisco tacere» rispose Adèle risentita.

«Beh, non sa cosa si perde, signora» continuò Jean Dupont.

Dopo questo scambio di battute, in macchina tornò il silenzio. Appena prima di arrivare a Tongsa, la strada attraversava una zona pericolosa, a picco sul fianco della montagna. Grosse pietre sovrastavano il viottolo. Ogni estate, durante i monsoni, venivano trascinate via dalla pioggia.

L'autista non sembrava tranquillo. Accelerò pregando tra sé.

«Che succede?» chiese Machprot.

«Siamo in un punto pericoloso. L'ho esaminato con il cannocchiale dall'altro lato della valle e mi sono accorto che questa parte della collina si sta lentamente muovendo. Spero che riusciremo a passare senza incidenti».

In quell'istante, Jean Dupont gridò:

«Attento! Stanno cadendo delle pietre proprio davanti a noi».

Impaurito, indicò la montagna a venti metri di distanza da loro.

«Dio mio, sembra che tutta la collina si stia muovendo. La strada verrà sepolta. Fermi la macchina, per Dio!» urlò Machprot.

«Troppo tardi» rispose l'autista urlando. «La montagna si sta sgretolando. Tenetevi forte, cerchiamo di passare».

«E se non ci riusciamo?» urlò Adèle.

Spingendo a fondo l'acceleratore, l'autista fece ondeggiare il pesante mezzo, sfiorando pericolosamente la curva. I passeggeri assistettero all'allucinante spettacolo della valanga. Ancora tre metri e sarebbe crollata sulla strada. Le ruote iniziarono a pattinare sul fango. Guidando all'impazzata, l'autista ingranò la doppia trazione. Una nuova forza li spinse in avanti. La macchina scricchiolò quando la frana si abbatté sulla strada. La parte posteriore cigolò, mentre la strada iniziava a sprofondare. Con un gesto disperato, l'autista riuscì a raddrizzare la macchina. Spinto al massimo, il motore permise alle ruote anteriori di ancorarsi solidamente a terra. Riuscirono a evitare per un pelo di essere schiacciati dalle pietre e dagli alberi che precipitavano. Senza guardarsi alle spalle, il bhutanese li portò in salvo.

«Grazie, Signore» mormorò rallentando e fermandosi. Si chinò sul volante e singhiozzò in silenzio. Nessuno parlava.

Con le gambe tremanti, Jean Dupont scese dalla macchina. Voltandosi, vide i visi impauriti e lo sguardo vuoto dei suoi compagni di viaggio. Avvertì il calore del sole sulla schiena, sentì il canto di ogni uccello e il profumo della foresta. Con un timido sorriso disse:

«Che meravigliosa sensazione sentirsi vivi».

Arrivati a Tongsa, Limonada disse a Wiscott:

«Prima di tutto, andiamo alla locanda, altrimenti i francesi occuperanno tutte le stanze. Se per lei va bene, potremmo dividere la camera».

«Benissimo. Si può mangiare, lì?».

«Sì, ma non è buono. Conosco un altro posto vicino al mercato, gestito da un tibetano. È molto semplice, ma ci si incontra una quantità di persone interessanti».

Risalendo la strada di sassi che portava alla locanda, passarono davanti a una fabbrica elettrica, dove un generatore diesel produceva più smog che elettricità. Sulla destra, c'era un grande edificio con una bella insegna e una croce rossa, l'ospedale del distretto.

La principale attrazione della modesta locanda era una bellissima vista sulla valle e sullo *dzong*. Sul fianco della montagna erano sparsi qui e là piccoli villaggi. Hans fermò la Toyota davanti alla casa.

«Ehi, *chowkhidar*» gridò. «Sono sicuro che quel fannullone sta giocando a carte con gli amici».

Provò ad aprire, ma la porta era chiusa.

«Suoniamo il campanello, vediamo se viene. Spero per lui che ci sia, se quelli del turismo si accorgono che non fa il suo lavoro, lo licenziano su due piedi».

Dopo dieci minuti di scampanellio ininterrotto, un vecchio di origine nepalese, vestito miseramente, scese la collina di corsa. Aveva una sciarpa arrotolata intorno alla testa e fumava il consueto *bidi*, tanto amato dai nepalesi.

«Sì, *sahib*... Entrate, prego. Volete due stanze?».

«No, credo che ne prenderemo una sola. Un altro gruppo del dipartimento del Turismo sta per arrivare».

«Oh, e chi sono?».

«Non lo so. Ma farebbe meglio a pulire la casa».

«Sì, sì, grazie, *sahib*».

I due uomini stavano iniziando a scaricare i bagagli, quando arrivò il gruppo dei francesi.

«Li guardi. Non sembrano aver apprezzato molto le strade bhutanesi» scherzò Hans Limonada.

Con un debole sorriso, Jean Dupont spiegò:

«Ha perfettamente ragione. Non l'abbiamo apprezzata tanto più che all'improvviso è scomparsa. La strada non c'era più».

«Cosa vuol dire "non c'era più"?».

«Semplicemente che non c'era più, era sprofondata nel burrone. C'è stato un forte slittamento del terreno proprio davanti a Tongsa».

«Dio mio! Eravate lì quando ha iniziato a muoversi?».

«Esatto, abbiamo avuto questo onore».

«Oh, mi dispiace per quel che ho detto. Su, lasciate che vi aiuti a scaricare. Più tardi ci berremo un bicchierino insieme, ho comprato un buon cognac francese al negozio del governo. Vi tirerà su».

In poco tempo si sistemarono tutti nelle rispettive stanze. Il *chowkhidar* si diede da fare come non gli era mai accaduto. Trovò addirittura il modo per scaldare un po' d'acqua. Dopo la doccia, si ritrovarono nel grazioso giardinetto di fronte alla casa. Hans Limonada servì da bere a tutti e raccontò vari aneddoti sull'inizio del progetto svizzero nel Bumthang:

«Non immaginerete mai come è iniziato. Durante un viaggio del defunto re del Bhutan in Svizzera, un distinto industriale elvetico volle fargli un regalo.

«"Bene" disse il re, "perché non manda un bravo agronomo nel Bhutan a insegnare ai nostri contadini l'agricoltura moderna? Le condizioni nei nostri due paesi sono abbastanza simili". L'imprenditore elvetico pensò alla proposta e trovò qualcuno disposto a recarsi nel Bhutan. Era un formaggiaio. L'idea piacque: il formaggio svizzero è conosciuto in tutto il mondo. Ma quando il formaggiaio arrivò qui, si accorse che le mucche bhutanesi producevano appena mezzo litro di latte al giorno, neanche la quantità necessaria per fare i buchi del formaggio!... Ma l'uomo era di Berna ed è risaputo che lì la gente è piuttosto testarda. Decise quindi di creare un allevamento e di seguire le bestie. Ora, vent'anni dopo, abbiamo una razza incrociata, che dà abbastanza latte per fare ottimi formaggi e burro. Avrete modo di assaggiarli e gustarli durante il vostro soggiorno nel Bumthang».

Si stavano tutti rilassando intorno al tavolo, dove una povera bottiglia di cognac combatteva la sua ultima battaglia contro l'annichilimento totale.

«Beh, non dimentichiamo la cena» disse Hans. «Conosco un posticino al bazar dove ci daranno del *curry* decente e dei *puris* con una deliziosa *tumba*».

«Cos'è la *tumba*?» chiese preoccupato Wiscott.

«Una birra tibetana a base di miglio. Vedrà, riscalda il corpo e l'anima. Andiamo?».

Entrando nel ristorante di Tsering Doema, ad Adèle de Sainte-Fleur venne un nodo in gola. Non che si fosse aspettata un locale a cinque stelle, ma qui la situazione era ben diversa. Attraversarono una bottega piena di ogni sorta di cibo poco allettante. I sacchi di zucchero, riso e cereali erano aperti e accuratamente esaminati da cani spelacchiati, che un venditore annoiato cercava di cacciare. Passarono dietro al banco, nel retrobottega che conduceva al ristorante. La stanza era immersa nel fumo del *chulo*, il forno tradizionale che rimane acceso tutto il giorno. La gente veniva lì a mangiare e a vendere ogni tipo di mercanzia. Alcune galline, appartenenti a Tsering, sembravano apprezzare il calore del fuoco, la dispensa di famiglia era in un angolo della stanza, il nonno sonnecchiava su una panchina cullando nelle braccia un bebè, alcune persone giocavano a carte e altri stavano tranquillamente seduti a tavola a cenare.

Malgrado la confusione si respirava un'aria di grande pace: era un luogo pieno di calore umano, dovuto essenzialmente alla personalità di Tsering Doema. Sembrava una madonna tibetana: aveva lunghi capelli neri, un viso rotondo non particolarmente bello, ma sempre illuminato da un largo sorriso malizioso. Il corpo era piuttosto grassottello e tarchiato. Aveva spesso un seno fuori dalla *chuba*, pronto a confortare e coccolare il piccolino appena aveva fame. Ma ciò non impediva a Tsering Doema di preparare i pasti, lavare i piatti, occuparsi del fuoco, servire in tavola, chiacchierare con gli ospiti, cacciare i cani, rimproverare il marito, e soprattutto sorridere, un sorriso infinito come per esprimere la sua gioia di vivere e di essere felice.

Hans era un ospite molto apprezzato in quella Corte dei miracoli. Prepararono subito, per lui e il suo gruppo, un tavolo e due panche. Il marito di Tsering si prodigò per sistemare gli ospiti.

«Tsering, c'è stasera la tua inqualificabile birra?» chiese Hans «La polizia non l'ha ancora confiscata?».

«No, Hans. Gli ho detto che l'avrei venduta solo a te.

Sapendo che nessuna vita bhutanese era in pericolo, me l'hanno lasciata».

Tre poliziotti al tavolo vicino scoppiarono a ridere e alzarono i boccali di *tumba* per brindare con Hans.

«Non si preoccupi, signor Limonada. L'abbiamo controllata noi, è eccellente».

«Grazie, signori» disse, e voltandosi verso i suoi compagni aggiunse a bassa voce: «Il Bhutan è anche così. Questa bibita è ufficialmente proibita dal governo. Ma come potete vedere, i funzionari l'apprezzano molto. Non credo esista legge in questo paese che non venga aggirata almeno in parte. Le uniche eccezioni sono forse alcune regole imposte dalle tradizioni religiose. Non ho mai sentito parlare, ad esempio, di un suicidio».

«Come mai? La vita non sembra così facile qui» si stupì Jean Dupont.

«Forse è proprio questo il motivo. Appena le persone hanno tempo di guardarsi l'ombelico, diventano infelici per la loro infelicità. Il suicidio è considerato dai buddisti un grande sacrilegio».

Arrivando con la *tumba,* Tsering Doema interruppe la conversazione. Presto, i visi si arrossarono per effetto della bevanda alcolica e della gradevole temperatura della stanza. Si sedettero comodamente sulle panche, lasciando che l'inebriante stanchezza del lungo viaggio invadesse la loro mente. Quando Tsering tornò con i piatti, anche le riserve di Adèle svanirono. Iniziò a mangiare con appetito.

Non notarono neppure che la porta della sala da pranzo si apriva. Mentre sorseggiava la *tumba*, Hans sentì, all'improvviso, una pesante mano abbattersi sulla sua spalla.

«Hello Hans, brutto tagliaboschi. Che ci fai a Tongsa?» gli urlò nell'orecchio una allegra voce da baritono, facendolo quasi strozzare.

«Salve, mio caro prete! Ogni volta che me la spasso con gli amici, arrivi tu. Quale dannato santo ti porta da queste parti, amico mio?» rispose, alzandosi in piedi per abbracciare Mac.

«Come puoi immaginare, sto cercando qualcosa da mettere sotto i denti. Non sapevo che avrei dovuto dividere il pasto con te. Perbacco, sono proprio contento di rivederti, grande cavaliere dell'Albero tagliato».

«Voglio presentarti i miei compagni. Ecco, amici, questo è il fratello Mac, della famosa Compagnia di Gesù. Da molti anni, cerca disperatamente di convertire qualche povera anima del Bhutan orientale e di condurla sulla retta via. Ma non sei solo...».

«Esatto. Lui, signore e signori, è padre Fulvio, della stessa Compagnia convertitrice di anime, come ha detto Hans».

Dopo le presentazioni, si rimisero tutti a sedere e a mangiare. Tsering si affrettò a servire i nuovi arrivati.

«Da dove siete passati? Non abbiamo sentito dire che eravate a Thimpu. O ci state andando?» chiese Hans.

«No. Veniamo da Geylephug, il nostro lasciapassare autorizza l'ingresso da lì».

«Cosa succede nell'Assam?».

«Tutto bene. Siamo passati senza troppe difficoltà, abbiamo evitato tutti i posti caldi».

«Andate verso est?».

«Sì ma vorremmo fermarci un po' nel Bumthang. Il mio collega, padre Fulvio, è interessato a visitare il posto».

«Ha intenzione di rimanere molto nel Bumthang, padre?» chiese Jean Dupont.

«Non abbiamo ancora deciso. Non si tratta di una missione a lungo termine, come quella del fratello Mac e padre John. Ufficialmente, sono qui per valutare i metodi di insegnamento nelle scuole di Khaling e di Tashigang, dove lavorano i miei due colleghi».

«E qual è, allora, il motivo ufficioso, padre?» chiese bruscamente Machprot.

Sorpreso, il giovane prete guardò il professore. Pacatamente, rispose:

«Come lei, mi interesso di tibetologia. Penso che sia un mondo affascinante, di grande profondità filosofica».

«È questo il vero motivo del suo viaggio?» insistette Machprot.

«Perché me lo chiede, professore? Anche se non fosse così, non la riguarderebbe, non crede?».

«No, ha ragione. La mia è solo curiosità professionale. Lo sa come sono i ricercatori. Stanno sempre a fiutare e a ingelosirsi di chi si avvicina al loro territorio. Spiacente di averla importunata con le mie domande».

Adèle si girò verso il giovane prete:

«Deve essere molto interessante viaggiare attraverso il mondo e valutare i metodi di insegnamento. Sono sicuramente molto diversi tra loro. Ha già visitato altri posti in Asia?».

«Ho trascorso alcuni mesi alla scuola dei gesuiti di Kalimpong. Suppongo che le differenze tra l'India e il Bhutan siano notevoli. Sono due società diverse per sviluppo e religione. Ma è pur sempre la stessa regione. Le differenze sono molto più evidenti quando si cambia continente».

«Dove ha lavorato, padre?» chiese Machprot, per pura educazione.

«La mia precedente sede era in Africa. In Ruanda, per l'esattezza».

Il professore rischiò di strozzarsi bevendo una sorsata di *tumba*.

L'ultima precisazione lo stupì. Che straordinaria coincidenza! Possibile che fosse lui lo specialista in tibetologia che aveva provocato un certo scompiglio all'interno della Curia, venendo a conoscenza dell'esistenza della Lettera di Seta dell'imperatrice Ming e che era stato trasferito immediatamente in Ruanda per ordine del papa? Incrociò lo sguardo terrorizzato di Adèle: anche lei doveva essere arrivata alla stessa conclusione.

Non si resero conto che i loro sguardi erano stati attentamente osservati da Timothy. Wiscott incluse padre Fulvio nella lista dei potenziali concorrenti nella ricerca.

Fortunatamente per i francesi, l'ingegnere svizzero e Mac si misero a raccontare aneddoti sulle loro prime esperienze bhutanesi. Tutti risero ascoltando il racconto del prete reincarnato che torna a vedere la sua tomba e la trova occupata da qualcun altro...

Si alzarono da tavola tardi e si diressero barcollanti verso le macchine. Nessuno notò l'alto mercante tibetano che lasciò il locale poco dopo. Neppure Tsering Doema lo conosceva. "Quanti sconosciuti passano per Tongsa in questo periodo..." pensò.

Timothy venne svegliato da voci concitate davanti alla sua finestra. Guardò l'orologio: le quattro di mattina. "Ma cos'ha per la testa questa gente?" pensò. Dopo un viaggio così estenuante aveva bisogno di dormire e una leggera sbornia non aveva di certo sistemato le cose. Si alzò e si trascinò fino alla porta. Alla debole luce dell'alba, vide il gruppo francese che chiacchierava animatamente con l'autista.

«Che succede?» chiese.

«Hanno forzato lo sportello della macchina» rispose Machprot. «L'autista ha sentito un rumore ed è andato a vedere. Qualcuno è uscito dalla macchina ed è scappato. Ha provato a rincorrerlo, ma quello se l'è data a gambe rapidamente».

«Ha rubato qualcosa?» chiese Wiscott.

«Strano, non manca niente. O il nostro autista è arrivato troppo presto o il tizio voleva solo frugare. Hanno aperto tutti i bagagli» rispose Jean Dupont.

«Veramente strano» disse Timothy. «Chissà cosa cercava...».

«Non lo sappiamo. Sembrava interessato ai nostri appunti».

«Cosa ve lo fa credere?» chiese Timothy.

«Non ha toccato né i vestiti né il cibo. In macchina, abbiamo alcuni libri e i nostri appunti. Erano tutti sparsi».

«Ma chi può essere interessato ai vostri appunti?» osservò Wiscott.

«È proprio quel che vorremmo sapere. Non credo sia qualcuno che alloggia in albergo, ma controlleremo» dichiarò Machprot, scuro in volto.

«Grazie del complimento, professore» borbottò Hans. «Bella fiducia nei suoi compagni di viaggio».

«Non se la prenda, Hans. Deve convenire, però, che è un fatto piuttosto inquietante. In questo paese chi, eccetto altri specialisti nello stesso campo, può interessarsi a ciò che facciamo?».

«Siete sicuri che volevano gli appunti? Forse cercavano soldi e pensavano di trovarli nascosti tra le vostre carte» suggerì Hans.

«Non credo. Sono rimasto talmente scosso dal disordine trovato che, istintivamente, anch'io ho pensato la stessa cosa».

«Manca qualcosa?» chiese padre Fulvio, raggiungendoli.

«Adèle, raccolga tutto» dichiarò Machprot. «Verificheremo. Perché non controllate la vostra macchina per vedere se manca qualcosa».

Si misero tutti a guardare nelle macchine.

«La mia non sembra essere stata forzata. I bagagli sono intatti» disse Hans.

«Lo stesso vale per noi» dichiarò Mac. «Sono vent'anni che lavoro qui e non ho mai sentito parlare di un furto in macchina. Mi chiedo se non dovreste parlarne alla polizia.

Forse hanno avuto notizia di un ladro che girava nei paraggi».

«Non credo sia una buona idea» mormorò Dupont.

Gli altri lo guardarono, sorpresi.

«Cosa vuole dire?» chiese bruscamente Adèle. «Dopo tutto, hanno forzato la serratura della macchina».

«È vero» ammise Jean. «Ma ci farà perdere un sacco di tempo. Dovremo riempire chissà quante scartoffie, e questo attirerà l'attenzione su di noi. Mi sembra veramente inutile. Lasceremo il distretto fra poche ore. Allora, perché preoccuparsi di cosa fanno i ladri a Tongsa?».

"Uhm, forse ha ragione" pensò il professore. «Tra l'altro non hanno rubato niente, vero Adèle?».

«A quanto pare, non manca niente».

«Bene, se è tutto a posto, perché non ci facciamo servire la colazione?» propose Hans, sempre molto pragmatico. Desideroso di compiacere i suoi distinti ospiti, il *chowkhidar* portò acqua calda, uova sode, sistemò i tavoli davanti alla casa e trovò perfino del latte fresco di capra.

La nebbia notturna iniziò ad alzarsi. Un timido sole fece capolino a levante, in cima alla montagna. L'aria era cristallina. I primi raggi caldi placarono gli animi. La preoccupazione per l'episodio della notte iniziò a svanire: cominciarono a circolare battute sull'indecifrabile grafia di Machprot che avrebbe costretto il ladro a rinunciare.

Ai margini della foresta, nascosto da un fitto cespuglio, Rinchen Namgyal osservava il gruppo con un cannocchiale. Era furioso con se stesso. "Perché diavolo quel maledetto autista ha avuto bisogno di svuotare la vescica proprio quando ero in macchina?" pensò. "Chissà se chiameranno la polizia".

Decise di aspettare per vedere. Mentre il gruppo faceva colazione, Rinchen pensò alla mossa successiva. Improvvisamente, si alzarono da tavola e iniziarono a caricare le valigie in macchina. Il sole era già alto, quando ognuno di loro prese posto in auto. I tre veicoli si misero in movimento insieme con i Francesi in testa.

Anche per lui era arrivato il momento di andare. Il suo camion era stato bloccato dallo slittamento di terreno, così aveva dovuto prendere l'autobus dei trasporti pubblici bhutanesi. "Non sarà un viaggio molto comodo, con quella vecchia carretta" pensò. "Forse potrei provare a trovare un passaggio su una macchina privata". Avvicinandosi alla strada, vide una piccola macchina che arrancava in salita. "Saranno quelli dell'Indian Border Road Task Force" si disse, "non mi faranno salire".

Abbassò la visiera del cappello e proseguì lentamente lungo la strada. Senza rallentare, l'auto gli passò accanto. Lanciò una rapida occhiata all'interno: militari indiani e un ufficiale. «Signore!» mormorò. «È il tizio che stava di fronte alla casa del direttore del Turismo».

Rinchen Namgyal abbassò rapidamente la testa. Il lento veicolo continuò la sua strada, sollevando una nuvola di polvere che lo fece tossire. Aveva molto caldo, sotto la mantella rossa: si fermò cercando di calmarsi e di raccogliere le idee.

«L'inglese, i tre francesi, probabilmente i due preti e ora anche l'indiano!» disse ad alta voce. «La situazione si complica». Gocce di sudore gli colarono lungo il collo. Si tolse la giacca e l'arrotolò intorno alla vita. Si rassegnò a usare l'autobus dei trasporti pubblici.

Fulvio fu contento di ritrovarsi solo con Mac. Potevano finalmente parlare liberamente.

«Abbiamo compagnia nelle nostre ricerche» disse padre Fulvio. «I francesi sembrano alla ricerca degli stessi documenti».

«Ciò non renderà le cose più facili» rispose Mac.

«Non so, forse può aiutarci» obiettò padre Fulvio. «Se sanno dove sono i documenti, non ci resta che seguirli».

«Cosa le fa pensare, con tanta sicurezza, che abbiano il suo stesso obiettivo?» chiese Mac.

«Le istruzioni che lei stesso mi ha portato» disse Fulvio. «Secondo Roma, il governo francese è perfettamente a conoscenza dell'esistenza di quei documenti».

«E come fanno a saperlo?».

«Non ne ho idea!» riconobbe Fulvio. «Come sa, il Vaticano è una delle potenze più informate del pianeta. Questo spiega perché all'improvviso ho dovuto correre qui. È iniziata la gara».

«Ma anche qualcun altro lo sa...» sghignazzò Mac. «Dopo tutto, non era lei ieri che frugava nella loro macchina?».

«Come può pensare una cosa simile, fratello Mac?».

«Oh, basta! Non faccia l'innocente con me. Se Roma l'ha scelta per questa missione, è perché ha creduto che avrebbe avuto successo».

«Lei mi lusinga» rispose Fulvio. «Ma le assicuro che non ero io ieri notte. E mi chiedo: chi è al corrente delle intenzioni dei francesi?».

«Crede che possa trattarsi di Wiscott?» chiese stupito Mac. «È strano. Dice di essere un ingegnere forestale, ma non lo sembra affatto».

«Bisogna includerlo nella lista dei sospetti» ammise Fulvio. «Ma mi domando come avrebbe potuto infilarsi in casa senza essere visto. Ogni finestra ha le sbarre di ferro e la porta che dà nella stanza del *chowhidar* era chiusa quando ho provato ad aprirla».

Pensando e ripensando all'incidente del mattino, percorsero la strada recentemente asfaltata, che nessun camion era riuscito ancora a sfondare. Da Tongsa al Bumthang, la strada saliva dal colle di Yutu-la fino a oltre 4.000 metri. Era quasi interamente scavata nella roccia e non esisteva guard-rail: un povero automobilista sarebbe potuto cadere nel burrone senza provocare la minima eco e sparire per sempre. Via via, le lussureggianti foreste delle valli cedevano il posto a una vegetazione più alpina, dove i pini diventavano meno folti. Qualche raro gruppo di capanne di cantonieri si inerpicava sul fianco della montagna.

«Quelle persone hanno l'aria veramente miserabile» notò padre Fulvio. «Sono solo indiani e nepalesi».

«Esatto. Un bhutanese non si abbasserà mai a lavorare sulle strade. Pensano che sia indegno» spiegò Mac. «I lavoratori vengono portati qui dall'Indian Border Road Task Force. Hanno una vita miserabile, ridotti alla schiavitù dai loro stessi padroni».

«Come mai?» si stupì Fulvio.

«Vengono reclutati in India. I procacciatori gli prestano, in anticipo sul salario, una grossa somma di denaro. Non avendo mai avuto così tanti soldi, la maggior parte di loro li spende in un baleno, e, non potendoli restituire, hanno due possibilità: o seguire il padrone nel Bhutan o finire in prigione in India. Entrambe le strade portano all'inferno».

«Ma una volta ripagato il debito, possono andarsene?» chiese Fulvio.

«C'è un tranello» rispose Mac. «Gli indiani hanno escogitato un trucco terribile: il lavoratore deve i soldi al padrone? Lui gli trattiene il salario. Il poveretto, rimasto senza denaro, deve nuovamente indebitarsi, a tassi molto alti, ovviamente. Qualsiasi cosa vogliano comprare, lo devono fare tramite il padrone, che aggiunge una commissione, fino al cinquanta per cento del valore della merce».

«È scandaloso!» esclamò padre Fulvio. «Le autorità bhutanesi non fanno niente per impedire questo sfruttamento?».

«Lo sanno, ma poiché la costruzione della strada è pagata dal governo indiano e solo l'India ne è responsabile, il Bhutan non ha alcun diritto su quella gente. Ci deve essere un accordo del tipo "prendere o lasciare"».

«I bhutanesi non saranno molto contenti» disse Fulvio.

«Non credo che si preoccupino molto di quei poveri diavoli» sospirò Mac. «Ma mi citi un solo paese dove i lavoratori stranieri vengono trattati decentemente».

Arrivando in cima al colle, sentirono all'improvviso un gran chiasso. Una grande ombra emerse dal boschetto che fiancheggiava la strada. Apparve un immenso yak. La grossa bestia si fermò e li guardò. Mac spinse a fondo sul freno e fermò la macchina. In quel momento, un branco di yak uscì dalla foresta e attraversò la strada sotto i loro occhi.

«Belle bestie» notò padre Fulvio. « È incredibile come si muovono con grazia a dispetto delle dimensioni. Sono molto diversi dalle mucche».

«Eppure appartengono alla stessa famiglia» disse Mac. «Siamo in uno dei rari posti dove si possono vedere in questo periodo dell'anno. Sembra che siano passati tutti. Andiamo».

«Non c'è nessuno con loro?» s'interessò padre Fulvio.

«Sono animali semiselvaggi» rispose Mac. «Ci deve essere nei paraggi un accampamento di pastori. Ma sono persone poco cordiali».

Riaccese il motore. Scendendo lentamente verso la valle, notarono che la vegetazione s'infittiva.

«Dovremmo arrivare nel Bumthang verso mezzogiorno» annunciò Mac. «Abbiamo ancora da superare un piccolo colle. Quando piove, può essere pericoloso, la strada diventa molto scivolosa».

«Non me lo dica, abbiamo già avuto sufficienti emozioni».

La fedele Land Rover li portò fino a Kiki-la senza intoppi. Padre Fulvio non riuscì a trattenere un grido di ammirazione alla vista dell'immensa valle che gli si apriva davanti. Il panorama, in cima al colle, era mozzafiato. Dopo aver viaggiato attraverso valli piccole e strette, era un vero sollievo arrivare in vista di un paesaggio aperto. Le due catene di montagne, solcate dalle valli, culminavano con cime innevate che puntavano verso il cielo. Il fumo saliva dai caminetti delle case, sparse in piccoli gruppi in mezzo a campi color malva e giallo. Un fiume impetuoso scorreva in questo giardino dell'eden. Sulla sinistra, padre Fulvio notò un imponente edificio bianco.

«Cos'è quel grande castello, laggiù sulla collina?».

«È Jakar Dzong, il QG amministrativo del Bumthang».

«Che luogo benedetto. Sembra così tranquillo...».

«Lo è davvero» ammise Mac. «Ogni volta che vengo qui, invidio le persone che vivono in quel piccolo Shangrila. Capisco perché Budda lo abbia scelto per viverci undici anni, reincarnato in Padma Sambhava».

«Ho capito! È il luogo dove Guru Rimpoche si è fermato, quando è arrivato sulla tigre volante» notò padre Fulvio».

«Ha imparato bene la lezione» disse Mac. «C'è uno *stupa* vicino all'ospedale di Wangdichoeling, che ricorda l'evento. Budda ha vissuto a Kurje, un po' più su nella valle, sopra lo *dzong*. Forse lo può vedere con il cannocchiale. Si vede in lontananza un punto bianco, lì dove il fiume fa un gomito. A sinistra del fiume, lo vede?».

«Sì, ci sono due costruzioni che assomigliano a monasteri» disse padre Fulvio. «Dunque, è il luogo più sacro del Bhutan?».

«Sì».

«Sembra un buon posto per iniziare le ricerche» dichiarò Fulvio.

«Uhm, cominciare le ricerche» fece eco Mac. «Come faremo? Pensa di andare lì, battere sulla spalla del primo monaco e dirgli: eccomi, sono padre Fulvio di Roma, sono venuto per conoscere i vostri segreti. Perché non mi mostrate subito i vostri bei documenti?».

«Non sembra molto ottimista riguardo alle mie possibilità di scovare qualcosa» disse ridendo padre Fulvio.

«Temo che li metterà a disagio con le sue domande».

«Perché?» chiese il giovane.

«Non la conoscono. Chiunque può andare lassù e fare domande bislacche. Dovremmo stabilire un piano e avvicinarci con cautela».

«Pensa veramente che possa essere un problema parlare di quei documenti?».

«I bhutanesi sono molto riservati» sottolineò Mac. «Si tratta di una questione delicata. Se quei documenti sono così esplosivi come lei dice, lo sapranno sicuramente e vorranno tenerseli stretti».

Continuando a parlare, scesero lentamente il colle e arrivarono in fondo alla valle dopo circa mezz'ora. Cespugli di azalee costeggiavano la strada. La gente che mieteva il grano e raccoglieva le patate nei campi li guardava passare facendo cenni di saluto. Un gregge di mucche marroni pascolava tranquillamente intorno ad alcune case solitarie.

«Queste bestie non assomigliano alle mucche che abbiamo visto fino a ora» notò Fulvio.

«È vero, sono gli incroci ottenuti dal progetto svizzero. La sede è in quel villaggio che vede laggiù».

«Alloggeremo lì o c'è una locanda da qualche altra parte?».

«Andremo all'ospedale di Wangdichoeling» rispose Mac. «Conosco il medico svizzero e la moglie. Hanno alcune camere per ospiti all'interno dell'ospedale. È un posto alquanto bizzarro, vedrà. Intorno all'edificio centrale, c'è un cortile sempre pieno di vita. Si fermano tutti lì, per farsi visitare o per chiedere notizie di conoscenti. Le persone che ci lavorano sono molto gentili. Il medico svizzero ha fatto costruire a casa sua una doccia con acqua calda e la moglie è un'ottima cuoca. Quando posso le porto uova e verdure fresche dal mercato di Geylephug».

«Spero che ci siano, ho già l'acquolina in bocca».

«Non si preoccupi, ho spedito un telegramma qualche giorno fa, ci aspettano».

Il medico svizzero e la moglie non erano gli unici ad aspettarli. Diversi sconosciuti giravano per la valle, la gente del Bumthang non ci capiva più nulla. Le spiegazioni fornite non impedivano alle voci di gonfiarsi come i fiumi durante i monsoni.

Lo spiegamento delle Tigri avvenne rapidamente. L'attrezzatura era già stata caricata da diverse settimane. I mezzi erano pronti al QG militare di Wangdiphodrang. Sugli sportelli delle jeep, appositamente camuffate, c'erano delle grandi scritte gialle: *Studio geologico del Bhutan*. Avevano deciso di usare quella copertura per sviare l'attenzione dallo scopo reale della missione.

Il comandante, Dorji Drukpa, si sedette davanti alla radio e, con il corpo muscoloso chinato sul tavolo, parlò con animazione al microfono. Lo sguardo passava dalla radio alla carta aperta sul tavolo e i sottili baffi neri si contraevano nervosamente.

«Sì, Maestà» disse al microfono. «Siamo quasi pronti. Le prime tre squadre sono al loro posto al centro della valle. Kurje è sotto il controllo della squadra 4. L'accesso e l'uscita dalla regione sono sorvegliati e, se necessario, possono essere bloccati da Kungen e dai suoi uomini. Altri tre gruppi si stanno dirigendo verso il monastero di Tang».

Ascoltò rispettoso la risposta e replicò:

«Per ora non abbiamo notato niente di sospetto. Il gruppo francese e l'inglese sono arrivati ieri. Sono alloggiati nella locanda del progetto svizzero. I due preti sono arrivati a mezzogiorno e alloggeranno all'ospedale. Pare che l'agente indiano sia lì già da quattro giorni. Non ha fatto nulla di particolare. Il tibetano dovrebbe arrivare stasera con l'autobus pubblico. Al suo arrivo, il gruppo di Tongsa si sposterà per ispezionare il nord della valle».

Nella tenda regnava il silenzio, mentre venivano trasmesse istruzioni complementari.

«È una grossa seccatura. Non è possibile tenerli a Thimpu o inviarli da un'altra parte?».

Tamburellò nervosamente sul ricevitore.

«Ecco, se la richiesta parte del ministero del Turismo, è molto difficile rifiutare. Ciò non toglie che questa storia sia sospetta. È molto inusuale che una simile spedizione venga annunciata con così poco anticipo. Quanti sono?».

La risposta lo mise ancor più a disagio. Valutò rapidamente le proprie forze di fronte a questa nuova minaccia.

«Con rispetto, sire, propongo di inviare un'altra squadra di guardie reali. Ufficialmente, possiamo dire che vengono mandati per una caccia all'orso. Effettivamente, pare che ci sia un gruppo di quattro orsi che si aggira nella valle di Chokoerte, devastando i campi di mais».

Aspettò di nuovo che il re fornisse gli ultimi dettagli dell'operazione in corso.

«Si, Maestà, la informerò immediatamente, appena i diversi gruppi inizieranno ad avvicinarsi alla meta. Dovrebbe poterci raggiungere in elicottero. Le condizioni atmosferiche sono ottime. Grazie e chiudo».

Esausto, il guardiano della locanda si sedette in cucina vicino ai fornelli. Che gruppo di esagitati! Quei francesi erano delle vere sagome. La signora, poi! Che male poteva mai fare una bella piccola blatta a un vecchio folletto? Cosa si aspettava? E ora, doveva pure lavarle gli indumenti! Decise di mettere tutto a bollire in un paiolo con un po' di sapone. La delicatezza dei tessuti francesi gli sfuggiva totalmente.

Ripescò la camicetta che prima era gialla e rimase stupefatto: ora, sembrava un fazzoletto grigioverde. L'imponente biancheria intima di Adèle de Sainte-Fleur poteva oramai essere venduta a Copacabana come tanga. Le tre paia di calze non sarebbero servite più a niente.

Preoccupato, stese il bucato in giardino. Tornando in

casa, all'improvviso sentì muoversi qualcosa dalla parte del magazzino. Si guardò attorno nervosamente: era di nuovo l'orso che veniva a rubare nell'orto? La notte scorsa era quasi riuscito a ucciderlo... Non sentì più nulla. Alzò le spalle, afferrò il cestino e tornò verso l'edificio centrale. Varcando la soglia, lanciò un'occhiata dietro di sé: nessuno. Chiuse la porta ed entrò nella sua stanza.

Un'ombra scivolò dietro il magazzino verso la cucina e si fermò qualche secondo. L'intruso si guardò attorno: da lì era troppo pericoloso avvicinarsi alla casa. Con cautela, tornò indietro verso i cespugli che costeggiavano l'orto. Coperto dai cespugli, si avvicinò alla casa dall'altro lato.

C'era una sola luce accesa. Ajit Singh rimase immobile a scrutare. Come una molla, scattò in avanti e si buttò a terra lungo il muro. Tutto era immobile. In lontananza, si sentivano delle voci. Facendo attenzione a non far rumore, salì una scala ripida che portava alla veranda vicino alla finestra illuminata. Con il cuore in gola, riuscì ad avvicinarsi.

Ora, Ajit poteva distinguere meglio le voci. Purtroppo, la conversazione si svolgeva in francese. Decise, comunque, di restare. Captò alcune parole che venivano continuamente ripetute: "Kurje, monastero, documento, rivelazione, valle del Bumthang, segreto...". Ciò confermò i suoi sospetti: i francesi non erano semplici turisti. Dalla finestra diede un'occhiata alla stanza. Era illuminata da una lampada a petrolio che rifletteva la luce su due uomini seduti a un tavolo, chini su un foglio. Un colpo alla porta li fece sussultare.

«Chi è?» chiese, sorpreso, Machprot.

«Sono io, Hans» rispose una voce. «Vi ho sentiti parlare, e non riuscendo a dormire, ho pensato di venire a fare due chiacchiere con voi...».

Nascondendo velocemente il foglio nel cassetto, Jean Dupont rispose:

«Entri! La porta è aperta».

«Salve, spero di non disturbarvi».

«Assolutamente no, caro Hans» sorrise Machprot, nascondendo il suo disappunto.

«Bene, allora. Posso offrirvi un'acquavite di mela locale? Come la chiamate in Francia?».

«Calvados» disse Machprot, un po' raddolcito dalla prospettiva di assaggiare un buon liquore.

«Spero che non ne rimarrete delusi. Ancora non abbiamo raggiunto la vostra perfezione in questo campo».

Riempì tre bicchieri. Machprot e Jean Dupont dovettero controllarsi per non fare una smorfia: avevano il fuoco in gola.

«Beh, diciamo che i nostri metodi di preparazione non sono esattamente gli stessi» disse Machprot.

«Ah ah! Lo sapevo» esclamò Hans, ridendo. «Scusatemi, ma è così buffo vedere la faccia della gente quando beve per la prima volta il nostro liquore. È uno scherzo che facciamo sempre... lo so, il sapore è spaventoso, ma ci scalda durante le lunghe sere d'inverno, qui nel Bumthang. Non vogliamo per forza metterlo in commercio...».

I due francesi si rilassarono un po', e vuotati con qualche difficoltà i bicchieri, iniziarono ad avvertire una leggera euforia. Dimenticata ogni prudenza, Machprot si rivolse a Limonada:

«Siamo qui per studiare antichi testi religiosi. Lei vive qui da diversi anni e forse ci sa dire qualcosa sulle biblioteche monastiche nel Bumthang...».

«Non sono uno specialista in materia» rispose Hans, «ma da quello che so, ci sono documenti molto antichi al monastero di Kurje. Cosa cercate esattamente?».

«Niente di specifico» eluse Jean Dupont. «Perché ce lo chiede?».

«Solo per curiosità. Se mi date maggiori dettagli, forse vi potrò aiutare meglio».

«Ma come, se non è uno specialista?».

«Conosco due Rimpoche che vivono da queste parti».

«Vuole dire due lama che si sono volontariamente reincarnati e che vivono qui?» chiese Jean Dupont, molto interessato.

«Esattamente. Uno vive a un'ora da qui, nelle montagne. L'altro, un ragazzino di una quindicina d'anni, abita in un piccolo monastero vicino al mercato».

«Crede che sia difficile incontrarli?» chiese il professore.

«Dipende se sono occupati con le *puja*, le cerimonie religiose. Posso informarmi» rispose Hans.

«Sarebbe molto gentile da parte sua, ma non si senta obbligato» disse Machprot.

«Sono contento di aiutarvi. Sapete, non succede granché da queste parti» spiegò Hans, «ma dovreste essere più precisi nelle vostre richieste, non posso chiedergli di mettere a soqquadro la biblioteca».

I due francesi si lanciarono un'occhiata. Machprot disse esitando:

«Hans, perché si dà così tanto da fare per noi? Sta per caso cercando di scoprire cosa facciamo qui nel Bhutan?».

«Perché? Mi state nascondendo qualcosa?» chiese con candore Hans.

«Lo pensa veramente?» gli chiese a bruciapelo Dupont.

«Se devo essere sincero, sì, lo penso» disse Hans versando a tutti un altro bicchiere. «Arrivate qui e come per incanto vi si aprono tutte le porte. Non ho mai visto un gruppo di stranieri viaggiare così facilmente in questo paese. Di solito, i bhutanesi esitano molto a lasciare andare liberamente gli stranieri. Tra l'altro, avete iniziato le vostre ricerche senza chiarirne lo scopo. Strano modo di comportarsi».

«Lei è molto romantico» sorrise Machprot, «ma esagera. È solo che il mio gruppo lavora su un tema che interessa anche il governo bhutanese. Per questo ci aiutano, tutto qui».

«Bene, allora mi dica esattamente in che campo lavora» insistette Hans.

«D'accordo. Ma le devo chiedere di tenere il segreto. Me lo promette?».

«Ci può contare» disse Hans, eccitato all'idea di saperne di più.

Dopo alcuni minuti, Ajit capì che i francesi erano sulla stessa strada di Timothy. Non venne fuori altro dalla discussione, l'ingegnere svizzero non sembrava sapere molto sull'argomento. Temendo di essere scoperto, Ajit decise di andarsene. Come un gatto, scivolò sulla veranda, scese le scale e s'infilò tra i cespugli. Non sentì gli uomini dell'unità delle Tigri informare via radio il comandante della sua visita notturna alla locanda.

All'inizio, l'avanzata verso sud si era svolta velocemente. Gli ordini trasmessi via radio li avevano spinti in quella direzione. Ma ora, gli avevano chiesto di rallentare e di evitare ogni contatto con la popolazione locale. Non era facile avanzare senza essere prima o poi avvistati. Ogni viaggiatore suscitava curiosità poiché erano rari coloro che, in quel periodo, si muovevano da nord a sud. Una volta, quando ancora la frontiera con il Tibet era aperta, era tutto diverso. Ora, la vecchia strada delle carovane era stata abbandonata.

Gyaltsen si fermò sul limitare della foresta e scrutò la valle ai suoi piedi. Il viso affilato era coperto da una rada barba, vecchia di tre giorni, e i capelli gli cadevano disordinatamente sulle spalle. L'aria era cristallina. Una coppia di gru volò nell'azzurro del cielo e scese lentamente verso la valle. Migravano in India, per sfuggire al rigido inverno tibetano. Loro sì che non avevano bisogno di nascondersi, né di giustificare la loro presenza in quella terra.

"Quelle creature sono ovunque le benvenute" pensò con una punta di amarezza, camminando tra il forte odore dei pini bruciati dal sole. Da diversi giorni, si sentiva a disagio. Non era abituato al ruolo di preda, di solito era lui il cacciatore. Cercava di nasconderlo ai suoi uomini, ma il buonumore era svanito e non ridevano più insieme come prima. Era ora di finirla con l'attesa.

Ispezionò i dintorni. Il villaggio era a tre chilometri appena. Riuscì a distinguere gli abitanti che mietevano i piccoli campi pietrosi. Nel silenzio, sentì il cigolio dei mozzi e lo scricchiolio degli alberi abbattuti. Si girò, rivolgendosi ai suoi uomini in attesa nel sottobosco:

«Stiamo per entrare in una zona abitata. Da questo momento basta con i fuochi e con la caccia, vivremo delle nostre provviste. In gruppo potremmo attrarre l'attenzione, quindi è meglio separarci. Conoscete tutti la geografia del distretto del Bumthang. Decideremo l'itinerario di ogni gruppo e stabiliremo possibili punti di incontro. Comunicheremo con il walkie-talkie, ma solo in caso di allarme. Abbiamo il dispositivo antiinterferenze ma potrebbe rivelare la nostra presenza se il segnale venisse intercettato. Di solito in questa regione non esistono comunicazioni via radio».

Si sedettero intorno a una mappa dettagliata della zona. Decisero che un gruppo avrebbe agito allo scoperto, per poter prendere contatto con il misterioso agente a Dharmsala. Sapevano che si trattava di una talpa di grande importanza, infiltratasi laggiù diversi anni prima. Per riconoscerlo avevano solo una vecchia foto e il nome.

Norbu Gyaltsen ordinò ai suoi uomini di riposarsi un po'. Preferiva che si muovessero di notte. Il suo sonno venne presto interrotto da una specie di guaito. Saltò in piedi e afferrò il fucile. Gli altri uomini scattarono a pancia in giù con l'arma in pugno.

«È un orso o un gruppo di orsi» mormorò uno di loro.

«Spero che non ci siano cuccioli, le madri diventano terribilmente aggressive».

Un'ombra scura si muoveva da un albero all'altro. La distanza era pericolosamente breve e gli orsi avrebbero sicuramente attaccato. La fortuna volle che il vento spingesse l'odore degli animali nella loro direzione e non il contrario. Gli uomini non osavano neppure respirare, mentre i tre imponenti maschi, seguiti dalle femmine, gli passavano davanti lentamente. Ogni tanto si fermavano a mangiare le bacche tra i cespugli. Dopo un'ora interminabile, il gruppetto si allontanò.

Nessuno riuscì più a dormire. Decisero di prepararsi alla partenza. Mangiucchiarono qualcosa senza entusiasmo. Erano preoccupati all'idea di dovere camminare tutta la notte nella foresta ostile, senza sapere dove e quando avrebbero rischiato di incontrare un altro branco di animali selvaggi.

Ricerche

Per la prima volta dopo due anni era felice. Svegliandosi, padre Fulvio lasciò che il suo spirito vagasse pigramente. Lentamente e con dispiacere tornò alla realtà. L'alba e i primi rumori del mattino gli strapparono l'ultimo velo di sonno. Lo sguardo vagò per la stanza, a cui le pareti bianche conferivano una semplicità monacale. Per proteggerli dai topi, i materassi stretti erano poggiati su semplici assi di legno. Un tavolo e due sedie in giunco completavano il modesto arredamento.

Mac russava tranquillamente. L'odore di fumo, proveniente da un focolare acceso in cucina, ricordò a Fulvio la promessa fatta il giorno prima dalla moglie del medico: "Se venite presto, vi darò per colazione pane fresco con marmellata e delizioso burro di yak". Si alzò e si avvicinò al compagno, toccandogli leggermente la spalla:

«Fratello Mac» mormorò, «ci aspettano pane fresco, marmellata e burro. Coraggio! Sono tentazioni a cui non si deve resistere».

L'altro sorrise, muovendo le mascelle nel sonno. Si stiracchiò, aprì un occhio e bofonchiò:

«Dunque è vero. Siamo nel Bumthang. Dio sia lodato!».

«Stamattina, svegliandomi, mi sono sentito felice» rispose padre Fulvio. «Ora, capisco perché: ci siamo, finalmente».

Guardò pensieroso il cortile:

«Queste persone sembrano avere una vita tranquilla» osservò. «Non hanno l'aria di preoccuparsi molto di ciò che accade nel mondo. Spero che la nostra missione non distrugga la pace di questo posto».

«Dio lo deciderà» rispose Mac. «Ne abbiamo già parlato. Il mio punto di vista non è cambiato. Se le più alte autorità della Chiesa vogliono che si vada avanti, io lo farò».

«Amen» disse scherzosamente Fulvio. «Invidio la sua fede serena, fratello Mac».

«Forse dovrebbe dire: la mia fede ingenua di uomo semplice. È più vero di quanto non creda» rispose l'altro, con tono amaro.

«No, per favore, fratello Mac» protestò Fulvio. «Si sbaglia. La difficoltà del compito mi turba. Non sono in posizione tale da poter giudicare ciò che è bene o male».

«Forse, lei non lo sa» disse Mac. «Ma a Roma lo sanno. Attingono alla maggior fonte d'informazioni dell'umanità. Laggiù sono conservati duemila anni di storia».

«Sono contento che sia dalla mia parte. Riesce sempre a rasserenarmi».

«Bene» sorrise fratello Mac. «Ora, non dimentichiamo il motivo di questa alzataccia: ci aspetta il pane fresco».

I due uomini si vestirono velocemente e scesero nel cortile dell'ospedale di Wangdichoeling. Gli impiegati li accolsero con un largo sorriso. Il cuoco, come al solito piuttosto sporco, arrivò correndo:

«Buongiorno, signori! Siete mattinieri. Devo prepararvi la colazione?».

«Non si preoccupi» sorrise Mac. «La faremo dal medico. Grazie, comunque».

Lasciando l'edificio, presero un sentiero lastricato, costeggiato da una recinzione di bambù.

«Strano che in un posto così sperduto ci sia un sentiero asfaltato» disse padre Fulvio.

«Una volta collegava il palazzo di Wangdichoeling, la residenza estiva del defunto padre del re, alla casa degli ospiti, l'attuale ospedale».

«Dunque abbiamo dormito in una casa per ospiti reali!» esclamò Fulvio. «Perché quei begli edifici non vengono adibiti ad albergo?».

«I bhutanesi non vogliono ancora turismo da queste parti» spiegò Mac. «La regione non è molto popolata, e se venisse aperta ai turisti, potrebbe perdere la sua identità culturale e religiosa. Guardi cosa succede in Nepal».

«Ha ragione» rispose padre Fulvio. Arrivarono a casa del medico.

Un delizioso odore di pane fresco profumava l'aria.

«Benvenuti!» li salutò il dottor Lautinger. «Sediamoci a fare colazione».

«Signora, è un gran privilegio per noi potere godere delle sue doti culinarie» disse galantemente padre Fulvio alla padrona di casa. «Sono certo che ci vizierà a tal punto che dovremo tornare».

Lusingata dai complimenti, la donna li pregò di accomodarsi. Portò a tavola molte cose buone che i due uomini da mesi non avevano più mangiato.

«Servitevi e non lasciate niente» li esortò.

Dimenticando l'usuale benedizione, i due preti si buttarono sul cibo come affamati.

«Vedo che cercate di tenervi in forma per la vostra ricerca spirituale» scherzò gentilmente la signora.

Arrossendo, padre Fulvio rispose: «Il Creatore ha voluto unire nell'uomo i bisogni spirituali e fisici».

«Questo fatto può essere fonte di problemi...» osservò il medico.

«La vostra accoglienza è troppo cordiale perché ci turbino le sue osservazioni» rispose ridendo padre Fulvio. «È vero che queste spinte contraddittorie ci pongono dei problemi, ma credo che questo fenomeno ci riguardi tutti, più o meno. Non succede anche ai suoi pazienti?».

Il dottor Lautinger sorrise per il sottile modo gesuita di sviare la conversazione.

«Non credo che abbiate fatto tutta questa strada per discutere di argomenti così prosaici con un medico ignorante. Ci dica, piuttosto, quali sono i vostri programmi qui nel Bumthang?».

Fulvio non percepì la benché minima animosità nelle parole del medico. Decise, tuttavia, di non svelare il segreto:

«Dovrei visitare le scuole gesuite del Bhutan orientale. Sono specialista in metodi di insegnamento. Come sapete, il mio ordine è molto impegnato nell'attività di educazione nei paesi in via di sviluppo».

«Un modo elegante per essere vicini alle future élite di questi paesi» osservò la padrona di casa.

«È vero, signora» riconobbe Fulvio. «Non creda però che cerchiamo di conquistare potere o qualche altro tipo di privilegio».

«Conquistate il cuore dei bambini e guadagnerete l'anima degli adulti» disse la moglie del medico.

«Sarebbe davvero bello se fosse così. Ma devo deluderla: molti di loro vengono da noi solo per imparare. Più tardi, nel corso della loro vita, si ribellano al nostro insegnamento».

«Forse perché rappresentate ancora un simbolo. Il potere paternalista, il potere delle antiche potenze coloniali che continuano a opprimerli con la loro dittatura economica».

«Dopo un pasto così buono, non vorrei mettermi a polemizzare. Non nego che in parte lei possa avere ragione, ma le cose sono infinitamente più complicate».

«È vero, la situazione è molto complessa. Come medico, vedo queste contraddizioni anche nella mia attività. La mia presenza qui ha portato nuove abitudini. La nostra medicina si è sviluppata su basi culturali totalmente diverse. Noi ragioniamo usando la logica deduttiva. I bhutanesi hanno un approccio più fenomenologico ai problemi, molto evidente in campo religioso. Gli antichi testi sacri vengono ripetuti all'infinito dai monaci, come esercizio all'autodisciplina. Sono pochi quelli che capiscono il significato profondo di ciò che leggono».

«E come avviene la pratica religiosa nel Bhutan?» chiese padre Fulvio.

«Ci sono diversi maestri religiosi nel paese» rispose il medico.

«Come conquistano la saggezza?» insistette Fulvio.

«Dai loro stessi maestri e dalla meditazione di antichi testi sacri, suppongo».

«Dunque, hanno biblioteche per tramandare gli antichi insegnamenti» concluse Fulvio. «Ne esistono nella valle?».

«Troverà testi antichi in tutti i monasteri. Credo che ci siano molti documenti di questo tipo in un posto come Kurje».

«E sono accessibili ad altri, oltre ai monaci?» chiese Fulvio, con una punta di eccitazione nella voce.

Sorpresi, il medico e la moglie guardarono l'ospite.

«Come mai si interessa tanto a questo tipo di documenti?».

« Già, non vi ho ancora parlato del mio interesse per il buddismo tantrico» disse padre Fulvio. «Mi chiedo se potreste aiutarci a metterci in contatto con i monaci di Kurje».

«Non è facile conquistare la loro fiducia» disse la signora. «La vostra richiesta sembrerà strana. Nessun ricercatore straniero viene qui per studiare i testi antichi. Quanto tempo pensa di rimanere nel Bumthang?».

«Non ho ancora deciso, ma sono pronto a prolungare il soggiorno, se necessario».

«Bene. Potrebbe esserci un modo» disse la donna. «Ho fatto amicizia con la moglie di un medico tradizionale che lavora in ospedale. Andrò a trovarla e, se glielo chiedo, convincerà sicuramente il marito a fare qualcosa per voi.

Grazie al suo apprendistato è diventato quasi monaco e ha rapporti molto stretti con il monastero di Kurje».

«Sarebbe meraviglioso!» esclamò Fulvio. «Non vogliamo abusare del vostro tempo, sappiamo che avete una giornata molto impegnata».

Quando i preti ebbero lasciato la casa, il medico si girò verso la moglie e disse:

«Strano, quel padre Fulvio. Nasconde qualcosa».

Scendendo lentamente la collina scoscesa della locanda di Karsumpe, Timothy si fermò per contemplare il vasto paesaggio della valle, scavata nella montagna dal Bumthang Chu. Le sue acque, gonfiate dai monsoni, erano scure e impetuose.

Gli avevano detto che, in estate, nelle basse valli del Bhutan meridionale, il fiume si ingrossava talmente da isolare intere regioni. Nella vita dei bhutanesi le forze della natura erano sempre presenti. Timothy lo aveva capito e, inizialmente, si era sentito a disagio: nella sua comoda vita in Inghilterra, non era mai stato esposto a forze che sfidavano la sua comprensione o il suo controllo. Ora, realizzava con angoscia che l'unica scelta consisteva nell'essere parte di quella realtà, vivendo semplicemente il suo *karma*, prendendo slancio dal movimento che percepiva nel ritmo vitale della natura. Il desiderio di conformarsi a quella delicata sinfonia stava minando, un po' alla volta, le fondamenta del suo spirito razionale, penetrando lentamente nella coscienza come gocce d'inchiostro che si espandono.

"Dove mi porterà questo viaggio?" si chiese a voce alta. Continuando a camminare, Timothy iniziò a concentrarsi sui problemi immediati. Ormai era sicuro che i francesi stessero anche loro cercando i documenti, ma avevano informazioni meno precise di lui. Erano stati i bhutanesi a metterli sulla buona strada. E se la tesi di Limonada fosse giusta? Un altro problema che sfuggiva al suo controllo. "Tanto vale andare in giro per il Bumthang e sorvegliare i francesi. Ma i gesuiti? Cosa c'entrano loro? Dovrei andare a trovarli in ospedale, forse riuscirei a saperne di più sulle loro intenzioni".

Mentre si avvicinava a un villaggio in riva al fiume, un grido interruppe i suoi pensieri:

«Attento, signore! Uno dei tori ha spezzato la cavezza. È molto pericoloso».

Timothy, preoccupato, si guardò intorno. Udì dei passi frettolosi e delle grida.

«Come pensate di fare per prenderlo?».

Il giovane rispose sorridendo:

«Porteremo una o due mucche...».

«Una mucca?... Ah, capisco!».

Nascosto dietro una casupola, Timothy udì un gran rumore alle sue spalle. Si voltò e l'alito caldo del toro gli esplose sul viso. L'animale abbassò al suolo gli occhi rossi e cattivi, puntando le corna all'altezza delle cosce di Timothy. Sentì un dolore intenso e breve, il toro rialzò la testa e lo lanciò in aria. Come in sogno, Timothy si sentì sospeso nello spazio, ma questa sensazione venne presto interrotta dall'urto del corpo sul tetto di legno della casupola dietro la quale aveva cercato di nascondersi. Atterrò su una timida ragazza bhutanese e svenne. Il toro rimase immobile, senza capire che fine avesse fatto l'avversario.

Quando Timothy riprese coscienza, la camera era piena di gente che parlava gesticolando. La fanciulla era stata soccorsa: non aveva un solo graffio. Nel rumore che lo circondava, la parola "dottore" lo riportò alla realtà. Sentiva un forte dolore alla coscia sinistra. Dando un'occhiata verso il basso, vide i pantaloni strappati e insanguinati.

"Dio mio, speriamo che non sia nulla di grave".

«Signore, come si sente?» chiese qualcuno.

Timothy riuscì a rispondere debolmente.

«Non si preoccupi! La ferita del corno è solo superficiale, è stato subito lanciato in aria. Abbiamo chiamato il medico, sarà qui tra poco».

«Grazie. Avete visto il signor Limonada?».

«Sì, torna subito. Ha dato una mano per catturare quel maledetto animale».

«Ci sono riusciti?».

«Sì, per fortuna. Lo hanno portato nella stalla».

La porta si aprì e il dottor Lautinger entrò con un'infermiera.

«Spiacente di doverla conoscere in circostanze simili» disse il medico.

«Felice di conoscerla, comunque» rispose Timothy.

Il medico esaminò la ferita, interrogò Timothy su eventuali altri dolori, toccò qui e là, tirò e premette le ossa. Soddisfatto di constatare che nessun organo fosse stato colpito, commentò:

«Lei sembra un tipo molto fortunato. A parte la coscia, tutto il resto sembra a posto, ma la ferita va pulita e disinfettata. Le dovrò fare un'antitetanica e prescriverle una dose di antibiotici. La porto in ospedale con la mia jeep».

Wiscott fu trasportato su una barella. C'era molta folla intorno alla macchina. Gridando a perdifiato, i due impiegati della fattoria che portavano il ferito riuscirono ad aprirsi un varco e a sistemarlo in macchina. Il breve tragitto verso l'ospedale fu un inferno, le buche della strada gli provocavano un dolore terribile. Venne trasportato dentro l'edificio, ed era disteso su una panca quando il dottore si chinò su di lui:

«Credo di non poterle offrire di più come sala operatoria».

Timothy si guardò intorno: una semplice cameretta bianca con il pavimento in cemento. Sopra di lui pendeva una strana lampada: tre lampade da comodino messe insieme alla meglio.

«L'ha fatta lei?».

«Uno dei miei predecessori. Amava il bricolage. Risponde esattamente al suo scopo dando una luce chiara e senza ombre. Funziona grazie a un piccolo generatore a petrolio... il rumore che sente».

Il medico continuò i preparativi con calma: prese la xilocaina per l'anestesia locale e posò i ferri su un pezzo di stoffa sterilizzata. Sedette su uno sgabello e fece un'iniezione a Timothy, che non sentì più alcun dolore. Con cura, tagliò i tessuti lesi, disinfettandoli con acqua ossigenata. Non trovando nulla di sospetto, richiuse la ferita strato dopo strato:

«Quanti punti?» chiese Timothy.

«Che strano, fanno tutti la stessa domanda» ironizzò il dottor Lautinger. «Non è tanto il numero di punti che conta, ma il tipo di ferita. Cioè, se è stato toccato un organo vitale o se un osso si è fratturato».

«Comunque, me lo dica! Per un paziente contano anche i punti, visto che farà di nuovo male quando verranno tolti!».

«Va bene: ne ho messi sette».

«Porta fortuna» scherzò Timothy.

«L'umorismo inglese è invincibile» disse il medico a mo' di complimento.

Dopo la medicazione, Timothy venne portato nella sua stanza e il dottore accompagnandolo disse:

«Credo che già conosca i suoi vicini di stanza, fratello Mac e padre Fulvio».

«Per quanto tempo dovrò rimanere a letto?» chiese Timothy.

«Non si preoccupi, domani potrà già camminare qui intorno. Per alcuni giorni avrà bisogno delle stampelle. Meno userà i muscoli, prima la ferita si rimarginerà e meno ci saranno rischi di infezione. Prenda questo calmante, a mezzogiorno le porteranno il pranzo».

«Grazie per l'aiuto» disse Timothy sdraiandosi sul letto. Il medico lasciò la stanza chiudendo piano la porta.

Solo, di fronte al suo nuovo e imprevisto problema, Timothy analizzò la situazione. Era stato fortunato, il corno avrebbe potuto ferirlo in un punto più pericoloso. Avrebbe anche potuto essere ucciso sul colpo. Rabbrividì e decise di lasciar perdere questi pensieri.

«Dopo tutto, è il *karma*!» sospirò. «Così potrò tenere d'occhio i due preti».

Il potente calmante iniziò lentamente a fare un piccolo miracolo. Si assopì e scivolò in un sogno molto piacevole, volava su una nuvoletta rosa.

Accompagnati da Hans Limonada, i tre tibetologi francesi attraversarono, esitanti, il ponte sospeso sul Bumthang Chu. Adèle de Sainte-Fleur ringraziò Dio di non essere stata lì un'ora prima, quando il toro era ancora libero. La vita e la salute sembravano entità così precarie in quelle circostanze! Senza la volontà e il coraggio di Virgile Machprot, avrebbe probabilmente mollato tutto. Per ora, niente provava che i documenti fossero nei paraggi, ma era pur vero che la presenza di padre Fulvio nel Bumthang non poteva essere una semplice coincidenza.

"Tutta questa storia è piena di strane coincidenze" pensò. "Almeno così sembra, o c'è una logica dietro le apparenze?".

In quegli ultimi giorni, si era stupita nel vedere come il suo gruppo fosse stato guidato alla valle del Bumthang; era come se le ricerche venissero guidate da qualcun altro, un burattinaio che tirava i fili per muovere le marionette, meravigliandosi lui stesso di ciò che accadeva. Aveva la sensazione che qualcuno li sorvegliasse costantemente e li mettesse alla prova. Ma chi? E perché? Quest'ultima domanda la preoccupava molto:

"Come si può riuscire a capire l'immediata realtà, quando si è accecati dalla ricerca ossessiva della causalità?" si chiese. "Voler spiegare tutto porta a credere che la spiegazione sia la vera realtà, mentre è solo una rappresentazione soggettiva del mondo circostante. La ricerca del 'perché' non è certamente negativa o inutile, poiché la logica deduttiva è un potente mezzo per scoprire i segreti della natura. Ma scoprire un segreto non significa condividerlo. Forse dovrei semplicemente aprire l'anima alla realtà, qui, di fronte a me, e guardare cosa succede, senza interrogarmi sul perché succede. Mi chiedo cosa ci dirà il giovane Rimpoche...".

Dopo mezz'ora di cammino arrivarono al villaggio dove lui viveva. Gli abitanti avevano costruito un piccolo monastero in suo onore. Era un Rimpoche, la reincarnazione di un grande lama vissuto in quella regione una ventina d'anni prima. Aveva solo quindici anni, ma una grande saggezza; era una persona garbata e viveva in modo semplice. La sua educazione formale di monaco era stata piuttosto breve: aveva progredito a una velocità tale che, dopo due anni, il maestro non aveva avuto più nulla da insegnargli. Era dunque tornato a casa, nel posto dove, nella sua precedente vita, aveva già diffuso l'amore e la saggezza del Budda. Hans, che durante il cammino verso il monastero aveva raccontato tutto questo, doveva essere rimasto molto colpito dal Rimpoche. Altrimenti perché avrebbe parlato di lui con tanta ammirazione?

Appena Hans e il gruppo francese entrarono nel villaggio, i bambini accorsero. Conoscevano tutti lo svizzero, che viveva nel Bumthang da sei anni. Rispondeva volentieri alle domande. Quando seppero che il gruppo sarebbe andato a trovare il Rimpoche, mostrarono tutti un certo rispetto: da folla rumorosa e assillante, diventarono una scorta attenta e amichevole. Arrivati in vista del monastero, Adèle rimase colpita dalla semplicità e insieme dall'imponenza dell'edificio.

«È molto grande per un uomo solo» mormorò all'orecchio di Machprot. «Forse non è così modesto come si dice».

«Non abbia fretta di giudicare, cara Adèle» ironizzò il professore. «Lui non ha chiesto niente, sono stati gli abitanti del villaggio a costruirlo».

«Che strano posto» disse Jean Dupont, quando si fermarono ai piedi del muro che circondava il cortile. Passarono per un grandissimo androne con due pesanti battenti in legno dalle serrature in ferro forgiato.

«Sembra una fortezza» osservò Adèle.

Seguirono una stradina che si apriva tra due muri e portava al tempio. C'erano tante nicchie con dentro i mulini da preghiera colorati. Due di questi, alti almeno due metri e larghi uno e mezzo, erano ai lati dell'ingresso e giravano con una maestosa lentezza. Non si capiva cosa li facesse muovere.

Machprot spostò il berretto e si grattò la testa, stupito. Girò intorno al mulino, senza trovare una spiegazione al miracoloso movimento. Hans sorrise di fronte allo stupore dei tre francesi.

«Non preoccupatevi! Anch'io la prima volta ci sono cascato. Sorprendente, vero? Immagino che vorreste sapere come funziona, e se vi dico che è un miracolo, mi credereste?».

«Via, Hans. Con chi crede di avere a che fare» rispose Jean Dupont, perplesso. «Non c'è acqua in questo lato della valle, vero?».

«No, non c'è. Posso anche assicurarvi che dentro non ci sono schiavi che pedalano come muli per fare girare la ruota».

«Su, ce lo dica allora» insistette Adèle.

«Ebbene, hanno semplicemente deviato in un canale sotterraneo parte di un piccolo torrente che scende da Lama Gompa. L'acqua scorre all'incirca due metri sotto terra e sotto le case, cade in una ruota a pale, collegata al mulino da una lunga trave. Sentite il suono?».

«Magnifico!» esclamò Machprot.

«Ogni cilindro è riempito da migliaia di piccoli rotoli di carta con su scritte le preghiere e a ogni giro di ruota il mulino spedisce le preghiere al cielo» aggiunse Hans, avvicinandosi al monastero assieme al gruppo.

All'ingresso, apparve un vecchio monaco. Si inchinò leggermente e con le mani aperte li invitò a entrare.

In quell'oasi di fede e di spiritualità, il rumore e il trambusto del mondo esterno svanirono. Nessuno osava parlare, ci fu solo uno scambio di sguardi. Seguirono il monaco nell'oratorio. La loro attenzione venne immediatamente attratta da una statua di Budda, finemente scolpita, che sorrideva. Il viso era stato minuziosamente cesellato, e lo sguardo, incredibilmente vivo, sembrava seguire il movimento dei visitatori. Il terzo occhio era un rubino e scintillava nella luce di una moltitudine di lampade a olio, disposte ai piedi della statua. Le mani del Budda stavano in posizione di insegnamento e il corpo, seduto, era coperto da sottili sciarpe di seta rossa, gialla e bianca. Sotto l'altare, davanti alla statua, c'erano quattordici ciotole d'argento con acqua fresca e due vasi decorati in oro con mazzi di piume di pavone. Al centro del piccolo altare c'era una campanella e il *dorje*, lo scettro-fulmine di bronzo, simbolo del lampo.

Il vecchio monaco mormorò qualcosa all'orecchio di Hans. Voltandosi verso i Francesi, disse:

«Mi ha chiesto di spiegarvi che questa statua di Budda Maitreya è stata scolpita dal giovane Rimpoche stesso. Ha fatto il lavoro in soli tre mesi. Nessuno sa come ha potuto fare un capolavoro del genere in così poco tempo e ciò rinforza la credenza della popolazione locale, secondo cui Rimpoche è dotato di una forza mentale fuori dal comune».

«È vero, ha una straordinaria vitalità» commentò il professor Machprot. «Quando i suoi occhi mi guardano, ho la sensazione di venire osservato da un essere cosciente. Impressionante, vero Jean?».

«Devo ammettere che avverto anch'io una strana sensazione» disse Dupont. «Né spiacevole, né minacciosa, ma... come dire? Qualcosa di misterioso...».

Adèle rimase sbalordita: anche lei provava la stessa sensazione. Voltandosi verso Machprot, chiese:

«Cosa pensa di ciò che ha detto Jean, Virgile?».

«Niente per ora» disse lui a bassa voce gettando un'occhiata ansiosa verso Hans per vedere se li stesse ascoltando. Lo svizzero sembrava assorto nella contemplazione di vecchi *thangka* appesi al muro, alcuni nascosti da sontuose sete. Erano delicatamente dipinti nei toni del marrone, bianco, rosso e verde pallido.

Il vecchio monaco li pregò di seguirlo. I visitatori lasciarono l'oratorio e salirono una scala di legno, molto ripida, fino al primo piano. Dopo aver attraversato un lungo corridoio, arrivarono in una grande stanza. Nell'aria, c'era un piacevole odore di cera d'api. Un venticello caldo faceva volteggiare il fumo delle erbe aromatiche che bruciavano in piccoli recipienti sparsi in tutta la stanza. In mezzo al pavimento, c'era un tappeto tibetano blu e bianco, decorato con una tigre rossa.

Il giovane Rimpoche era seduto su un cuscino, vicino a una delle due finestre. Quando i visitatori entrarono nella stanza, esaminò rapidamente ciascuno di loro. Senza dire una parola, offrì i *khata,* le sciarpe bianche di benvenuto, e li pregò di sedersi davanti a lui. La calma che emanava sembrava fermare il corso del tempo. Non dominava, né giudicava, era semplicemente lì, all'ascolto di ogni realtà offerta alla sua intensa contemplazione. La sua attenzione, sprovvista di pregiudizi, e il suo evidente potere di osservazione, li sbalordì.

Vennero distratti da due monaci, che portarono brocche piene di *suja,* il tè salato col burro. Jean Dupont iniziò a sudare alla sola idea di dover bere quella bibita: sale e burro, non era proprio il suo modo preferito di bere il tè. Eppure, l'usanza voleva che ogni ospite ne bevesse tre tazze... Una volta che gli invitati ebbero bevuto il tè e mangiato lo *zan,* il riso zuccherato cotto nel burro, il Rimpoche si rivolse a loro in tibetano:

«Sono molto lieto di ricevere gli amici di Hans. Mi è stato detto che avete avuto un viaggio difficile. Mi dispiace molto e spero che il Signore Budda benedirà le vostre azioni».

Il professor Machprot chinò leggermente la testa e rispose sfoggiando il suo tibetano:

«Venerabile Rimpoche, le siamo estremamente grati di permetterci di trascorrere un po' di tempo con lei. Per me e i miei amici è un grande privilegio poter parlare con una persona così versata negli insegnamenti del rispettato Signore Budda».

Felice di poter conversare in tibetano con i suoi ospiti, il Rimpoche batté le mani esclamando:

«Per una volta, Hans non ha esagerato quando mi ha detto che lei era un vero conoscitore della nostra religione».

Lusingato, Machprot chinò di nuovo il capo e rispose:

«Sappiamo soprattutto il tibetano, ma conosciamo poco il significato profondo e nascosto dei vostri insegnamenti».

Gli altri due monaci erano radiosi di veder il giovane Rimpoche così contento. Riempirono nuovamente le ciotole dei visitatori e li pregarono di prendere altro *zan.*

«Il monaco che ci ha condotti all'oratorio ci ha raccontato la sua prodezza: costruire la statua in soli tre mesi» continuò Machprot.

«Non è merito mio. La forza mi è venuta dal Budda.

Esistiamo grazie a lui, così come ogni cosa sulla terra, le nostre azioni e la morte».

«Ci sono in Tibet bellissimi racconti su persone che hanno fatto cose che nessun altro essere normale avrebbe potuto fare» disse il professore. «Penso a coloro che corrono in trance, a chi ha vissuto nelle grotte senza vestiti né cibo. E cosa dire di Milarepa, quando fece abbattere temporali di grandine sul villaggio dove viveva lo zio, o quando costruì la torre che il suo maestro Marpa gli aveva chiesto di erigere?».

«È vero, cosa dire di loro?» Il giovane Rimpoche sorrise. «Ci sono molte cose al mondo che non possiamo capire se continuiamo a guardarle con gli occhi e la mente chiusi. Il saggio non dirà mai: "Questo non esiste perché io non lo vedo". Ascolterà la sua anima e andrà nel mondo a guardare; infine, quando lo riterrà opportuno, andrà a chiedere aiuto al maestro, il quale lo accetterà come discepolo se considererà il suo cuore puro e la sua mente aperta all'insegnamento».

Il Rimpoche s'interruppe per invitare i due monaci a servire ancora tè. Machprot disse:

«La prego, ci parli ancora dell'insegnamento. I vecchi testi sono pieni di saggezza, ma il loro significato profondo rimane oscuro: si dice che non può essere rivelato poiché appartiene all'insegnamento segreto. È molto frustrante per noi ricercatori».

Il giovane sorrise, prendendo tempo per rispondere:

«L'essere umano può raggiungere livelli diversi di coscienza. Più questa si allarga, più aumenta la comprensione. Tale processo, così diverso dal funzionamento del pensiero nella vita quotidiana, provoca nell'individuo un cambiamento. Questa esperienza non può essere raccontata con le parole di chi vive nel *samsara*, o *maya*, il mondo temporale dell'illusione. Lo chiamiamo insegnamento segreto, perché deve essere affrontato con capacità diverse da quelle dell'intelletto. Il maestro lo tramanda al discepolo, quando questi è pronto a trascendere il *samsara*. Non è un segreto in assoluto. Lo è solo per lo spirito comune».

Machprot rifletté sulle parole del Rimpoche. Aveva spesso affrontato questo tema con dei ricercatori orientali, ma ogni volta, era arrivato alla stessa conclusione, sempre altrettanto frustrante: c'era un limite alla trasmissione normale della conoscenza. Da un certo punto in poi, doveva esserci un cambiamento nell'osservatore stesso, altrimenti egli non poteva imparare di più. La semplice verità delle parole del giovane Rimpoche gli fece prendere dolorosamente coscienza del suo rifiuto rispetto a questa dimensione della ricerca. Per la prima volta nella vita, le fondamenta stesse del suo spirito raziocinante stavano crollando.

Fissò gli occhi calmi e profondi del giovane Rimpoche. L'incanto e il timore di farsi catturare da quello straordinario sguardo lo turbarono. Il giovane Rimpoche intuì lo stato d'animo del professore, si chinò in avanti e gli toccò delicatamente un braccio.

«Non si mortifichi così. A tempo debito, le cose diventeranno chiare per tutti. Budda ha rifiutato di entrare nel *nirvana*, è diventato *bodhisattva* per aiutare gli altri a raggiungere l'illuminazione. Il giorno in cui tutte le anime saranno illuminate, diventerà il Budda del futuro, il Budda Maitreya o il Signore Jampa. Arriverà il momento, professore, in cui il suo *karma* sarà pronto».

Queste parole placarono Machprot; respirò profondamente prima di rispondere:

«Sento che lei ha ragione. Perdoni la mia incapacità di afferrare il nodo centrale del problema. Dovrei abbandonare la ricerca scolastica della verità e non essere più prigioniero del mondo dei fenomeni».

«No, no, assolutamente!» esclamò il Rimpoche. «Non voglio che abbandoni il suo lavoro. È molto importante che la gente in Occidente conosca i nostri scritti. Li abbiamo custoditi per così tanto tempo. Molti di noi hanno perso la capacità di capirli pienamente. Alcuni non fanno altro che ripetere meccanicamente l'antica saggezza. Lei possiede uno spirito critico. Se a questo potesse aggiungere la fede nel Budda, sarebbe ben più utile che rinunciare a tutto ciò che ha acquisito fino ad ora».

Sorpreso dalla reazione del giovane lama, Machprot insistette:

«Non riesco a capire, mi sembra che ci sia una contraddizione nelle sue parole».

«Non esiste contraddizione. A lei sembra che ci sia, perché la sua mente divide tutto: vero o falso, nero o bianco. Ma in realtà ogni cosa è unica, come un diamante con tante sfaccettature».

Con un gesto d'impotenza, Machprot replicò:

«Ho ancora un bel po' di strada da fare nel *samsara* prima di arrivare all'illuminazione. Mi dica, perché ha scelto di erigere una statua del Budda Maitreya?».

«È il Budda del futuro» osservò il Rimpoche. «Non è forse vero che, in futuro, nell'universo tutto convergerà verso l'unità? Le spiego: quando il maestro mi istruiva feci un sogno. Ebbi una visione del Budda Maitreya, verso il quale convergevano tutti i *bodhisattva*. Ho visto talmente bene il suo viso da poter riprodurre la sua effigie in pochissimo tempo. Era come se la mia mente e il mio corpo fossero stati guidati dalle sue mani».

Per Machprot le parole del Rimpoche diventavano sempre più chiare e comprensibili. Una grande forza emanava dal giovane. La sua purezza mise Machprot a disagio: non se la sarebbe mai sentita di portare la conversazione sulla sua ricerca. Avrebbe commesso una dissacrazione. Rimase di sasso quando il Rimpoche gli chiese improvvisamente:

«Professore, cosa mi vuole chiedere?».

Machprot arrossì e rispose a bassa voce:
«Come fa a leggermi nel pensiero?».
«Molte cose mi sono ancora sconosciute, ma ho imparato a capire le emozioni degli uomini. Lei nasconde qualcosa di importante e non sa come esprimerlo. Mi dica liberamente cosa la preoccupa».
Fu come se gli avessero tolto un peso dal cuore. Machprot sentì di potersi fidare del giovane lama. Cercò con gli occhi l'assenso di Adèle, che fu pronta a incoraggiarlo con un lieve sorriso:
«È buono, lo sento».
Voltò di nuovo lo sguardo verso il Rimpoche.
«Non posso nasconderle niente, Prezioso Maestro. Stiamo cercando un antico documento, un testo di rivelazione...».
Con gli occhi fissi sul professore, il lama non perse una sola parola della miracolosa storia che gli veniva raccontata. Jean Dupont era affascinato dall'eloquenza dell'anziano professore, anche se non riusciva a capire tutto. Il viso del monaco rimase impassibile durante tutto il racconto. Quando Machprot ebbe terminato, calò il silenzio. Il Rimpoche continuava a fissare il professore. I minuti passavano, nessuno si muoveva e il tempo sembrava sospeso. La voce chiara del Rimpoche li scosse dal torpore.
«Non sapete cosa cercare e non sapete dove cercare. Siete venuti a chiedermi consiglio?».
Machprot abbassò la testa e rispose piano:
«Non eravamo venuti a chiederle consiglio. Speravamo di ottenere da lei alcune informazioni precise. Ma è stato impossibile: non riesco a mentirle né a nasconderle nulla. Ecco perché, ora, le chiedo un consiglio».
«Ho capito» replicò il Rimpoche. «La vostra domanda è difficile, devo pensarci. Se la ricerca è onesta e le vostre intenzioni leali, vi aiuterò. Altrimenti vi impedirò di continuare. Devo svolgere io stesso delle ricerche, poiché non

conosco né il documento che avete studiato, né quello che state cercando. Ha una copia del testo che il vostro ambasciatore ha ricevuto in India?».

«Sì, l'ho portata. Nel caso in cui...» mormorò il professore.

«Me la lasci. La studierò e le darò al più presto una risposta».

Con un gesto della mano, Machprot invitò gli altri ad alzarsi. Lasciarono la stanza con un inchino.

Schiumava di rabbia: da quattro giorni bloccato a Thimpu! A Birandra Das era servito tutto il suo sangue freddo per evitare di schiaffeggiare la bella segretaria. Quella strega si rifiutava di fargli incontrare il capo, il direttore del Turismo.

«Ascolti, signorina, lei sa che l'Indian Mountaineering Association beneficia di tutto il sostegno dell'Ufficio indiano del turismo. Il ministro lo ha scritto chiaramente nella lettera: un viaggio esplorativo nel Bhutan centrale sarebbe molto utile per l'amicizia tra i nostri due paesi».

«Siamo perfettamente coscienti dell'importanza della sua spedizione, signor Das» ammise la segretaria. «Mi creda, siamo spiacenti del ritardo. Proprio stamattina il ministro mi diceva: "Faccia il possibile per permettere di partire agli esploratori dell'Organizzazione indiana..."».

«Indian Mountaineering Association, per favore!».

«Scusi, signore. Vede come sono turbata. Comunque, mi ha detto: "Faccia il possibile per farli partire..."».

«Allora cosa aspetta, se ha avuto l'assenso del ministro?» la incalzò.

«Mi ha anche chiesto di mettervi a disposizione le migliori macchine. Al ministero, abbiamo tre meravigliose Toyota».

«Fantastico».

«L'unico problema è che una delle macchine ha la pompa d'alimentazione rotta e non abbiamo il pezzo di ricambio. Ieri, ho girato tutta Thimpu per trovarlo. Niente» gli disse con rammarico, guardando il soffitto.

Fece uno sforzo sovrumano per non scoppiare a ridere, vedendo la faccia avvilita del capo della presunta squadra di montanari.

«Non importa, useremo le altre due e ci stringeremo» disse lui.

«Oh, certo, magro com'è. Ma anche un'altra jeep ha un piccolo problema. Le marce saltano ogni dieci metri e non credo che un'unica macchina possa bastare».

I muscoli del viso spigoloso di Birandra si irrigidirono. Gli si leggeva negli occhi il desiderio di sbattere al muro la segretaria: lo stava prendendo in giro, e con quale divertimento! Si alzò dalla sedia e si chinò sulla scrivania:

«Mi ascolti. Non ho molto tempo a disposizione. Se ci procura la terza macchina, che spero funzioni, il gruppo si dividerà in due. Una parte andrà avanti con l'attrezzatura, l'altra partirà con un qualsiasi mezzo di trasporto».

"Ora sì che l'ho incastrata, non potrà certo dirmi che anche la terza macchina non funziona" pensò Birandra.

«Splendida idea, signor Das! Chiamo il garage per verificare quando la possono mettere a disposizione».

Mentre componeva il numero, Das si sedette di nuovo, tamburellando impaziente sulla scrivania. Gli ordini erano stati chiari: andare nel Bumthang, non farsi scoprire, aiutare Ajit Singh, nessun incidente con gli ufficiali bhutanesi finché i documenti non fossero stati al sicuro nelle loro mani.

Dopo una lunga conversazione al telefono, la ragazza riattaccò dicendo:

«Perfetto, la macchina è pronta e può esserle portata quando lo desidera».

«Bene» disse, alzandosi.

«Un attimo, per favore, signor Das. Devo chiedere al ministero dell'Interno se l'accesso a quella regione è aperto» annunciò dolcemente, riprendendo in mano il telefono».

«Hee?!» fu l'unico suono che gli uscì di bocca.

«Si sieda e si rilassi» sorrise la segretaria. Poi, parlando al telefono: «Buongiorno, il QG della polizia? Sono Kesang, del Turismo. Posso parlare con qualcuno della sezione permessi di viaggio? Grazie, aspetto». Coprendo con la mano la cornetta, mormorò all'indiano: «Vede, non c'è da preoccuparsi. Avrò subito una risposta, conosco alcune persone in quell'ufficio».

Das annuì debolmente, affidando ogni speranza a quella telefonata. Aspettò la risposta.

«Oh, salve! Ugen? È da tanto che non la sento, come va?... Fantastico! Mi racconti tutto».

Quando vide che Birandra era sul punto di esplodere, disse:

«Senta, Ugen, magari ne parliamo un'altra volta. L'ho chiamata perché abbiamo bisogno di un lasciapassare per un gruppo indiano che vorrebbe andare nel Bumthang. È ancora difficile entrare?».

...

«Non hanno ancora preso gli orsi?».

...

«Ho capito, state aspettando il via dai militari».

...

«Non prima di domani?».

...

«Ma è un grande gruppo. Non crede che sia rischioso?».

...

«Certo. Dovendo esplorare i percorsi, entreranno sicuramente nelle foreste o chissà dove... Troppo rischioso. Bene, penso che dovremo aspettare di avere la conferma dal Bumthang. Grazie dell'aiuto».

Mentre la segretaria metteva fine alla conversazione, Birandra Das si alzava e si risiedeva in continuazione. Non si sentiva molto bene.

«Non si preoccupi, signor Das» gli disse gentilmente. «Come ha potuto sentire, non ci vorranno più di due o tre giorni. L'avviserò io. Nell'attesa, cercheremo di aggiustare le altre due macchine».

Esasperato, lasciò l'ufficio.

Prima di partire per il Bumthang, Rinchen Namgyal rinunciò al travestimento da mercante: decise di assumere invece il ruolo di emissario ufficiale di Sua Santità il Dalai Lama. In Bhutan, la comunità tibetana nutriva nei loro confronti sentimenti contrastanti. La frangia dei nazionalisti duri li detestava, perché Dharmsala non sosteneva la loro politica. Agli altri, ricordavano spiacevolmente il vassallaggio al Dalai Lama. Il loro prestigio era comunque tale che nessun favore gli veniva rifiutato.

L'alloggio al bazar non era molto confortevole, una bettola dove molta gente veniva a ubriacarsi e a raccontare strane storie. Rinchen vi trascorreva molto tempo, incoraggiando gli avventori a bere e a parlare. Ebbe così modo di ottenere alcune informazioni. Nessuno sapeva veramente cosa stesse facendo quel gruppo di ricercatori geologici, ma erano tutti sorpresi perché, non più di un anno prima, era stata fatta una ricerca analoga. L'opinione generale era che il governo avesse soldi da buttare. Rinchen organizzò un pedinamento dei diversi gruppi. L'incidente dell'inglese fu subito raccontato dal carpentiere tibetano che lavorava all'ospedale. L'uomo gli disse anche che padre Fulvio e fratello Mac avevano avuto un lungo colloquio con il medico indigeno a proposito di una visita al monastero di Kurje.

Stava per uscire quando bussarono alla porta.

«Chi è?» urlò.

«C'è una persona che vuole vederla» rispose con voce acuta la moglie del padrone.

«E chi sarebbe?».
«Non lo so, non l'ho mai visto».
Rinchen infilò il coltello nella cintura, nascondendolo sotto la giacca, e mise la pistola in una scatola di legno.
«Che tipo è?».
«Un tipo come noi. Parla tibetano. Lo lascio entrare?».
«Va bene» gridò, chiedendosi chi mai potesse essere.
Entrò un uomo, anche lui sembrava molto nervoso. Chiudendo la porta, si mise un dito sulle labbra e disse:
«Salve, sono Norbu Gyaltsen, e attualmente vivo nel Bhutan orientale. Quando ho saputo che nella zona c'era un compatriota di Dharmsala, ho voluto incontrarlo. Siamo molto isolati qui nel Bhutan. Come vanno le cose in India?».
Continuando a chiacchierare, mise in mano a Rinchen un biglietto. Senza ascoltarlo, Rinchen lesse il breve messaggio: *Abbiamo la stessa missione e dobbiamo parlarne.*
Ad alta voce, rispose:
«È stato gentile a venire. Stavo per uscire e andare a trovare alcuni amici che lavorano nella foresta vicino a Kurje. Se ha tempo, perché non fa un pezzo di strada con me?».
«Buona idea! Non ho niente da fare, stamattina».
Chiacchierando come vecchi amici che non si vedono da secoli, attraversarono il ristorante e uscirono dal bazar. Camminarono senza fretta e lasciarono il villaggio. Quando furono lontano dalle ultime case, Rinchen disse:
«Mi deve una spiegazione. E spero che sia valida, altrimenti per lei le cose si mettono male!».
Senza voltare la testa, Norbu rispose:
«Le porto i saluti dal Sikkim!».
Rinchen sentì un peso allo stomaco. Ancora quel codice! Non era stato avvertito, aveva creduto di essere solo nel Bhutan.
«Il Sikkim è molto lontano» rispose automaticamente. «Chi può mandare saluti in questo periodo dell'anno?».

«Ogni epoca dell'anno è adatta ai saluti di un amico» rispose Norbu.

«È vero, ma è normale riceverli in qualsiasi momento e da qualsiasi persona?».

«Vengono dalle nuvole e sono portati dal vento».

La parola d'ordine era giusta! Norbu Gyaltsen non gli lasciò il tempo di raccogliere le idee:

«Mi dispiace essere così esplicito, ma non ho molto tempo».

In due parole, informò Rinchen sulla presenza del suo gruppo e sulla missione. Quando ebbe finito, Rinchen rimase in silenzio per qualche minuto, riflettendo sulle possibili conseguenze. Poi, disse:

«Sono un po' deluso da quanto mi ha detto. Il QG non ha informazioni più precise riguardo alla nostra missione?».

«Credo di no. Per ora, mi hanno detto solo questo. Siamo in contatto radio quotidiano».

«Ah sì? Vi sentite tutti i giorni?».

«Anche tre volte al giorno».

«Potrei farlo anch'io?».

«Temo sia pericoloso. Non è in programma. Dovremmo chiedere l'autorizzazione al QG» rispose Norbu.

Rinchen venne crudelmente riportato al suo passato di impiegato: chi stava ai gradini più bassi della gerarchia non poteva prendere nessuna iniziativa.

«Provi a chiederlo, per favore, e me lo faccia sapere prima possibile. Al momento, ho solo in programma di andare a Kurje. Voglio capire cosa complottano quei due preti».

«Ha già scoperto qualcosa sull'inglese?» chiese Norbu.

«Non conosco ancora le sue intenzioni. Considerato il lavoro che fa, un viaggio nel Bhutan e nel Bumthang è perfettamente plausibile. Mi chiedo se non siamo su una pista falsa» rispose Rinchen. «A proposito, ho sentito un mucchio di voci. Pare che nella valle ci sia un gruppo di geologi. Sono tutti sorpresi perché già un anno fa avevano svolto altre ricerche. Li sorvegli, non si sa mai...».

«Va bene. Ora torno al mio gruppo e mi metto in contatto radio con il QG. Mi farò vivo io».

«D'accordo. Vorrei vederci più chiaro» disse Rinchen, mentre si separavano.

La tensione aumentava. A parte la sorveglianza dei diversi gruppi, l'inattività iniziava a pesare. La prospettiva dell'arrivo imminente del comandante supremo aiutava gli uomini a sopportare la prova. Dorji Drukpa, il vice comandante delle Tigri, si sentì sollevato, posando gli auricolari. Aveva riferito a Druk Gyalpo, il re del Bhutan, gli avvenimenti del giorno, e adesso sembrava che la fase finale dell'operazione Tigre stesse per iniziare. Il comandante delle guardie reali, travestite da cacciatori di orsi, era stato contattato. Avevano l'incarico di sorvegliare il gruppo indiano dei "montanari", atteso in serata nel Bumthang.

Dorji Drukpa era finalmente riuscito a saperne di più sulle intenzioni dei vari gruppi. Aspettava di incontrare il Rimpoche che aveva già parlato con i francesi. Stimava molto il giovane lama. L'incontro era fissato: il Rimpoche era stato avvertito dal re in persona. Fu di nuovo colpito dall'intelligenza del giovane sovrano. Come aveva potuto capire, in anticipo, la complessa evoluzione del piano? La sua devozione al giovane monarca diventava sempre più profonda. Si alzò e uscì dalla tenda. Prese la radio e ordinò a due uomini di seguirlo.

Era già buio quando s'incamminarono. La notte era limpida e le stelle illuminavano il cammino. L'aria gelida gli riempiva i polmoni. Dorji Drukpa si fermò e indicò il cielo. Nessuno parlò: erano assorti nella contemplazione dell'infinito che si apriva davanti ai loro occhi.

Dorji Drukpa si sentì incredibilmente piccolo di fronte alla vastità del cielo e dell'universo: avvertì una specie di crescente esaltazione. Era in pace con se stesso, grazie alla conoscenza dei testi sacri. Nel cosmo ogni essere è parte del tutto, dell'Uno: nessuno è solo e diviso dal resto dell'universo.

"Simili pensieri possono essere terrorizzanti" pensò. Sospirando, distolse lo sguardo dalle stelle e riprese lentamente a camminare, lasciando ai suoi uomini il tempo di separarsi da quello spettacolo. "Abbiamo la fortuna e il privilegio di essere testimoni di tanta bellezza e perfezione. Spero che riusciremo a proteggerla". Gli altri due uomini condividevano il suo sentimento.

Si separarono in prossimità del villaggio del Rimpoche, facendo attenzione che nessuno li seguisse. Dopo alcuni minuti, Dorji Drukpa ordinò ai suoi uomini di riunirsi vicino all'orto del monastero. Invisibili nelle nere uniformi, tutti e tre attraversarono il campo e si ritrovarono all'ingresso del monastero. Per farsi riconoscere, bussarono alla porta nel modo stabilito. Quando si aprì, un monaco in silenzio li invitò a seguirlo. Attraversarono svelti il cortile ed entrarono nell'edificio principale. L'oratorio era illuminato da lampade a olio. La luce vacillante proiettava ombre in movimento sulle mura e sui *thangka*. Pareva che gli occhi del Budda ti scrutassero l'anima: ai tremuli riflessi della luce, il volto passava da un benevolo sorriso a una smorfia feroce.

Nonostante sembrassero impassibili, i tre erano sconcertati. Attraversarono la stanza e seguirono il monaco per le scale, sollevati di lasciare quel mondo sospeso nell'aldilà. Vennero condotti dal Rimpoche. Si inchinarono, aspettando che il giovane lama li facesse sedere. Il Rimpoche lesse il messaggio del re, portato da Dorji. Dopo un attento esame del sigillo reale, disse:

«Qual è lo scopo della visita?».

«Guru Rimpoche viaggiava su una tigre» rispose Dorji Drukpa. «Noi siamo le Tigri e difendiamo l'eredità del nostro re».

Sorridendo con calore, il Rimpoche rispose:

«Le Tigri sono sempre benvenute in questa casa».

Scambiata la parola d'ordine, i due si rilassarono e il Rimpoche li pregò di sedere. Tacquero, il monaco servì il tè, poi uscì.

«Mi scusi, Prezioso Maestro» disse Dorji Drukpa, imbarazzato. «Ho avuto ordine di parlarle da solo. I miei uomini resteranno fuori a controllare che nessun orecchio indiscreto ascolti la nostra conversazione».

Imperturbabile, il giovane lama disse:

«Certo, capisco le sue esigenze». E, rivolto ai soldati, aggiunse:

«Eseguite gli ordini del re».

I due si alzarono e si diressero verso la porta. Si sentì un fruscìo di piedi nudi che correvano sul pavimento. Uno dei soldati aprì velocemente la porta e si precipitò fuori. Non c'era nessuno. Su ordine del comandante si bloccò, poi tornò indietro.

«Chiamate cinque uomini» disse Dorji Drukpa, «e date ordine di sorvegliare tutti gli edifici con il binocolo a infrarossi. Andate subito in cortile e controllate che nessuno esca. C'è un posto nella casa dal quale si possa osservare l'intero monastero?».

«Sì» rispose il giovane monaco. «Se saliamo al piano superiore, c'è una piccola stanza aperta sui quattro lati, con vista panoramica».

«Le dispiace se andiamo su?» disse gentilmente Dorji.

«Niente affatto» rispose il Rimpoche; i suoi occhi brillavano di una luce maliziosa. «Questo incontro sta diventando veramente emozionante!».

«La ringrazio per la sua collaborazione» commentò Dorji, salendo la ripida scala che portava alla stanza sul tetto. C'erano sacchi di riso, riserve di legna e peperoncini rossi stesi a seccare su stuoie di bambù. Si sedettero a terra e sentirono corse sfrenate.

«Nutriamo molti topi, qui» disse il Rimpoche. «Anche i gatti randagi ci vengono a far visita, possono diventare molto aggressivi, se respinti».

«Siamo a caccia di una preda molto più pericolosa. Dobbiamo assicurarci che non ci sia nessuno nascosto qui. Ha idea di chi potesse essere?».

«Certamente non un monaco. Sanno benissimo che non devono origliare» disse con calma il Rimpoche.

«La sua parola è al di sopra di ogni sospetto, Prezioso Maestro. Dunque può essere solo qualcuno esterno al monastero».

«Direi che è l'unica possibilità» rispose il monaco.

«La casa e il cortile vengono sorvegliati?».

«Sì. Ma non siamo professionisti in materia. Il nostro compito è quello di leggere e capire i vecchi testi sacri; temo che lo spionaggio non sia il nostro punto forte!».

«Spiacente, non volevo criticarla» disse Dorji Drukpa.

Si sentiva a disagio a conversare in modo così informale con un lama altamente rispettato. Ma doveva obbedire alla disciplina militare senza farsi troppi scrupoli.

«Non si preoccupi per me, comandante» scoppiò a ridere il giovane lama. «Intuisco il suo disagio anche se lo maschera molto bene. In questo momento, la sua missione è più importante del rispetto per la mia persona. Sono del tutto consapevole del suo significato e delle sue conseguenze».

Dorji si sentì sollevato e ringraziò calorosamente il Rimpoche. All'improvviso, si sentì una voce provenire dalla radio fissata alla cintura:

«Tigre 5 a Tigre 2. Siete in ascolto? Passo».

Prese in mano il microfono e rispose:

«Parli, Tigre 5».

Avvicinò la radio all'orecchio e fece una smorfia di sorpresa. Abbassò la testa e rispose all'apparecchio. Poi, sussurrò all'orecchio del Rimpoche:

«C'è qualcuno nascosto sul tetto. I miei uomini sono andati sulla collina di fronte al monastero e hanno ispezionato il luogo con il binocolo a infrarossi. La persona che prima abbiamo sentito correre è ora sul tetto. È un agente indiano, lo stiamo seguendo da due settimane».

«Lo vede che non era un monaco» disse il giovane lama con allegria. «Che si fa, adesso?».

«Parleremo del più e del meno».

«Non vuole catturarlo?» chiese stupito il Rimpoche.

«È troppo presto, ne abbiamo ancora bisogno. Comunque, sarei molto stupito se riuscisse a capirci, non credo che conosca la nostra lingua».

Dorji riprese la conversazione a voce normale:

«Bene, il tizio è scappato. Perché non restiamo qui a parlare? Da qui, si possono vedere tutti gli edifici».

«Per me va bene» disse il Rimpoche.

«Sorveglieremo tutti i visitatori stranieri. Il loro interesse per i nostri antichi testi religiosi ci ha incuriositi. Come sa, il governo di Sua Maestà si è dato molto da fare per evitare il furto dei tesori culturali».

«Ah, e lei pensa che quella gente ci voglia rubare dei documenti antichi?» esclamò il Rimpoche, fingendosi stupito.

«Non credo che vogliono rubarli. Sono certo onestamente interessati ai testi antichi. Li studiano, tornano a casa e scrivono articoli. Altre persone, meno serie, li leggono e si fanno venire strane idee».

«E quali?» chiese il monaco, questa volta realmente sorpreso.

«Forse lei non sa che esiste un mercato internazionale di antichi oggetti di culto e libri religiosi. Si pagano somme incredibili per le cose più strane. Non dobbiamo proteggere solo le statue e oggetti come i *thangka*. I nostri colleghi nepalesi ci dicono che le biblioteche dei loro monasteri vengono sistematicamente visitate da persone che offrono denaro in cambio di pergamene. A volte, le rubano addirittura».

«È terribile!» esclamò il giovane monaco.

« Per questo Sua Maestà ci ha ordinato di sorvegliarli. Lei sa, per caso, a che genere di documenti sono interessati gli stranieri?».

Dorji fece capire al monaco che era ora di porre fine alla conversazione e di scendere.

«Contiamo su di lei: nessuno documento di valore deve essere mostrato a chicchessia».

«Va bene. Anche noi vogliamo proteggere il nostro prezioso patrimonio. Scendiamo?».

Tornarono nella stanza del Rimpoche. Un soldato si mise di guardia alla porta. Quando Dorji fu solo con il Rimpoche, tornò al punto:

«Onorato Maestro, mi dica cosa vogliono quei francesi».

«Come mi aveva già giustamente preannunciato Sua Maestà, stanno cercando un documento contenente un'incredibile rivelazione» rispose il Rimpoche. Raccontò nei dettagli la conversazione avuta con i francesi.

Guardando il monaco, Dorji disse in tono grave:

«L'operazione Tigre è scattata e, per quanto ci riguarda, si sta avvicinando alla fase finale».

«Avrete tutto il mio appoggio» disse il Rimpoche.

«Bene, in questo caso trasmetterò subito l'informazione a Sua Maestà. La ringrazio del suo prezioso aiuto».

Si alzò, inchinandosi, e si diresse verso la porta.

«Pregherò per il successo della missione, comandante» disse il giovane monaco.

«La ringrazio infinitamente. Avremo bisogno di ogni protezione».

Dorji e i suoi uomini lasciarono in fretta il monastero senza dare a Ajit Singh la minima possibilità di seguirli.

La conversazione con il medico indigeno era stata piuttosto inconcludente. Malgrado la presenza di un interprete, non erano riusciti a capirsi del tutto. Fulvio dubitò che la sua richiesta e le sue idee fossero state adeguatamente tradotte. Tuttavia il medico aveva accettato di recarsi dai monaci di Kurje.

Fulvio aspettò con impazienza il ritorno del messaggero. Camminava nella stanzetta a grandi passi. Disteso sul letto, Mac posò il libro e guardò il giovane prete. Fulvio era teso, le dita tamburellavano sulle maniche della tonaca e guardava continuamente fuori dalla finestra. A un tratto, voltandosi verso Mac, esplose:

«Come fa a starsene tranquillamente sdraiato a leggere?».

«Come posso leggere, se nella stanza c'è un satellite che non smette di girare?» rispose scherzosamente il prete.

«Ha ragione» ammise Fulvio. «Mi dispiace, ma l'attesa mi rende nervoso. Nelle mie ricerche non è mai successo di avvicinarmi così tanto alla meta, eppure mi sembra di essere ancora lontano anni luce dalla soluzione. Sappiamo tutti e due che il documento è nascosto da queste parti. Finché non scopriamo esattamente dove si trova, tanto vale stare sdraiati su una spiaggia a non fare niente».

«Oh, basta! A che serve torturarsi così? Le nostre ricerche procedono bene: lei è venuto da molto lontano, non cerchi di anticipare i tempi. Sento che siamo sulla buona strada e che presto avremo accesso ai documenti» disse Mac, cercando di calmarlo.

«Spero che lei abbia ragione» rispose Fulvio, perplesso. «Ma io temo che gli altri europei arrivino prima di noi; i francesi sono sulla nostra stessa pista, ma non sembrano ancora vicini alla meta. Invece, ho dei dubbi su Wiscott;

dopo tutto, la sua presenza qui è plausibile. Ma, nell'incertezza, meglio controllare anche lui. Sarebbe terribile se uno di loro riuscisse a trovare il documento prima di noi».

«Perché terribile?» chiese Mac. «Non possiamo metterci d'accordo e cercarlo insieme?».

«Non credo sia possibile» rispose Fulvio.

«Perché?» insistette Mac.

«Non le ho ancora detto tutto, a proposito della telefonata da Roma» sospirò Fulvio. «Il Santo Padre mi ha ordinato di impadronirsi del documento con ogni mezzo. Mi ha sentito bene... ogni mezzo! Non deve assolutamente finire in altre mani. Se lo prendono prima di me, non oso pensare alle conseguenze».

«Non avevo capito che si trattava di una questione così seria» commentò Mac, stupefatto. «Ma sono certo che se il Santo Padre le ha dato un simile ordine, ci sono validi motivi».

«Lo spero» sospirò Fulvio. «Ha anche detto che avrebbe pregato per la salvezza della mia anima immortale. Non le dico che effetto mi ha fatto, questa idea!».

«Posso immaginarlo» disse Mac.

I due uomini rimasero in silenzio. Fulvio si allontanò dalla finestra e si sdraiò sul letto. Passò circa un'ora prima che riuscisse a calmarsi. Si girava e rigirava nel letto, senza riuscire a prendere sonno. Dopo un lungo dormiveglia, durante il quale la mente vagò fra i luoghi del passato, si addormentò e sognò.

Era in cima a una ripida collina e si sporgeva da un muretto. Guardava l'arida pianura che si stendeva ai suoi piedi per chilometri. C'era una città con basse case bianche e rettangolari. Lo sguardo di Fulvio abbracciava pianura e città. Tutto era immobile: non c'era anima viva e dai vicoli non proveniva alcun rumore. Le case silenziose nascondevano e proteggevano qualcosa. I campi, intorno, erano secchi e incolti: sembravano in attesa di poter dare nuovi frutti. Non un soffio di vento per portare un canto di uccello, un seme o il profumo di un fiore. L'aria, ferma e pesante, non permetteva a Fulvio di respirare bene. All'improvviso, sentì una voce dietro di lui. Cercò di voltarsi, ma la voce lo immobilizzò:

«Fulvio, ascoltami. È inutile guardarmi, non sono importante. Sei tu a esserlo. Riesci a vedere quella terra ai piedi della collina?».

Fulvio annuì. La voce continuò:

«Quella terra era nostra. Ce l'hanno presa. Cosa vedi ancora?».

«Vedo una città senza vita».

«E poi?».

«Le case sono chiuse, sembrano nascondere qualcosa».

«È così».

«Cosa nascondono?».

«Le nostre anime. Cosa vedi d'altro?».

«La terra intorno alla città è vuota. Piange la vostra assenza».

«La terra non è coltivata a dovere. E, come dici tu, piange la nostra assenza. Tu puoi capire, dunque ti spiegherò perché le cose sono così come le vedi. Prima, questa terra era libera e gli abitanti più o meno felici, anche se spesso poveri. Alcuni di loro erano ricchi perché rubavano ai poveri. Il paese aveva un re, assorto in problemi spirituali. I ricchi avevano creato un muro intorno a lui, per impedirgli di vedere che i poveri diventavano sempre più bisognosi. Dicevano: "Guardi, va tutto bene, siamo felici e ben nutriti!". Il re, soddisfatto, continuava la sua ricerca spirituale. Il regno era libero e gli uomini liberi di essere poveri. Nel paese limitrofo, viveva un altro re al corrente della situazione. Mandò alcuni soldati dai poveri del regno vicino: chiesero aiuto per rovesciare il re. Promisero che sarebbero diventati ricchi. I poveri si dimenticarono di chiedere se, dopo, sarebbero stati liberi. Quando lo scoprirono, era già troppo tardi: non ottennero la libertà e rimasero poveri. Ora si nascondono e, con loro, una parte dell'antica saggezza. Il re, fuggendo, ne portò via un pezzetto. Altre briciole di conoscenza vennero portate via da uomini molto rispettati. Ora, va' e cerca, forse troverai quella saggezza!».

La voce si allontanò e il paesaggio iniziò a svanire. Fulvio si sentì scivolare tra spesse coltri di nuvole grigie. Lottò disperatamente per restare nel sogno e rivedere il paese. Ma si allontanava sempre di più e Fulvio cercò di ricordare le ultime parole pronunciate dalla voce.

«Fulvio, Fulvio, che succede?» sentì.

La voce era diversa, ma altrettanto familiare.

«È Lhasa, ho visto Lhasa!» gridò Fulvio in un bagno di sudore.

«Cosa dice? Cosa sono queste stupidaggini su Lhasa?» la voce calma di Mac lo strappò al sogno. Fulvio aprì gli occhi e si ritrovò nella piccola camera dell'ospedale di Wangdichoeling.

«Mi dispiace, ho fatto un sogno incredibile» disse, sedendosi sul letto. «Glielo devo raccontare. Forse riusciremo a trovare il significato. È come se il sogno avesse voluto ricordarmi qualcosa che ho dimenticato in questi ultimi tre anni».

«Cosa ha sognato?» chiese Mac.

«Una città che sembrava morta, una voce che mi diceva qualcosa sulla città e su quella terra. Niente che sembri avere un nesso con la nostra missione» si stupì Fulvio.

«Perché non prova a ricordare il sogno nei dettagli?» chiese ancora Mac.

«Ha ragione, forse è l'unico modo per cercare di capirci qualcosa» rispose Fulvio.

Il prete ascoltò attentamente, senza interrompere. Quando Fulvio ebbe finito, si chinò e disse:

«La voce di chi era?».

Padre Fulvio lo fissò con gli occhi sgranati e sussurrò:

«Era la voce del monaco che incontrai al Potala nel mio viaggio in Tibet. Fu lui a darmi l'informazione da cui presero il via le mie ricerche».

«Interessante» disse Mac. «Riesce a ricordare la vostra conversazione?».

Il giovane prete prese la testa tra le mani e si concentrò. Con voce monocorde riferì il dialogo.

«Mi parlò di quegli antichi documenti. Discutemmo sul loro significato e sulle possibili conseguenze. Gli dissi che a mio parere avevano un significato simbolico. Rifiutò la mia interpretazione e mi assicurò che bisognava prenderli alla lettera. Rimasi scioccato quando capii che parlava seriamente. Voleva essere certo di avermi convinto. Gli chiesi se potevo vedere i documenti, ma mi spiegò che non erano più a Lhasa. E allora...».

«Cosa ha detto?» interruppe Mac. «Provi a ricordare bene, è molto importante».

Come in trance, Fulvio rispose:

«Mi disse che, data la loro estrema importanza, erano stati portati via e nascosti da una persona di fiducia, prima che il Dalai Lama se ne andasse...».

Eccitato, Mac esclamò:

«Ma è esattamente ciò che nel sogno le ha detto la voce! La saggezza è stata nascosta da uomini di fiducia. Non è così?».

«Sì» rispose Fulvio, sorpreso.

«Ha scoperto qualcosa di molto importante» insistette Mac. «Il monaco tibetano le disse chi era quell'uomo e dove andava? Cerchi di ricordare. È fondamentale!».

Padre Fulvio fece un sforzo sovrumano per ricordare la scena nei dettagli:

«Fu molto evasivo. Parlò di un'alta autorità religiosa che vive ora in un altro paese».

«Niente di più? Non le ha detto dove?» chiese Mac.

«Purtroppo non me lo ricordo. Come le ho detto, è stato molto vago su questo punto. Poco dopo è sparito. Nei giorni seguenti, ho cercato disperatamente di rintracciarlo a Lhasa. Ma, invano. Non potevo rivolgermi alle autorità cinesi e non conoscevo nessun tibetano di cui potessi veramente fidarmi».

«Peccato. C'eravamo quasi. Manca un unico tassello» osservò il prete più anziano. «Cosa facciamo, ora?».

«Ho la testa in subbuglio, non riesco a riordinare le idee».

Improvvisamente, si colpì la fronte.

«Che stupido! Perché non proviamo a scoprire chi, tra le alte autorità religiose, è andato dal Dalai Lama in quel periodo, prima della sua fuga dal Tibet nel 1959?».

«E come pensa di procedere?» chiese stupito Mac.

«Ho un libro molto interessante sulla storia tibetana» disse Fulvio. «Non l'ho mai consultato, fino a oggi, ma forse riusciremo a trovare qualcosa di utile».

Padre Fulvio tirò fuori il libro dalla valigia. Sedendosi vicino alla finestra, diede un'occhiata all'indice:

«Vediamo, potrebbe essere questo il capitolo che ci interessa: *Crisi a Lhasa*».

Mac aspettò pazientemente che Fulvio sfogliasse il capitolo, pregando in silenzio per il successo della loro missione. Voltando una pagina, Fulvio borbottò:

«Potrebbe essere lui. Dice che il Dalai Lama ordinò al vice ministro degli Affari religiosi di recarsi a New Delhi».

«Ne dubito» disse Mac. «Ha parlato di un'autorità religiosa altamente rispettata. Non credo che si tratti del vice ministro».

«Non so, leggiamo ancora».

All'improvviso saltò in piedi esclamando:

«È lui! Sono certo che è lui!».

«Chi?».

«Sua Santità il *karmapa*! Insieme ad altre personalità religiose, andò a trovare il Dalai Lama pochi giorni prima della sua partenza».

«Ma il *karmapa* non appartiene alla stessa scuola di Buddismo» obiettò Mac. «Non è *gelug-pa,* è *kargyu-pa*. Le loro idee differiscono su molti aspetti fondamentali».

«È vero, ma non quando si tratta di una personalità così di spicco da essere al di sopra delle varie sette» insistette padre Fulvio. «Ogni *kargyu-pa* rispetta il Dalai Lama come reincarnazione della suprema autorità. È così anche per il *karmapa*. Si stimano molto. Sono certo che è lui. Ascolti cosa dice il libro a questo proposito: *Il Dalai Lama spinse il karmapa a tornare nel Sikkim, sentiva che le truppe tibetane non potevano garantirgli la sicurezza di cui aveva bisogno. Il karmapa avrebbe dovuto viaggiare verso sud attraverso il Bhutan, poiché la valle di Chumbi era già stata occupata dalle forze cinesi*».

«Sì, forse ha ragione» riconobbe Mac. «Dobbiamo informarci sul suo itinerario».

«Non dovrebbe essere difficile. Sappiamo quali erano i posti non ancora occupati dai Cinesi, quando il *karmapa* partì per il sud. Le frontiere centrali e orientali con il Bhutan erano ancora controllate dalle truppe del Dalai Lama. Come sa, la strada delle carovane passava dal Bumthang».

«Fantastico!» esclamò Mac. «Ora sappiamo almeno di essere nel posto giusto».

«Esatto, e sapremo anche cosa chiedere ai monaci quando andremo al monastero di Kurje».

«Se riusciremo ad andarci...» rispose l'altro, per frenare il suo entusiasmo.

La mattina trascorse senza che ricevessero messaggi dal monastero. Fu la moglie del medico a portare la buona notizia:

«Buongiorno. Siete fortunati. Un importante Rimpoche di Thimpu è in visita a Kurje. Ha acconsentito a ricevervi».

«Ottime notizie. Quando potremo vederlo?» chiese Fulvio.

«Quando volete. Si tratterrà a Kurje l'intero pomeriggio».

«Benissimo. Perché non ci andiamo subito?» propose Mac.

«Volete un passaggio in macchina?».

«È molto gentile da parte sua, ma credo che una passeggiata non ci farà male. Vero, fratello Mac?».

«Sì, d'accordo. Siamo stati seduti tutto il giorno. Ho bisogno di un po' di moto».

«È lontano a piedi?».

«Mezz'ora circa».

«Perfetto, proprio quello che ci vuole. Grazie ancora per l'aiuto».

«Potremmo vederci stasera, volete venire a cena da noi?».

«Impossibile rifiutare, signora. A più tardi».

I due uomini si infilarono i cappotti e uscirono. Non videro il sorriso di Timothy che, dalla sua stanza, era stato tutto il tempo con l'orecchio teso.

Padre Fulvio camminava spedito e l'altro prete, più anziano, aveva difficoltà a stargli dietro. Sudando, Mac urlò:

«Piano! Il monastero non scappa. Non si dimentichi che ho quasi vent'anni più di lei».

«Mi scusi, l'avevo dimenticato. Sono così eccitato all'idea di incontrare il Rimpoche».

«Speriamo bene» disse Mac. «Ho sentito dire che ha circa sessantacinque anni. Non l'ho mai visto, ma è molto conosciuto in Bhutan. Di solito, vive vicino a Thimpu, ma pare che viaggi spesso negli Stati Uniti, in Europa e nel Sikkim».

«Va a trovare il *karmapa* vicino a Gangtok?» esclamò Fulvio.

«Non lo so, ma è probabile. Può darsi che sappia qualcosa a proposito della fuga del *karmapa* da Lhasa».

«Forse ha viaggiato con lui» disse padre Fulvio.
«Cercheremo di scoprirlo».
«Lei pensa che il Rimpoche ce lo dirà?».
«È una persona molto aperta. Dopo essere stato in Europa e negli Stati Uniti, si è abituato al modo occidentale, un po' brusco, di porre le domande. Ma sarebbe meglio non prenderlo troppo di petto».
«Che cosa consiglia di fare?».
«Inizi a parlare del Bhutan, dell'Europa e del suo interesse per il Buddismo. Poi, racconti la sua avventura a Lhasa. Comunque, tutto dipenderà dalla sua impressione: se gli rimane simpatico o meno».
In lontananza si vedevano alcuni contadini mietere i campi di grano saraceno. Incrociarono un gruppo di allevatori tibetani con cui scambiarono qualche parola senza accorgersi che l'allevamento non era esattamente il loro mestiere. Attraversarono un bosco di betulle e arrivarono su un altopiano che si estendeva fino al monastero, ai piedi di una collinetta. Nel mezzo c'era uno *stupa* solitario.
«È la tomba del defunto re. Lo hanno sepolto qui all'inizio degli anni Settanta» spiegò Mac, mostrando la costruzione in pietra bianca di fronte a loro.
«Che monumento modesto per un re» si stupì Fulvio. «Sarà alto non più di tre metri. Ha la forma di una fiamma, è molto elegante».
«Il defunto re non amava gli splendori. Era modesto. Paragonato a quello dei sudditi, il suo stile di vita era regale, ma mai esagerato. Sapeva come vivono le persone semplici, amava stare con loro e pare soprattutto con le ragazze...».
Mentre si avvicinavano al monastero, due giovani monaci gli vennero incontro correndo. Fulvio si rivolse loro in tibetano. Lo guardarono senza capire e risposero in una lingua a lui sconosciuta.
«È lo *zonka,* la lingua ufficiale del Bhutan. Parlerò io» disse Mac.

Chiese ai due monaci di condurli dal Rimpoche. Li seguirono fino all'imponente edificio. Si raccontava che quel monastero fosse stato costruito lì, dove il Budda, reincarnato in Padma Sambhawa o Guru Rimpoche, come lo chiamano i bhutanesi, aveva scelto di vivere per undici anni; le mura bianche, che si restringevano verso l'alto, raggiungevano almeno trenta metri. Nella parte superiore dell'edificio c'erano delle aperture rettangolari che, chiuse da infissi rosso scuro, spezzavano l'austerità della costruzione. Una rampa di scale in pietra portava dal pianoterra al primo, dove era l'ingresso principale. La porta in quercia si chiudeva con grosse e pesanti serrature di metallo. Il monastero assomigliava a una fortezza.

Entrando nel primo oratorio, Fulvio si fermò davanti a una statua del Budda, alta circa sei metri. Sottili raggi di luce entravano da due feritoie e si riflettevano sul pavimento della stanza buia, illuminando solo il viso del Budda. I grandi occhi sembravano fissare Fulvio. La testa era coperta dal cappello rosso da cerimonia della setta Ninmapa. Sul petto aveva una collana di coralli rossi, palline d'oro e pietre preziose verdi. Nella mano sinistra, il Budda teneva una ciotola di porcellana cinese bianca e blu. Il busto era avvolto da una seta ricamata d'oro. Tra le labbra si intravedevano due file di denti bianchi. Fulvio ebbe l'impressione che la statua stesse per saltargli addosso e divorarlo.

«Non ho mai visto una rappresentazione così minacciosa del Budda» sussurrò a Mac.

«È vero, anch'io ho avuto la stessa sensazione quando la vidi per la prima volta. Spiacente, avrei dovuto avvertirla».

«Ma no, anzi! Le emozioni forti lasciano i ricordi migliori».

«Andiamo» disse Mac. «I due monaci ci aspettano».

Furono condotti al primo piano in una grande stanza illuminata. Due pareti erano coperte da affreschi verde pallido e giallo ocra che rappresentavano scene della vita del

Budda nelle sue precedenti reincarnazioni di *bodhisattva*. Un affresco del cielo e della terra copriva da cima a fondo la terza parete. Nessun mobile ingombrava l'austero splendore della camera. Un forte odore di cera proveniva dai lucenti listelli di legno chiaro del parquet. Una calma perfetta e al contempo una sensazione di movimento riempivano l'aria.

"Un luogo di meditazione e di scambio" pensò Fulvio. Vicino alle grandi finestre spalancate sulla valle del Bumthang c'era un lama, seduto su un tappeto tibetano, che leggeva delle preghiere da un vecchio manoscritto. Aveva rughe sottili sul viso, i capelli bianchi tagliati molto corti, un naso a punta tra due maliziosi occhi grigi e labbra carnose. Il Rimpoche vide i due preti e sorrise con calore. Con un cenno della mano, li invitò ad accomodarsi accanto a lui.

«Siate i benvenuti, cari fratelli, se così posso esprimermi» disse in perfetto inglese. Vedendo l'espressione perplessa di Fulvio, continuò sorridendo: «Fratello Mac, non ha detto al suo amico che parlo inglese?».

«Mi scusi, Venerabile Maestro» mormorò Mac. «Ero talmente emozionato per quest'incontro che l'ho dimenticato».

«Non importa. Avremo una piacevole conversazione senza interprete».

«È di buon augurio» rispose Fulvio in tibetano. A questo punto fu il Rimpoche a sorprendersi. Batté le mani, esclamando:

«Sono sicuro che non avremo nessuna difficoltà a capirci».

Mac e Fulvio sedettero sul tappeto davanti al Rimpoche. Un giovane monaco portò il *suja*, il tradizionale tè al burro. Nessuno parlava e tuttavia nel silenzio avveniva uno scambio. Era l'atmosfera del luogo o la sorridente affabilità del Rimpoche ad avere un simile effetto su Fulvio e Mac? I due preti furono serviti e il Rimpoche riprese la parola:

«È un grande piacere per me poter incontrare uno studioso che si interessa alla nostra religione. Tra l'altro, siete preti e dunque sono certo che la conversazione sarà stimolante per tutti. Cosa vorrebbe discutere con me?».

«Venerabile Maestro, come è stato giustamente informato, mi interesso di storia e filosofia del Buddismo Mahayana» rispose Fulvio. «Nelle mie ricerche, ho trovato più volte documenti affascinanti. Sono profondamente convinto che le nostre due filosofie religiose abbiano molti punti importanti in comune».

Il Rimpoche annuì e disse:

«Sono perfettamente d'accordo con lei. Abbiamo probabilmente molte più cose in comune di quante non siano le differenze. Ma è anche vero, purtroppo, che queste ultime sono fondamentali».

Fulvio rimase in silenzio.

«Non è così, padre Fulvio?».

«Sì, credo di sì. È un peccato» ammise Fulvio.

Il vecchio monaco sorrise fissando Fulvio negli occhi.

«Vede, non è difficile mettersi d'accordo».

Padre Fulvio meditò sulle parole del Rimpoche. Con un profondo respiro, si rivolse al vecchio lama:

«Sento che vuole dirmi qualcosa».

«Ah, sì?».

Fulvio non rispose e continuò a fissare il monaco. Aveva la strana impressione che quegli occhi avessero visto talmente tante cose che una sola vita non sarebbe bastata per raggiungere un tale grado di conoscenza: occhi pieni di luce, tranquillità, compassione e perspicacia. Sospirò e rispose:

«Forse no. Magari sta provando lei a farmi dire qualcosa».

Si guardarono intensamente e tra i due uomini si creò un invisibile campo ad alta tensione: nessun conflitto, solo un confronto accresceva la loro saggezza. Mac percepì l'intensità del momento. Non osò muoversi né parlare. Era in gioco la loro missione.

Abbassando gli occhi, padre Fulvio disse a bassa voce:

«Le spiegherò il motivo della mia ricerca».

Il Rimpoche non reagì e il prete continuò:

«In Europa esiste un'antica tradizione di ricerca della pietra filosofale e del santo Graal. Alcuni cercano l'illuminazione nella cabala o attraverso altre pratiche segrete. Forse è questa l'origine della mia curiosità. Per tutta la vita, prima bambino, poi novizio, sono stato affascinato dall'idea che ci doveva essere un altro mondo oltre lo specchio. Non ho mai accettato l'idea che la realtà sia solo ciò che sperimentiamo nella vita quotidiana: mi è sempre sembrato troppo semplice e noioso. Il mio spirito romantico mi ha spinto a cercare. Non solo per bisogno emotivo, sentivo proprio la necessità di capire attraverso l'intelletto quel mondo nascosto. Alcuni dicono che bisogna credere per capire. Non sono d'accordo, è troppo pericoloso: in Europa, ha portato a fenomeni come l'Inquisizione, il nazismo, lo stalinismo e a altre ideologie crudeli e settarie. Hanno prodotto solo disgrazie e nessuna comprensione. A questo proposito, sono come san Tommaso: preferisco capire, prima di credere. Una volta capito, posso credere e forse, dopo, capire anche di più».

«Credere e capire sono la stessa cosa» rispose pensieroso il Rimpoche.

Perplesso, Fulvio rispose:

«Ultimamente, soprattutto da quando sono nel suo paese, quest'idea mi è venuta in mente più volte. Ma ancora non riesco ad accettarla».

«Non si è ancora lasciato andare a questa tentazione?».

«Non posso rinunciare, come se niente fosse, all'intera impostazione della mia vita. Tuttavia, dal suo punto di vista, ciò che ha detto è vero».

«Perché, solo dal mio punto di vista?» chiese il vecchio monaco.

«Nella vostra ricerca della verità e dell'illuminazione, passate attraverso diversi livelli di coscienza. La strada è difficile. Dovete trovare in voi stessi tutte le risorse necessarie. Avete bisogno di fede, altrimenti non potete vincere la battaglia» disse Fulvio.

«È vero, ci vuole molta forza. Spesso mi sono chiesto dove, nella civiltà occidentale, prendete la forza per affrontare questi problemi metafisici. Avete dato un'occhiata solo a un angolo di questa miracolosa realtà, attraverso le rivelazioni delle vostre Sacre Scritture. Vi attaccate disperatamente a quest'amata conoscenza, benché sia in palese contraddizione con la vostra esperienza di vita quotidiana nel *samsara*, il mondo dell'illusione. Anche la fede più forte e più fervente non vi avvicinerà alla realtà trascendentale, se non cambiate modo di pensare e continuate a osservare l'oggetto come qualcosa di esterno a voi. Tutto è insieme all'interno e all'esterno del sé. Siamo sia dentro che fuori. La fede non è la causa della comprensione e la comprensione non è la causa della fede. Sono la stessa cosa. Solo nel *samsara* esiste divisione».

Fulvio ascoltava le parole del Rimpoche: erano come colpi alle fondamenta della sua fede, intellettuale e ardente. Con lo sguardo fisso nel vuoto, disse a bassa voce: «Ho spesso dubitato del messaggio che devo diffondere, poiché ho usato tutta la mia energia per l'osservazione e l'analisi critica. Ma bisogna tenere gli occhi aperti per vedere il male».

«È assolutamente vero» sorrise il vecchio monaco. «Il problema è che lei ha gli occhi socchiusi o porta gli occhiali da sole in una stanza buia!».

Fulvio non poté fare a meno di sorridere. Il Rimpoche aveva ragione. In pochi minuti era arrivato al cuore del problema e aveva messo a nudo la lotta segreta che Fulvio combatteva da quando aveva preso i voti.

«Mi deve credere quando le dico che cerco!» supplicò Fulvio. «È un mio profondo desiderio quello di capire e credere nella realtà trascendentale».

«Ne sono sicuro. Ma perché? Perché cerca?» chiese il vecchio monaco.

«Soprattutto per rinforzare la fede» rispose Fulvio, dopo un attimo di esitazione.

«Dunque, ha iniziato la ricerca solo per se stesso» disse il lama, in tono impersonale.

Profondamente turbato dalle parole del lama, padre Fulvio non riuscì più a parlare. A disagio, cambiò posizione, prima di sussurrare:

«Mi dico sempre che la spinta nasce dal desiderio di aiutare gli altri, ma non riesco a nasconderle che è una triste bugia, o una mezza bugia. Certo che amo aiutare. Ma il vero stimolo nasce dalla folle speranza di scoprire quel mondo mistico per il mio proprio beneficio».

Fulvio guardava il Rimpoche, sembrava un animale ferito. Erano arrivati al punto cruciale della conversazione. Il saggio aveva ora gli elementi necessari per decidere se Fulvio fosse degno o meno di condividere i suoi segreti. Nel silenzio che seguì, il tempo sembrò fermarsi. La decisione era nelle mani del vecchio monaco.

«*Ego te absolvo*!» annunciò il Rimpoche, sorridendo.

Il sollievo fu tale che i due preti non poterono fare a meno di ridere sulla divertente imitazione del monaco buddista. Rise anche lui e quando ebbe ripreso fiato, disse:

«Ora che abbiamo discusso l'aspetto spirituale della sua ricerca, parliamo di quello pratico. Come posso aiutarla?».

«Credo che lei abbia incontrato più volte Sua Santità, il *karmapa*, e viaggiato insieme a lui» si lanciò Fulvio, rincuorato dall'esito della precedente conversazione.

«Esattamente. Perché si interessa a lui?».

«Lo conosceva nel 1959?» chiese Fulvio.

«Sì, lo conoscevo».

«Era in Tibet, allora».
«Sì».
«Lei era là con lui?».
«Sì, c'ero anch'io».
«Dove siete andati, dopo aver lasciato Lhasa?».
«Siamo venuti qui, nel Bumthang».
«Direttamente qui?».
«Più o meno».
«Cioè?».
«Ci siamo fermati qua e là».
«Avevate con voi dei documenti importanti, vero?».
«Sì».
«Che tipo di documenti?».

C'era molta tensione: una corda di violino pronta a produrre un suono perfetto o a rompersi al primo tocco. Il Rimpoche scrutò con calma Fulvio e rispose:

«Credo che fossero i documenti che sta cercando, ma per esserne certo dovrà dirmi di più sulla sua ricerca e come è giunto a queste conclusioni».

Padre Fulvio decise di raccontare tutto. Non venne mai interrotto dal vecchio monaco che ascoltava, concentrato, a occhi chiusi. Quando padre Fulvio ebbe finito, il Rimpoche respirò profondamente e disse:

«L'ha mandata il Santo Padre di Roma. Centinaia di anni sono trascorsi da quando fu stabilito il primo contatto con Roma. Abbiamo spesso temuto che questo legame si fosse rotto e che il nostro messaggio fosse stato dimenticato, compromettendo per sempre la nostra alleanza. Sono felice di capire che non è così e di avere a che fare con un messaggero come lei: puro nella sua impurità».

Si fermò un attimo e fissò Fulvio negli occhi, poi continuò:

«Ora, ascolti bene ciò che sto per dirle. Tra qualche giorno, sentirà parlare di un evento eccezionale che si svolgerà qui nei dintorni, in una valle chiamata Tang. Ci vada, ma stia attento. È probabile che alcune persone cerchino di impedirle di portare a termine la sua missione. Non avrà difficoltà a trovare il posto. È un luogo sacro. Ascolterà il messaggio e, se il suo cuore sarà ancora puro, avrà il documento che sta cercando».

Fulvio e Mac ringraziarono il Rimpoche che disse:

«Abbiamo bisogno uno dell'altro. È uno scambio».

I due preti si alzarono, si inchinarono e se ne andarono. La notte era piena di stelle.

A Timothy la ferita dava ancora un po' di fastidio. Non aveva la febbre e questo secondo il dottor Lautinger, che aveva medicato la gamba quella mattina, era un buon segno. Dopo due giorni di riposo a letto lo autorizzò finalmente a camminare con le stampelle. Ogni volta che era solo, Timothy provava invece a camminare con le sue gambe, malgrado l'atroce dolore.

Decise di passeggiare nel cortile dell'ospedale di Wangdichoeling, nonostante le rudimentali stampelle gli facessero male alle ascelle. Si avvicinò lentamente all'atrio per guardare la strada. Non c'era una sola macchina in vista. Tenendosi in equilibrio sulla stampella e sulla gamba sana, alzò il braccio sinistro per guardare l'ora, ma questo semplice gesto gli ricordò dolorosamente la ferita.

"Dove sarà Hans?" si chiese Timothy. "Aveva promesso di venire dopo pranzo e sono già quasi le quattro! Devo organizzarmi, con questa maledetta gamba non posso certo correre. Devo partire prima che scoprano dove sono i documenti".

Mentre tornava indietro lentamente, sentì avvicinarsi una macchina. Sembrava la Toyota di Limonada. Stringendo i denti si affrettò verso la sua stanza: meglio non far vedere allo svizzero che lo aspettava con impazienza. Era seduto sul letto, quando la voce di Hans riempì la stanza:

«Salve torero! Come va?».

«Lasciamo perdere il torero, mi sento piuttosto come il capitano Gamba-di-Legno» rispose Timothy, amaro.

«Gli inglesi sono tutti pirati» rise lo svizzero. «La Gran Bretagna non era la regina dei mari? Non è così semplice navigare, vero capitano?».

«Mi chiedo cosa ne può sapere uno svizzero della navigazione».

«Su, su, Timothy, poteva andare peggio» cercò di confortarlo Hans. «Per fortuna l'incidente non ha avuto conseguenze più gravi. Anche la ragazza bhutanese si è ripresa. Pensa che quel giorno lei andasse molto di fretta!».

«Molto divertente» borbottò Timothy. «Deve essere l'humour svizzero... se può mai esistere!».

«Spiacente, non ho studiato il latino» ironizzò Limonada. «Ma non stiamo a punzecchiarci... Ho parlato con il medico e sono contento di sapere che sta meglio».

«Grazie. Perché non si siede? Vorrei farle vedere qualcosa che, come specialista di foreste, potrebbe interessarla».

Hans prese una sedia e la sistemò vicino al tavolo. Timothy tirò fuori dalla valigia le foto prese dal satellite che il primo segretario d'ambasciata gli aveva dato a Delhi.

«Prima di venire qui, un amico mi ha dato queste foto del Bhutan» spiegò. «Grazie a questa ricerca con il satellite abbiamo raccolto una quantità di dati geologici ed ecologici interessanti».

«Vuol dire un satellite spia» disse Hans.

«Lo chiami come vuole, ma guardi questa. È un'immagine di tutto il subcontinente indiano. Questi uccelli hanno a bordo un'attrezzatura fotografica estremamente potente; da lassù riescono a distinguere e fotografare, ingrandendoli, oggetti come una pentola».

«Bello sapere che si può essere osservati mentre ci si gratta il naso» commentò Hans.

«Non avevo notato che fosse così grande!».

«Non sono l'unico a infilare il naso nelle faccende degli altri...».

«Ok, vada per la neutralità svizzera» concesse Timothy. «Guardi questa foto, non è incredibile!».

«Ecco il Bumthang» esclamò Hans. «Ma questa foto non è stata fatta dal satellite».

«E invece sì» rispose con orgoglio Timothy. «Si può vedere ogni singola casa. Usando l'esposizione a infrarossi e il computer, si può ottenere un'analisi molto dettagliata delle condizioni ecologiche di una regione come questa».

«È incredibile l'efficienza della tecnica» si stupì Hans. «Sarebbe molto interessante per il mio lavoro».

«Guardi un po' quest'altra. È un ingrandimento del Bumthang e della zona a nord. Come si chiama questo posto?» chiese Timothy.

«Potrebbe essere la valle di Tang».

«Queste foto indicano l'altezza, la posizione delle foreste, i fiumi, i campi e le case» osservò Timothy. «Come si chiamano questi villaggi e qual è la condizione delle foreste?».

Preso in trappola, Hans si chinò sulle foto e iniziò a spiegare. Con prudenza Timothy interrogò lo svizzero, prima solo su questioni attinenti al suo lavoro, poi, un po' alla volta, lo portò a parlare dei villaggi.

«Questo dovrebbe essere Ugen Choeling, con il suo piccolo *dzong*» suggerì Hans. «Guardi, si vedono le due colline e il fiume che scorre a est».

Hans stava dando a Wiscott una quantità di dettagli sul luogo.

«Cos'è questo grosso punto nero sulla collina? Sembra troppo grande per essere una casa» disse Timothy.

«È una casa. Una casa molto speciale» rispose Hans «È il *lakhang* di Tang».

«Cos'è il *lakhang*?» chiese Timothy.

«Un monastero o un tempio».

«Non sapevo che ci fosse un monastero a Tang, credevo fossero tutti nel Bumthang».

«No, c'è questo santuario a Tang. È un posto incredibile. Dovrebbe vedere il tizio che l'ha costruito, si fa chiamare Rimpoche. È qualcuno di molto speciale».

«In che senso?».

«Prima di tutto, fisicamente. Massiccio, molto più alto di qualsiasi bhutanese, è difficile dargli un'età. Ha i capelli grigi lunghi quasi un metro, tre mogli, e giovani per giunta!».

«Beh, varrebbe la pena vederlo».

«Non solo vederlo. Quell'uomo è molto abile. Non è del posto e nessuno sa da dove venga. Un giorno, arrivò lì e gli abitanti del villaggio costruirono un monastero in un batter d'occhio. Tutti vanno a chiedergli consiglio».

«Come ha fatto a far lavorare la gente per lui, se non è del posto?» si stupì Timothy.

«Si dice che faccia miracoli».

«Che genere di miracoli?».

«Guarisce uomini e animali» spiegò Hans. «Secondo il veterinario, da cinque anni a questa parte, cioè da quando ha iniziato la sua opera, in questa regione non c'è più stata la minima epidemia».

«Quando è arrivato a Tang questo Rimpoche?» chiese Timothy.

«Nessuno lo sa con esattezza, ma sembra che sia venuto negli anni Cinquanta».

«Mi piacerebbe conoscerlo» esclamò l'inglese.

«Penso che si possa fare».

«Dato che vorrei visitare le foreste del suo distretto, cosa ne pensa di iniziare da lì?».

«Nessun problema. Come va la gamba?».

«Devo vedere il medico, ma spero che mi faccia uscire presto».

Continuarono a esaminare il materiale fotografico

portato da Timothy, e Hans non si mostrò stupito dell'interesse manifestato da Wiscott per il Rimpoche di Tang.

L'autorizzazione per la partenza era finalmente arrivata. Una segretaria sorridente aveva portato il lasciapassare a Birandra Das. Anche i pezzi di ricambio delle jeep erano miracolosamente riapparsi.

Birandra ordinò ai suoi uomini di caricare le auto. I tre autisti bhutanesi li aiutarono a trasportare la pesante attrezzatura. Vestiti in borghese, nessuno li avrebbe riconosciuti: erano ufficiali della polizia reale bhutanese.

«Ugen, potrebbe tenere d'occhio le macchine?» chiese Birandra a uno degli autisti, una volta caricati gli ultimi bagagli. «Dobbiamo fare un salto alla Casa dell'India».

Appena gli indiani voltarono le spalle, Ugen e gli altri due autisti si affrettarono a scaricare tre casse di legno, talmente pesanti da essere sospette. Sollevarono prudentemente un lato del coperchio: non si stupirono di trovare cinque mitragliatrici imballate con cura.

«Non possiamo lasciarli andare nel Bumthang con questa roba» disse uno di loro.

«Hai ragione, ma non possiamo toglierle. Si accorgerebbero della differenza di peso» disse Ugen.

«Togliamo solo le culatte» suggerì il terzo.

«E se lo scoprono?» chiese Ugen.

«Fino a quando siamo con loro, non possono aprire le casse».

«Va bene, ma facciamo presto!».

Ci volle solo un quarto d'ora per disarmare le mitragliatrici e rimetterle in ordine nelle casse. Quando Birandra e i suoi uomini tornarono, trovarono i tre autisti davanti alle macchine.

«Andiamo» disse, soddisfatto di partire. Presero la strada del colle di Dochu-la, sul Shinglam, la strada nazionale n°1. Ugen, al volante della prima macchina, guidava molto piano e avvertiva l'impazienza di Birandra Das.

«Spiacente, signore, ma non posso andare più veloce. Le macchine sono molto cariche. Se scivolano sarà impossibile controllarle. Guardi la strada, è molto brutta. Non voglio offendervi... Voi indiani avete fatto un magnifico lavoro quando le avete costruite, ma le nostre strade sono un disastro: non ne esiste una in piano per più di due chilometri. Se scivoliamo su una strada di montagna è la fine: ci sono burroni alti centinaia di metri. Spero che non si innervosisca».

Felice di continuare le sue chiacchiere, si accorse che il viso dei passeggeri impallidiva sempre più. Soddisfatto, continuò:

«Vi devo raccontare la storia dell'autista di un camion che aveva provato ad andare da Wangdichoeling a Tongsa nel periodo dei monsoni. La strada è brutta, come potete vedere. Basta una goccia di pioggia perché diventi scivolosa come il sapone. È impossibile controllare l'auto in questi casi, ve lo assicuro. Comunque, quel pazzo decise di arrivare a Tongsa in un sol giorno. Con un camion, per giunta! Lo caricò di pecore e cereali. Era così stufo dei suoi belanti compagni di viaggio che voleva disfarsene al più presto; guidò a tutta velocità. I sacchi di grano, sballottati di qua e di là, si bucarono. Affamate, le bestie mangiarono il grano e non abituate a quel tipo di alimentazione, ebbero problemi di digestione. Iniziarono a defecare. Il camion era vecchio e il tramezzo che separava la cabina dalla piattaforma pieno di buchi. Pioveva molto e alla prima discesa un bel po' di quella schifezza passò dai buchi nella cabina. Il poveretto saltò sul sedile e sbatté la testa contro il tetto del camion. Fu allora che uscì di strada. Che roba! Fortunatamente il precipizio non era molto profondo e l'autista non si fece troppo male. Con qualche difficoltà, riuscì ad arrampicarsi fino alla strada a chiedere aiuto. Era coperto di merda e di chicchi di grano dalla testa ai piedi. Incontrò gli abitanti del villaggio vicino che si spaventarono a morte, pensando che fosse lo yeti. Da allora, il poveretto venne soprannominato "lo yeti merdoso", ah, ah!».

Non c'era l'ombra di un sorriso sul viso pallido e imbronciato di Birandra, che voltandosi verso Ugen ordinò:

«Si fermi!».

Ugen spinse a fondo il freno e riuscì a fermare la macchina senza scivolare, rischiando però di farsi tamponare dai mezzi che lo seguivano. I tre passeggeri si precipitarono sul bordo della strada, vicino ai cespugli. Si sentirono strani gorgoglii.

Ugen, con la faccia impassibile, scese dalla jeep, si stiracchiò e accese una sigaretta. Si divertiva molto. Guardando verso nord, sopra la valle, vide un'alta catena di montagne bianche, la frontiera del Tibet. Alcune nuvole passavano pigramente nel cielo di un blu intenso. L'aria era calda e profumata dalla resina dei pini. Nugoli di insetti volavano intorno ai cespugli di rododendri rossi e bianchi che costeggiavano la strada.

Ugen non osò guardare gli altri autisti per paura di scoppiare a ridere in faccia agli indiani. Quando gli uomini di Birandra si sentirono meglio, tornarono lentamente verso le macchine, furiosi di aver fatto una simile figura davanti ai bhutanesi.

«Bene, Ugen. Basta ora con le storie di yeti e di mangiatori di merda» bofonchiò Birandra. «Tutti in macchina!».

Il trucco lo faceva sudare, ma non poteva toglierselo, tutti i bhutanesi lo conoscevano. La parrucca gli prudeva. Con i capelli lunghi, il colorito bronzeo e gli abiti logori, nessuno avrebbe potuto sospettare che il giovane alla guida della barcollante jeep Mahindra fosse il Druk Gyalpo, re del Bhutan.

Aveva una piccola scorta, una unità delle Tigri. Tre uomini erano in macchina con lui, altri cinque soldati lo seguivano a bordo di un altro veicolo. Aveva lasciato Thimpu all'alba e date le buone condizioni della strada avevano guidato velocemente. Poco dopo Wangdiphodrang, il re aveva visto in lontananza tre macchine che sollevavano un mare di polvere. Avvicinandosi riconobbe le tre Land Cruisers Toyota del gruppo indiano dei montanari.

Una volta raggiunti, gli indiani vennero avvolti in una nube di polvere. Il re guidava a tutto gas e, pigramente, le Toyota si spostarono di lato; il Druk Gyalpo spinse a fondo l'acceleratore e le sorpassò. Tutti lo guardarono stupiti: come aveva potuto, quella vecchia carcassa, fare una manovra così agile e rapida?

Durante le lunghe ore del viaggio, nella jeep del re la conversazione languiva. Era tale il rispetto che gli uomini avevano per il loro sovrano, che non osavano rivolgergli la parola se non su richiesta. Faceva parte di uno dei tanti comportamenti imposti dalla tradizione: una terribile barriera innalzata tra il re e gli altri.

"È il prezzo che deve pagare chi sta al potere" pensò il re. "Eppure, a volte, preferirei che questa barriera non esistesse, anche solo per poco!".

Poche persone avevano un contatto diretto con il Druk Gyalpo, ed erano ancor meno coloro che potevano avvicinarlo come amico e non come capo di Stato. Amava stare con loro: un gruppetto scelto che lo aiutava a gestire il potere ereditato alla morte prematura del padre.

Ma era la morte di un'altra persona che non riusciva a dimenticare. Ancora soffriva per il tragico incidente di macchina che aveva ucciso, un anno prima, il suo più caro e fedele consigliere e amico. Insieme avevano fatto progetti per il futuro del paese. Era stata la grande intelligenza e la vivacità di spirito di quell'uomo ad aiutarlo a dare il via alla pericolosa avventura delle riforme nel Bhutan.

Gli alti funzionari di governo e le grandi famiglie del paese avevano opposto resistenza, mentre le giovani generazioni, più a contatto con il mondo esterno, erano entusiaste. Quell'uomo, che il re ogni giorno rimpiangeva, aveva avuto l'intuito necessario per proporre l'indispensabile modernizzazione, pur conservando le antiche tradizioni. Molti avevano avuto fiducia in lui, in India come in Europa e nelle sedi internazionali delle Nazioni Unite. Ma prima di tutto, era stato un grande amico, un fratello maggiore a cui chiedere consiglio e che non aveva mai approfittato della situazione per i suoi interessi personali.

Ripensando a lui, il re strinse il volante così forte che le dita diventarono bianche. Sospirò profondamente. Doveva pensare al futuro del paese, non rimpiangere il passato e l'amico perso. Era riuscito a circondarsi di persone valide, che avrebbero dovuto, almeno in parte, sostituire l'amico scomparso.

Una luce rossa sulla radio iniziò a lampeggiare, distogliendolo dai suoi pensieri.

Prese il microfono e disse:

«Qui Tigre 1. Chi è? Passo».

«Tigre 1 da Tigre 2. Mi sente? Passo».

«La sento bene. Parli pure!».

«Abbiamo appena scoperto un'intrusione cinese. Un gruppo di circa quindici agenti dei servizi segreti tibetani sono entrati nel Bumthang travestendosi da guardiani di yak. Per ora, non hanno fatto niente. Chiediamo istruzioni. Passo».

«Tigre 2, resti in linea, mi dia il tempo di riflettere. Chiudo».

Accostò la jeep e si fermò.

"Le cose si complicano. Chi avrebbe mai immaginato che i cinesi avrebbero mandato una forza speciale nel Bhutan. Se vengono fermati avranno difficoltà a dare spiegazioni. Mi chiedo se sappiano sull'operazione Tigre più di quanto noi gli abbiamo lasciato capire. Il *panchen-lama* si sarà lasciato sfuggire qualcosa? Come vice presidente dell'Assemblea nazionale popolare, vive a Pechino ed è costantemente sorvegliato dai Cinesi... Tuttavia è un segreto sacro".

L'idea che il gruppo cinese fosse entrato nel Bumthang senza essere stato identificato lo preoccupò. "Bisognerà controllarli e se necessario eliminarli". Prese il microfono e disse rapidamente:

«Tigre 1 a Tigre 2. Passo».

«Sono in ascolto. Passo».

«Tre giorni fa, un distaccamento militare è stato mandato a Lunana, nel nord del Bumthang. Hanno una radio. Contattateli sulla frequenza dell'esercito e ordinategli di tenersi pronti, se necessario, a neutralizzare la forza cinese. E gli altri, che fanno? Passo».

«Niente per il momento. Sembra che Ajit Singh stia aspettando l'arrivo del gruppo indiano. I francesi e i gesuiti continuano le loro ricerche. Wiscott è ancora immobilizzato e il tibetano gli sta sempre alle calcagna. Passo.

«Bene. Spero di arrivare nel Bumthang stasera. Preparatevi alla fase finale dell'operazione. Chiudo».

Riattaccò il microfono e accese il motore. Prima che gli indiani potessero raggiungerli, il re condusse la sua piccola squadra verso il suo destino nel Bumthang.

Jean Dupont uscì sul balcone della locanda di Karsumpe. Adèle de Sainte-Fleur e Virgile Machprot, seduti comodamente sulle poltrone, leggevano. Jean tamburellava con le dita sulla ringhiera.

«Cosa c'è, Jean?» chiese Machprot alzando gli occhi.

«Non capisco come possiate restare così calmi!» esplose.

«Verremo informati a tempo debito. Il Rimpoche lo ha promesso...» disse con calma il professore.

«Il Rimpoche lo ha promesso, il Rimpoche lo ha promesso... Sono tre giorni che lo ripetiamo, ma chi ci dice che lo farà?» esclamò Dupont.

«Lo ha detto» rispose Adèle.

«Dio mio, la vostra serenità è esemplare. Come potete stare seduti a non fare niente, mentre gli altri europei si danno da fare per cercare informazioni? Magari ci sono già riusciti. Siamo degli ingenui se ci fidiamo solo della parola del Rimpoche».

«No, Jean, si sbaglia, sono troppo vecchio per essere ingenuo» rispose Machprot sorridendo.

«Allora mi spieghi da dove viene la sua serena convinzione».

Machprot si alzò e iniziò a camminare sul balcone. Non essendoci abbastanza posto per tutti e due, Jean si sedette al posto di Machprot e attese la predica. Fissandolo attentamente, il professore disse:

«Fin dall'inizio delle ricerche abbiamo avuto l'impressione che ci fosse qualcosa di strano: la sensazione di sfondare una porta aperta. Siete d'accordo?».

Adèle e Jean annuirono e Machprot continuò:

«Ecco, quando si fa una ricerca, ci si trova spesso di fronte a mura da abbattere. Il problema è che non sapevamo neppure dove fossero queste mura. Poi, ci siamo stati portati davanti e una forza invisibile le ha sfondate. Jean, si ricordi cosa è successo a Katmandu: lo strano comportamento di quel monaco bhutanese, il quale le disse che quei documenti non esistevano. Era evidentemente un modo per attrarre la nostra attenzione sul Bhutan. Poi, ci fu l'incidente di Paro. Siamo stati invitati ad andare alla biblioteca di Thimpu. Anche lì, niente. Cosa è successo, dopo? Ci hanno invitati a visitare il Bumthang. Non siamo stati noi a chiederlo. Lo vede, Jean, c'è una logica in ciò che sta accadendo. Veniamo condotti verso qualcosa...».

«Va bene, d'accordo, deve ammettere, però che ciò che

ha detto è solo un'ipotesi, e inoltre non abbiamo la più pallida idea di dove ci stanno portando».

«Obiezione accolta. Ma non ho ancora finito. Cerchi di ricordare la conversazione con il giovane Rimpoche. Fin dall'inizio ho avuto l'impressione che sapesse esattamente il motivo per cui eravamo andati da lui. Non ha cercato di avere informazioni sulle nostre ricerche. Era soprattutto interessato alle nostre motivazioni. Ci stava mettendo alla prova. Non era possibile mentirgli, leggeva i nostri pensieri. Ho dovuto dirgli la verità. La sua presenza e la sua mente hanno cambiato qualcosa dentro di noi. Ciò che stiamo cercando è senz'altro importante, ma quel che conta, più di tutto, è perché lo stiamo cercando. Si tratta di una ricerca spirituale, caro Jean!».

Dupont si alzò. Con le mani appoggiate alla ringhiera del balcone, disse con enfasi:

«Spero che lei abbia ragione, Virgile. Forse è come dice, ma vorrei sapere ancora una cosa».

«Cosa, Jean?» chiese sospettosa Adèle.

«Vorrei sapere cosa c'entrano i due gesuiti e di che cosa hanno parlato con l'altro Rimpoche di Thimpu».

«Se crede che ci possa aiutare, prego, vada pure a scoprirlo!» disse il professore. «Anche se è una ricerca spirituale, non vorrei che se la svignassero con i documenti».

«Benissimo, sono felice che sia d'accordo con me» esclamò Dupont. «Vi lascio, ci vediamo più tardi».

Con passo deciso uscì dalla locanda per dirigersi alla fattoria. Scrutò con attenzione i dintorni per assicurarsi che il toro non fosse di nuovo in giro. Non aveva voglia di mettere fine alla sua carriera in un posto così sperduto. Avvicinandosi all'ospedale, cercò un luogo dove nascondersi per poter osservare senza essere visto. Uno dei muri era coperto dai salici piangenti che scendevano fino a terra come uno spesso velo. Gettò un'occhiata attorno e sgattaiolò dietro gli alberi. Due voci discutevano animatamente dietro a una finestrella aperta, proprio sopra di lui.

"Sono padre Fulvio e fratello Mac" pensò, appoggiandosi a un tronco.

«Quel Rimpoche l'ha molto colpito, vero Fulvio?» Riconobbe la voce di Mac. «Ha scosso le sue certezze».

«È vero. Deve ammettere che è una persona fuori dal comune» rispose Fulvio.

«Questo è poco ma sicuro, altrimenti come avrebbe potuto mettere in crisi alcuni dei suoi *principia fidei*?».

«Secondo lei è successo questo?».

«Alcune sue certezze non mi sembrano più così salde come prima. Non è così?».

«Certo, non potrei negarlo» rispose Fulvio. «Impossibile resistere a una prova così incisiva. Il Rimpoche ha una forza psichica irresistibile».

«Anch'io l'ho avvertito. È stato incredibile l'effetto che ha avuto su di lei, e questo non mi facilita le cose» disse Mac.

«Cioè?».

«È difficile, a volte, continuare ad avere fede negli insegnamenti della nostra santa Chiesa quando si vive in mezzo a queste montagne, circondati da gente che crede in qualcosa d'altro».

«In qualche cosa di altrettanto vero, però» interruppe Fulvio.

«Proprio a questo volevo arrivare» sospirò Mac «Ho passato notti insonni. La nostra dottrina non è molto aperta, la salvezza può venire solo da Gesù Cristo».

«Forse l'interpretazione che diamo del Cristo come unico salvatore non è giusta» rifletté Fulvio ad alta voce.

«Un pensiero piuttosto eretico per un gesuita dell'ordine...» disse Mac.

«Sì, eretico, ma ci penso spesso» ammise padre Fulvio. «Sento di poter aver fiducia in lei. Siamo nella stessa barca e il nostro pensiero sta andando nella stessa direzione».

«Grazie, Fulvio. La sua confessione mi onora. È vero, il nostro modo di vedere le cose sembra molto simile».

Seguì un lungo silenzio. Jean sentiva il cinguettìo degli uccelli sul salice, il loro dialogo era senz'altro più leggero paragonato a quello dei gesuiti! Cambiò posizione, attento a non far rumore.

«Credo che il Rimpoche voglia dirci dove si trovano i documenti» continuò Mac.

Con il cuore in gola, Jean tese l'orecchio:

«Lo spero proprio» disse Fulvio. «Non voglio dubitare della sua sincerità, ma sono preoccupato, perché ancora non ci ha detto né dove né cosa cercare. Perché ci ha parlato della cerimonia al monastero di Tang?».

Jean trattenne il respiro. Che splendida idea essere venuto a spiare i due preti!

«Forse non è lui ad avere ciò che cerchiamo» suggerì Mac, «o forse, vuole fare una cerimonia prima di consegnarlo. In Bhutan, amano molto dare un tocco teatrale alle cose».

«Ah sì? Credo comunque che alla fine farà in modo di consegnarcelo» osservò Fulvio.

Jean aveva ascoltato abbastanza. Non voleva rischiare di farsi scoprire. Si affrettò a lasciare il nascondiglio. Non vide i due contadini, muniti di radio, che mietevano il campo nei pressi dell'ospedale.

Appena il sole spariva dietro la collina, la cameretta si raffreddava. Le mura sottili, piene di fessure, non riuscivano a bloccare il vento freddo. Ajit Singh sentiva le ossa e l'anima congelate. Gettò a terra il libro che stava leggendo e si alzò dal letto. Indossò un pesante mantello verde e uscì. Il Border Road Camp nel Bumthang era ben tenuto ma, tagliato fuori dalla vita della popolazione, non offriva nessuna distrazione. I pochi ufficiali del genio militare che lavoravano lì consideravano il loro lavoro come una detenzione in un gulag.

Ajit girovagò senza meta nel campo. Aveva ancora la bocca impastata dalla sbronza presa la sera prima con gli altri ufficiali. Avevano giocato a rummy e il prezzo da pagare, per chi perdeva, era una bottiglia di rum locale. C'erano state tre partite e tre bottiglie per cinque giocatori... Con dita tremanti, accese la prima sigaretta della giornata. Sapeva di portacenere. La gettò via, tossendo.

"Basta bere e basta fumare! Capito Ajit?" si rimproverò. Con le mani in tasca, si diresse verso l'ingresso del campo.

"Dove saranno Birandra e i suoi uomini?" si chiese scrutando la strada. "Dovrebbero essere già arrivati. Spero che non abbiano avuto incidenti su quella maledetta strada".

Stava per tornare indietro, quando sentì il rumore di una macchina. Si infilò di corsa tra le costruzioni.

"Meglio essere prudenti" pensò. "I bhutanesi potrebbero insospettirsi se capiscono che conosco Birandra".

Da dietro un grosso camion, vide tre jeep Toyota entrare nel campo. L'uomo seduto vicino all'autista del primo mezzo gli era familiare.

"È il mio amico Birandra" sospirò Ajit, contento di porre fine all'oziosa e solitaria attesa.

Ajit aspettò l'ora di cena per avvicinare Birandra e il suo gruppo. Quando entrò alla mensa ufficiali, vide che i suoi compagni di gioco si erano già seduti a un tavolo vicino all'unica finestra della stanza. La debole luce di due lampade a cherosene gettava ombre grigie sui loro visi stanchi. In confronto, Birandra e i suoi uomini sembravano godere di ottima salute. Ajit li salutò distrattamente dirigendosi verso il banco dove veniva servito il pasto.

"Ancora pollo al curry!" pensò, seccato. "Mi chiedo se il cuoco sa che esistono altre cose!".

Con un piatto in una mano e un bicchiere nell'altra, raggiunse il tavolo dove erano seduti i nuovi arrivati. Si sedette facendo un leggero inchino. Scambiarono un po' di convenevoli, ma Ajit evitò di fare conversazione. Dopo cena, andò a sedersi in un saloncino vicino alla sala da pranzo e accese una sigaretta.

"Finita la sbronza, finiti i buoni propositi" pensò, seguendo con lo sguardo le spirali di fumo che salivano verso il soffitto.

Birandra entrò senza fretta nella stanza e prese posto allo stesso tavolino.

«Mi scusi se la disturbo, signore, ma suppongo che lei sia qui da molto tempo».

«Non è del tutto esatto» rispose Ajit. «Sono arrivato qui da poco».

Fingendo delusione, Birandra continuò:

«Capisco, dunque non potrà essermi di grande aiuto».

«Dipende. Cercherò di aiutarla per quanto mi è possibile».

«Grazie, molto gentile».

«Di che si tratta?» chiese Ajit.

«Sono qui in viaggio di ispezione a nome dell'Indian Mountaineering Association. Vogliamo scoprire le risorse del posto».

«Cercate percorsi particolarmente difficili o solo luoghi dove passeggiare?».

«Dipende dalla clientela. A noi si rivolgono persone molto diverse».

«Credo che la zona offra posti piacevoli da visitare».

«Per esempio?».

«Mi hanno detto che la valle, fino a Kurje e Ura, è molto bella. Ma come le ho già detto non è da molto che sono qui».

«Pensa di spostarsi nei prossimi giorni?» chiese Birandra.

«Ho intenzione di muovermi per una ricerca in una piccola valle nel nord del Bumthang» rispose Ajit. «Dovremmo costruire una strada nei pressi di una località chiamata Ugen Choeling, nella valle di Tang».

«Che tipo di ricerca?».

«Sono ufficiale topografo. Proprio in questi giorni inizierò a esplorare la regione per elaborare un progetto per la costruzione della strada. Le interesserebbe venire con noi?».

«Splendida idea! Quando pensa di partire?».

«Non prima di dopodomani, credo. Ma lei eventualmente potrebbe essere pronto anche domani?».

«Certamente» esclamò Birandra. «Non abbiamo ancora scaricato le macchine e abbiamo ciò che serve per fare un'escursione».

Alzandosi, Ajit disse:

«Molto bene. Credo che abbiate solo bisogno di una buona attrezzatura. Mi terrò in contatto con lei. Buonanotte».

Senza fretta, Rinchen Namgyal lasciò l'ospedale di Wangdichoeling per andare al bazar. Quella mattina, la visita al monastero di Kurje non aveva fornito indizio alcuno. Decise di parlare con il proprietario della bottega. Aveva bisogno di qualcuno che sorvegliasse con discrezione l'inglese, non potendo correre il rischio di stargli tutto il tempo alle calcagna di persona.

Aprì la porta del negozietto che dava sulla strada principale del mercato. Alcuni forestieri, più o meno sobri, sorseggiavano la *tumba*. Li salutò educatamente e si sedette al tavolo vicino. Avevano bevuto e chiacchierato insieme altre volte e Rinchen aveva tentato di estorcere qualche informazione. Ma oggi non era dell'umore giusto. Mentre sorseggiava la birra, uno dei forestieri gli si avvicinò e gli disse a bassa voce:

«Ehi Rinchen, cosa sta facendo in questi giorni?».

«Niente di speciale» rispose con indifferenza.

«Mi chiedevo se aveva già incontrato i tibetani appena arrivati».

Namgyal sentì il cuore in gola. Quale altra catastrofe stava succedendo? A mezza voce, rispose:

«Non ne ho neppure sentito parlare e comunque non saprei riconoscere i nuovi arrivati dagli altri».

«Neanche noi li abbiamo visti. Pare che siano piuttosto misteriosi».

«Cioè?» chiese preoccupato Rinchen.

«Non lo so. Non sono stato io a dirlo» rispose il forestiero. «I nostri amici che lavorano nella foresta vicino a Kurje li hanno incontrati un paio di volte e hanno detto che si comportavano in modo strano. Mi chiedo cosa sono venuti a fare qui».

«È vero» aggiunse un altro. «Non hanno parenti da queste parti e nessuno li conosce. Non sono mercanti e non hanno bestiame. Strano!».

A disagio, Rinchen alzò le spalle e con indifferenza disse:

«Forse sono mercanti "particolari"».

«Che cosa significa?».

«Ho sentito dire che spesso, dai monasteri, spariscono statue preziose e *thangka* » rispose Rinchen.

«Sì, è vero, e ogni volta sospettano i tibetani. Spero che lei si sbagli, perché se sono qui per rubare, saranno guai».

«Non credo che la sua ipotesi sia giusta» intervenne un altro ancora. «Non c'è mai stato nessun tibetano coinvolto in un furto in questa regione. Non siamo dei ladri».

«Lo spero, anche se, purtroppo, c'è sempre una prima volta» aggiunse Rinchen.

La conversazione si spostò un po' alla volta su altri argomenti e Namgyal iniziò a rilassarsi. Decise di chiarire le cose con il capo del distaccamento cinese. La situazione stava diventando pericolosa. Non era facile passare inosservati in una regione così poco popolata, ma avrebbero almeno potuto trovare qualche spiegazione plausibile per giustificare la loro presenza lì.

Rinchen Namgyal si alzò e si diresse verso la sua camera. Incrociò il padrone e gli chiese di seguirlo. Chiuse la porta e con tono da cospiratore disse:

«Cosa sai di quei tibetani appena arrivati?».

Sorpreso, il padrone rispose:

«Come mai non ne sa nulla lei?».

«Cosa vuoi dire?».

«L'hanno vista insieme a uno di loro».

Impassibile, Rinchen chiese:

«Vuoi dire che l'uomo che ho incontrato andando a Kurje è uno di loro?».

«Certo! Non lo sapeva?».

«E come potevo? Non sai che sono solo un turista?».

«Sì, è vero» rispose il padrone. «Ma quell'uomo è venuto a farle visita. Questo lo sanno tutti e, tra l'altro, pare che abbiate parlato a lungo».

«Esatto. Ma questo non prova che lo conoscessi. Si è presentato come un mercante dell'est del Bhutan. Sono un emissario di Sua Santità, e dunque mi interesso a ogni tibetano che incontro».

«Se lo dice lei...» rispose l'altro.

«Non mi credi? Cosa c'è che non va?» disse Rinchen.

«Sa, la gente è molto nervosa in questi ultimi tempi».

«Nervosa per cosa?».

«Per quei tizi che stanno facendo una ricerca topografica. Poi, c'è tutto un gruppo di guardie reali a caccia di un povero piccolo branco di orsi. Gira voce che due compagnie militari stiano arrivando dal nord. E ora, ci sono anche questi misteriosi tibetani. Un sacco di gente per un posto sperduto come questo».

«E cosa ne deduci?».

«Non lo so, ma alcuni si sono fatti venire in mente strane idee: pensano che i tibetani siano degli agenti cinesi venuti a preparare il campo per facilitare l'invasione del Bhutan da parte delle truppe cinesi».

Rinchen, tranquillizzato, scoppiò a ridere:

«Questa sì che è la storia più folle che abbia mai sentito!».

«Cosa c'è di così divertente?» chiese l'uomo. «Secondo me sta succedendo qualcosa».

«Ascoltami. Esaminiamo le cose con calma. Chi, come me, è vicino al Dalai Lama, è bene informato sulla politica estera del governo cinese. Fino a ora non si è mai sentito parlare di possibili aggressioni al Bhutan».

«Ciò non esclude che possa succedere» obiettò l'altro.

«Certo, è anche possibile che ai nostri agenti in Tibet e a Pechino sia sfuggito qualcosa. Solo un piccolo gruppo, ai vertici del governo, può essere al corrente di un simile fatto. Ma mi sembra molto improbabile: primo, una spedizione del genere non passerebbe inosservata, secondo, e questa mi sembra la ragione più ovvia, a Pechino non c'è stato nessun cambiamento di politica estera. Non dimenticare che il Bhutan è membro delle Nazioni Unite e, come tale, riconosciuto come nazione indipendente da tutti i paesi, compresa la Cina. La sua integrità territoriale è garantita dalla comunità internazionale. Attaccando un membro dell'Onu, lo Stato aggressore si mette in una posizione a dir poco difficile. Cosa c'è qui, nel Bhutan, per cui valga la pena di rischiare così tanto?».

L'uomo rimase in silenzio pensando alle parole di Rinchen, poi disse:

«Può essere... Ma allora, lei pensa che quei tibetani siano qui per rubare qualcosa?».

«Non ne sono sicuro» rispose Rinchen, «ma spiegherebbe perché il governo ha mobilitato così tanta gente».

«E per quanto riguarda la cerimonia religiosa?» chiese l'uomo.

«Quale cerimonia?».

«Non lo sa?».

«Perché dovrei?».

«È un emissario del Dalai Lama e non sa che il Rimpoche tibetano ha deciso di celebrare una speciale *puja*?» chiese il padrone, stupefatto.

«Quale Rimpoche, quale *puja* e dove? In nome del cielo, non puoi essere più chiaro?» esclamò Rinchen, innervosito.

«Ne parlano tutti, ma nessuno conosce i dettagli. Nel nord del Bumthang, in una valle chiamata Tang, vive un monaco. Alcuni dicono che è un Rimpoche del Tibet. Ma chi lo sa da dove viene veramente. Ha senz'altro l'aspetto del tibetano. Anni fa ha costruito un monastero e da allora la sua fama non fa che crescere. È molto rispettato nella regione e molta gente va da lui per avere consigli. Fino a ora, ha solo celebrato delle normali *puja*. Non ho mai sentito dire che avesse celebrato una *puja* in questo periodo dell'anno. Sono tutti sorpresi e molta gente ci andrà per vedere di che si tratta».

«Strano, ma ti posso assicurare che io non ho niente a che fare con tutto questo».

«Mah, avrei scommesso...» disse l'altro, deluso.

«Te l'ho detto, non so cosa stia succedendo in quel monastero» rispose Rinchen. «Hai idea di quando verrà celebrata?».

«No, ma non credo subito».

«Perché?».

«Non sono stati fatti i dovuti preparativi: al monastero il cibo non è stato ancora portato. Dunque, la *puja* non può essere celebrata».

«Certo» mormorò Rinchen. «Ma è anche vero che è un evento eccezionale e dunque, probabilmente, i preparativi saranno molto brevi. Ti prego di tenermi informato e di preparare del cibo, nel caso dovessimo partire all'improvviso».

Congedò il padrone senza parlare con lui del pedinamento di Wiscott.

"Non è più necessario. Avremo la risposta a Tang" pensò.

L'arrivo del Druk Gyalpo nella valle non destò particolare attenzione. Di sera nessuno usciva per paura delle bestie feroci. La gente stava nelle stalle, vicino al bestiame, a preparare da mangiare e a raccontare storie intorno al fuoco delle cucine buie, unico posto caldo delle modeste abitazioni.

Il re guidò la jeep attraverso i silenziosi villaggi della valle del Bumthang in direzione di Kurje. Vicino al monastero, le due macchine che gli facevano da scorta vennero parcheggiate sotto una tettoia. Sparì svelto nella foresta con i suoi uomini. Dopo una ripida salita, arrivarono al piccolo accampamento dell'unità delle Tigri. Dorji Drukpa uscì dalla tenda. Salutò, ma ebbe difficoltà a rimanere serio di fronte al travestimento del suo re. Questi sorrise e disse al fedele comandante delle Tigri:

«Anch'io ho riso guardandomi allo specchio, Dorji. Come vanno le cose qui?».

«Maestà, credo che dobbiamo muoverci immediatamente. Ci sono problemi che possono sfuggire al nostro controllo».

«Per esempio?».

«Innanzi tutto, la forza speciale cinese. Gli abitanti della valle sono inquieti e girano strane voci».

«Ah sì?».

«C'è sempre più gente che pensa a un'imminente invasione del Bhutan da parte dei cinesi. Credono che la nostra presenza sia collegata a questo e non a una ricerca topografica: ne è stata fatta un'altra proprio un anno fa».

«Non possiamo farci nulla, ma cos'altro le fa dire che dobbiamo accelerare i tempi?».

«Ormai quasi tutti sanno che ciò che cercano si trova nella valle di Tang, e cha la *puja* ha a che fare con questo».

«C'è altro?».

«Ajit Singh ha preso contatto con la squadra dei montanari. Li ha invitati a seguirlo nella valle di Tang. Così ci è stato riferito. Poi c'è Wiscott, che ha convinto Limonada ad andarci pure lui».

«È stato Limonada a informare l'inglese? Lo avete avvicinato?» chiese il re, bruscamente.

«Assolutamente no. I suoi ordini erano stati chiari in proposito. Lo abbiamo saputo da una guardia forestale. Ci sono poi i francesi e i due preti. Sono tutti pronti ad andare a Tang e questo spingerà i tibetani a mettersi in movimento. Rinchen Namgyal deve aver sentito parlare della *puja*, infatti ieri sera si è messo in contatto con il gruppo cinese. Si dirigono a nord, verso Tang».

Il giovane sovrano rimase in silenzio e soppesò le informazioni appena ricevute. Lo preoccupavano, soprattutto, le due forze speciali, la cinese e l'indiana: la loro presenza poteva compromettere il sottile equilibrio di forze che cercava di mantenere.

«Capisco le sue preoccupazioni» disse il re. «Sediamoci e diamo un'occhiata alle mappe della regione. Stabiliremo i compiti di ognuno. Dobbiamo prevedere le loro mosse e anticiparli, se vogliamo mettere a punto una strategia intelligente. Guardiamo la cartina del Bumthang. Mi faccia vedere dove si trovano esattamente tutti quanti».

Tracciando dei piccoli cerchi a matita, Dorji indicò la postazione di ogni gruppo.

«Cerchiamo ora di immaginare le strategie che possono adottare» disse il re. «Innnanzi tutto, come si avvicineranno al monastero...».

Tenendo conto delle indicazioni ricevute dagli osservatori, dopo due ore di riunione stabilirono un nuovo piano. Fecero una breve pausa per mangiare qualcosa. Il cibo non era certo degno di un re, ma, così assorti nella discussione, non ci badarono. Finirono verso mezzanotte.

«Va bene, Dorji, credo che sia tutto» sospirò il re. «Com'è il morale dei soldati?».

«Eccellente, Sire» rispose entusiasta il comandante. «Hanno molta voglia di entrare in azione e la sua presenza qui li stimola enormemente. Temono un'unica cosa».

«Cosa?» chiese il re.

«Che lei possa essere ferito, o addirittura, ucciso. Mi scusi, Sire, ma anche io condivido lo stesso timore» aggiunse Dorji, abbassando la testa.

«Sono commosso dal suo pensiero, Dorji. L'esito di questa missione è di importanza capitale e la responsabilità di portarla a termine è stata affidata a me. Non ho alcun dubbio sulle sue capacità, ma è una decisione alla quale devo obbedire».

Di fronte all'espressione sorpresa del comandante, precisò:

«Un giorno le spiegherò. Per ora lasciamo le cose come stanno. Sono perfettamente cosciente del rischio che corro, ma sono anche profondamente convinto che lei e i suoi uomini saprete proteggermi, se necessario».

Il comandante si impettì.

«Certo esiste una possibilità che io venga ucciso» continuò il re. «In tal caso, è di fondamentale importanza che il piano Tigre venga portato a termine. A questo proposito, ho lasciato alcuni ordini scritti in questa busta... La prenda. Dovrà aprirla solo se muoio. Se dovesse succedere qualcosa a lei, sarà il suo vice a prenderne possesso per eseguire gli ordini. Se muoio, ho deciso che saranno tre uomini a formare il consiglio di reggenza. Ho parlato con loro alcuni giorni fa, prima di lasciare Thimpu. Verranno portati qui in elicottero appena avremo lasciato la valle. Si sistemeranno a Jakar Dzong e saranno in continuo contatto radio con noi. È tutto chiaro?».

«Chi sono?» chiese Dorji Drukpa.

«Le dirò il loro nome in codice: Pesce, Scimmia e Gatto. Così, se dovesse incontrarli, capirà immediatamente che non sono degli impostori».

«Capisco, Sire» disse semplicemente Dorji.

«Forse no, mio caro amico» rispose il re. «Avrei voluto svelarle la loro identità, ma mi hanno pregato di tenerla segreta, non vogliono apparire come potenziali successori, se qualcosa dovesse succedermi, ora o più avanti».

«Ciò fa loro onore» commentò Dorji, con un tono di rispetto nella voce.

«Sono contento che la pensi così» disse il re. «Ora vada e dia gli ordini necessari ai soldati».

«Bene, Sire».

Dorji, voltandosi per uscire, salutò. Prima che lasciasse la tenda, il re aggiunse:

«Faccia sapere a tutti che la *puja* avrà luogo domani sera al monastero di Tang. Dia le istruzioni necessarie al Rimpoche».

Dorji inchinò leggermente la testa e se ne andò emozionato. Era il punto di non ritorno.

Rivelazione

Fulvio si svegliò di soprassalto a causa del rumore della gente che correva nel cortile dell'ospedale. Si rigirò nel letto e guardò la finestra: era buio pesto.

«Fratello Mac, si svegli. Sta succedendo qualcosa lì fuori...».

«Cosa dice?» bofonchiò Mac. «Perché mi sveglia? È ancora notte».

«Non sente?» disse Fulvio. «Sono tutti in piedi, vado a vedere cosa succede».

Si vestì rapidamente, si precipitò fuori e chiese alla prima persona che incontrò:

«Cosa succede? Perché sono tutti in piedi a quest'ora?».

«Non lo sa? La *puja* avrà luogo questa sera a Tang. Spiacente, signore, ma devo andare».

Fulvio tornò precipitosamente in camera e svegliò Mac che si era riaddormentato.

«In piedi, dobbiamo andare!».

«Le dispiacerebbe spiegarmi cosa sta succedendo?» borbottò Mac, insonnolito.

«La *puja* di Tang è stasera!» gridò Fulvio.

Mac si alzò e iniziò a vestirsi. Padre Fulvio frugò nella valigia, prese un involucro di pelle e, con mani tremanti, ne estrasse una pistola. Mentre la sistemava alla cintura coprendola con il pullover, Mac lo fissò intensamente.

«Spero che non dovrà usarla».

«Mi è stato chiesto di riportare quei documenti a Roma e, se necessario, di usare ogni mezzo» rispose Fulvio, pallido. «Qualcuno a Roma pregherà per la mia anima immortale».

Mac alzò le spalle e disse pacatamente:

«Dio la benedica. Speriamo solo che ciò che stiamo per fare ne valga la pena».

Finì di vestirsi in silenzio e stipò le sue cose in uno zainetto.

«E la colazione?».

«Dobbiamo rinunciarci se vogliamo arrivare in tempo» disse Fulvio.

«Abbiamo provviste a sufficienza. Andiamo».

Arrivando in cortile, incrociarono Wiscott attrezzato di scarpe da cammino, zaino e stampelle.

«Dove sta andando?» chiese stupito Fulvio.

«Nello stesso posto dove andate voi, suppongo» sorrise Timothy.

«Ma può camminare?» chiese Fulvio.

«Devo. Il dolore è sopportabile, ma se mi date un passaggio, mi fate un grosso favore».

«È sicuro di poterlo fare? Il sentiero che porta al monastero è lungo e ripido».

«Non si preoccupi, non dovrà portarmi in spalla né aspettarmi, glielo prometto» disse Timothy.

Quando i tre uomini si avvicinarono alla Land Rover, vennero accerchiati da una folla che chiedeva di poter salire in macchina. La vecchia jeep partì con una quindicina di persone a bordo.

«Sono nel Bhutan da vent'anni e non ho mai visto così tanta gente in giro. Credo che assisteremo a qualcosa di veramente eccezionale» disse Mac e aggiunse: «Vedete quella piccola casa laggiù?».

«Sì».

«Lì lasceremo la strada principale. Parcheggeremo la macchina vicino alla casa e temo che dovremo andare a piedi. Come si sente, Timothy?».

«Bene. Non si preoccupi, ce la farò» rispose l'inglese. La ferita risentiva delle buche della strada. Di nascosto, ingoiò un analgesico.

«Siamo arrivati, ragazzi» gridò Mac, spegnendo il motore. «Tutti a terra».

Padre Fulvio offrì a Timothy di portargli le sue cose, ma l'inglese rifiutò stoicamente. Salivano piano a causa delle difficoltà che aveva Wiscott a camminare con le stampelle su un terreno così sconnesso. A parte tre uomini a cavallo che li seguivano a distanza, i bhutanesi non sembravano preoccuparsi troppo degli stranieri.

La presenza dell'unità cinese rendeva Ajit Singh alquanto nervoso. Non credeva alla storia di una imminente invasione cinese, ma temeva che i Tibetani fossero anche loro sulla strada del tesoro. Con Birandra e i suoi uomini, aveva lasciato il Bumthang all'alba, mentre gli autisti bhutanesi dormivano ancora profondamente. I barbiturici mescolati nelle bevande, generosamente offerte da Birandra, non li avrebbero fatti svegliare prima di mezzogiorno. Per prudenza, passarono dalla foresta, evitando il sentiero che portava alla valle di Tang. Si erano divisi in piccoli gruppi, rimanendo in contatto con i walkie-talkie. Ajit si fermò un attimo per esaminare i dintorni con il cannocchiale. Non vide nulla di sospetto. Tese il cannocchiale a Birandra e disse:

«Non abbiamo ancora un piano d'azione. Secondo lei, dovremmo attaccare il monastero, cercare i documenti e sparire, oppure aspettare di vedere cosa succede?».

«Domanda difficile» rispose Birandra. «Non sappiamo se al monastero ci sono soldati bhutanesi e neppure dove cercare esattamente i documenti».

«Possiamo obbligare i monaci a consegnarceli» rispose Ajit.

«Non credo che funzionerebbe».

«Perché?».

«I monaci potrebbero rifilarci qualsiasi documento e noi non saremmo in grado distinguerlo da quello vero» rispose Birandra.

«Ha ragione, dobbiamo muoverci in un altro modo: essere pronti a prenderli appena vengono consegnati».

Tirò fuori dal mantello il walkie-talkie e contattò gli altri gruppi indiani.

«Il capo a tutti. Fermatevi a un chilometro e mezzo dal monastero. Nessuna azione offensiva, per ora. Osservare e informare su ogni operazione sospetta intorno al bersaglio. Chiudo».

Affrettando il passo, Ajit e Birandra si rimisero in cammino insieme al loro piccolo gruppo.

L'avanzata di Ajit veniva seguita passo passo. L'accesso alla valle di Tang era rigorosamente controllato dalle guardie reali, travestite da cacciatori di orsi. Giorni prima avevano allestito parecchi punti di osservazione. Il re era partito per la valle di Tang. Aveva trasferito temporaneamente il QG in una casa solitaria vicino al colle che portava al monastero.

«Maestà, Ajit Singh ha inviato un breve messaggio» annunciò la radio.

Il re si allontanò dalla finestra e attraversò la piccola cucina annerita dal fumo del camino. Intimidito dalla sua presenza, il padrone di casa si accovacciò in un angolo, senza osare muoversi né parlare. Il re si chinò verso l'operatore e chiese:

«Cosa ha detto?».

«Il messaggio era disturbato, Maestà».

«Chiami le guardie reali e dica di non intercettare le comunicazioni degli indiani».

«Bene, Sire».

Una volta trasmesso il messaggio, il re prese il microfono.

«Tigre 1 a Tigre 6. Mi sente? Passo».

«Tigre 6, la sentiamo benissimo. Passo».

«Cosa succede con Wiscott e i gesuiti? Passo».

«Avanzano lentamente. Wiscott non ce la farà. Passo».

«Mandi un cavallo. Passo».

«*Roger*, Tigre 1. Passo e chiudo».

«Chiudo».

Il re era preoccupato per la lenta avanzata del gruppo francese. Ancora una volta si erano azzuffati per stabilire cosa portarsi dietro. Adèle de Sainte-Fleur, dopo la discussione, aveva simulato un'emicrania e affermato che non sarebbe andata. Infine, l'autorità di Machprot aveva vinto ed erano partiti nella tarda mattinata.

«Tigre 1 a Tigre 5. Mi sente?».

«Tigre 5, la sento bene. Passo».

«Mi indichi la posizione dei francesi. Passo».

«Sono a un terzo della valle. Vanno piano a causa della signora e del professore. Passo».

«Contatti Tigre 6 e faccia in modo che gli ultimi due cavalli vengano dati alla signora e al professore. Chiudo».

Il re rivolse la sua attenzione al gruppo tibetano. La loro avanzata gli dava filo da torcere, gli agenti cinesi erano abili. Avevano il vantaggio di mescolarsi facilmente con la popolazione locale e, sparsi in mezzo alla folla bhutanese, erano difficili da sorvegliare. Per ora, erano riusciti a individuarli uno per uno, ma la situazione poteva cambiare, se avessero deciso di sparpagliarsi e di avvicinarsi al monastero nascondendosi e passando dalla foresta. Non usavano la radio. Il loro capo, l'emissario del Dalai Lama, camminava a metà tra il primo e l'ultimo dei suoi uomini, chiacchierando con altre persone. Aveva addirittura iniziato una conversazione con una delle Tigri, fingendosi un contadino locale: niente di importante, l'uomo aveva solo cercato di avere maggiori informazioni sull'inconsueta cerimonia. Ovvia curiosità...

Tutto andava secondo i piani; il re, quindi, decise di dare il via alla fase finale dell'operazione Tigre. Passò su un'altra frequenza e disse al microfono:

«Tigre 1 chiama Uccello. Mi sente?».

Dopo alcuni secondi, una voce rispose:

«Qui Uccello. Parli Tigre1!».

«Porti immediatamente Pesce, Scimmia e Gatto alla base del Bumthang! Passo».

«Partiamo subito, Tigre 1! Passo e chiudo».

«Chiudo».

Cambiando ancora frequenza, il re continuò:

«Tigre 1 chiama Tigre 3. Mi sente?».

Nessuna attesa, questa volta:

«Qui Tigre 3, dica Tigre 1».

«Sono tutti in cammino. Inizi l'avanzata verso la meta. Chiudo».

Il re si voltò verso Dorji Drukpa, il suo vice, che pazientemente aspettava gli ordini. Il comandante era pienamente consapevole della responsabilità che gravava sulle spalle del giovane sovrano.

«Dorji, ci sono novità dall'esercito?» chiese il re.

«L'ultimo rapporto risale a un'ora fa. Sono a mezza giornata di cammino dal monastero. Fino a ora non hanno notato niente di sospetto. Si tengono continuamente in contatto con noi, nel caso ci fossero nuovi ordini».

«Bene. Dica loro di avvicinarsi, in semicerchio, fino a un chilometro a nord del monastero. In quel punto saranno ancora nascosti dalla foresta. Devono aspettare senza farsi vedere. Proibito accendere fuochi o sigarette».

«Altri ordini?» chiese Dorji.

«Li chiameremo solo in caso di allarme, cioè se non dovessimo riuscire a neutralizzare i reparti speciali indiani e cinesi».

«Così controlleranno il fronte nord. Ma se ci fosse una fuga a sud?» chiese Dorji.

«Ordini alle guardie reali della squadra topografica di chiudere il semicerchio appena sarà passato il primo gruppo» rispose il re. «Dobbiamo riuscire a neutralizzare gli indiani e i tibetani prima che arrivino al monastero. Hanno varie possibilità: possono entrare direttamente negli edifici e tentare un atto di forza, oppure nascondersi all'esterno».

«Potrebbero separarsi, Sire» suggerì Dorji Drukpa. «Temo che sappiano uno della presenza dell'altro e che inizino a combattere. Potrebbe finire in un bagno di sangue e coinvolgere spettatori innocenti o passanti».

«Ha ragione» concesse il re. «Per ora abbiamo fatto in modo che nessuno lasciasse la zona. Ma dobbiamo garantire la sicurezza della cerimonia e proteggere i partecipanti. Non possiamo fare altro che dividere la forze. Non conoscendo con esattezza le intenzioni di ogni gruppo, procederemo così: se la maggior parte della forza speciale indiana rimane nascosta nella foresta, l'esercito dovrà neutralizzarla. Mandi un uomo dai nostri soldati per condurli sul luogo. Dovranno accerchiare gli indiani senza farsi vedere. Se il gruppo indiano entra nel cortile del monastero, l'esercito dovrà avvicinarsi il più possibile al muro di cinta e occupare la parte nord. Per quel che riguarda la difesa a sud, le guardie reali sono già sul posto».

«E la difesa all'interno del cortile?» chiese Dorji Drukpa.

«Solo le Tigri. Un gruppo coprirà il Rimpoche e me. Altri due gruppi, i francesi e i gesuiti. I restanti tre gruppi si disperderanno nella folla e si apposteranno vicino a ogni agente cinese o indiano che entra».

«E se gli indiani e i tibetani arrivassero in forze?» insistette il comandante.

«Una ventina di guardie reali appostate all'esterno delle mura a sud circonderanno il monastero. Abbiamo abbastanza uomini, dovremmo farcela» spiegò il re.

«Speriamo che vada tutto per il meglio» commentò Dorji.

«Ha dei dubbi? Se è così, me lo dica sinceramente e non abbia paura di offendermi. La situazione è tale per cui può parlare liberamente».

«Assolutamente no, Maestà! Non ho nessun dubbio, sono solo preoccupato nell'imminenza di una battaglia così importante. Trovo che il suo piano sia perfetto».

«Molto bene, Dorji. Dia gli ordini necessari» concluse il giovane sovrano.

Niente distingueva quel particolare giorno dai mille altri che Tobgyal Rimpoche aveva trascorso aspettando pazientemente. Aveva quasi dimenticato cosa esattamente stesse aspettando e temeva che quell'attesa fosse vana. Gli anni di gioventù erano scivolati via per lasciare il posto all'età matura che, a sua volta, aveva aperto le porte alla saggezza della vecchiaia: questa pesava sulle sue larghe spalle che non riusciva quasi più a tenere dritte. Le braccia erano diventate più pesanti e le gambe più lente. Fortunatamente, nei lunghi anni trascorsi nel piccolo monastero che lui stesso aveva costruito quando il suo corpo era ancora nel pieno delle forze, lo spirito e la mente erano rimasti sempre giovani. La meditazione e le attività spirituali gli avevano dato una grande serenità ed energia e, ogni volta che si sedeva per meditare di fronte alla serena statua del suo Budda, si stupiva di quanta forza gli penetrasse nell'anima man mano che si avvicinava a uno stato di coscienza sempre più vasto. Come per numerosi altri yogi, questa serenità lo aveva preservato dalla follia, nei lunghi anni di ricerca. Si era spesso chiesto fino a dove lo avrebbe portato. Ma, via via, anche questa domanda aveva perso importanza di fronte alla sua coscienza perennemente in espansione.

Fu un'attesa solitaria. Nessuno con cui condividere il segreto. Spesso, aveva avuto voglia di gridarlo al mondo, ma sapeva che era troppo prezioso per venir offerto a orecchie che non sentono e occhi che non vedono. Prima o poi, sarebbe arrivato il momento e il modo per farlo. Per questo era rimasto il leale e silenzioso Guardiano del Segreto.

Tobgyal Rimpoche era un uomo imponente, alto quasi due metri. Aveva lunghi capelli grigi raccolti in una treccia, in cima alla testa. Come Thangton Gyalpo, il miracoloso fabbro che aveva costruito i primi ponti del Bhutan cinque secoli prima, legava la treccia con i peli di yak. I suoi occhi scuri si intravedevano appena, sotto le folte sopracciglia. Aveva un grosso naso che dominava sugli altri tratti del viso volitivo. Le labbra carnose erano circondate da barba e baffi grigi.

Tobgyal Rimpoche aveva chiamato tutti i monaci della valle di Tang. Si appoggiò alla porta d'ingresso e scrutò la valle. Alzò la mano rugosa per proteggere il suo vecchio sguardo dai penetranti raggi del sole, e vide in lontananza tre gruppi di uomini vestiti di rosso.

«Stanno arrivando tutti» disse il Rimpoche a una delle sue giovani spose. «Gli abitanti del villaggio hanno portato il cibo che avevo chiesto?».

«È quasi tutto pronto, tranne la *chang* che arriverà da un momento all'altro» risposero le donne.

«Meglio non darsi troppo da fare per le bevande, altrimenti saranno tutti ubriachi prima dell'inizio della *puja*» scherzò il vecchio lama.

La giovane moglie entrò in casa ridendo e Tobgyal Rimpoche scese lungo il sentiero che portava al cortile per salutare il primo gruppo di monaci.

«Vi sono riconoscente per aver risposto così velocemente al mio richiamo».

Il lama più anziano s'inchinò e rispose:

«Prezioso Maestro, ha detto di aver urgente bisogno di noi. È normale che siamo venuti prima possibile».

Tobgyal ringraziò inchinando la testa.

«Vorrei andare incontro ai monaci di Ungen Choeling e di Kurje. Mi accompagnereste? Non sono lontani».

Dopo l'incontro, i quindici monaci tornarono lentamente verso il monastero. Camminando, il Rimpoche spiegò il senso della cerimonia e il loro ruolo. I lama non manifestarono alcuna sorpresa. Da anni, avevano capito che la presenza di Tobgyal Rimpoche nella valle aveva un significato particolare e, pur ignorandolo, avevano considerato il monaco un sant'uomo. Ora ne erano ancora più convinti. La prospettiva di una grande *puja*, con tanto di cibo e bevande, li aveva sedotti, ma sapere che il Druk Gyalpo in persona avrebbe assistito alla cerimonia li entusiasmò ancora di più.

Arrivando al monastero, sentirono deliziosi odori provenire dalle finestre aperte della cucina. Gli abitanti del villaggio avevano portato un'infinità di pietanze diverse. La fedele governante di Tobgyal Rimpoche dirigeva una piccola squadra di ragazze venute dal villaggio. Preparavano i cibi chiacchierando e ridendo allegramente e la vecchia signora non riusciva a tenerle a freno. Ma aveva nascosto in un angolo i barili di *chang*, la deliziosa birra a base d'orzo. I giovanotti della valle erano stati attratti al monastero dallo sciame di ragazze addette ai fornelli, e se si fosse aggiunto l'alcol, sarebbe stato difficile evitare un disastro.

Tobgyal Rimpoche portò i lama nell'oratorio. Due giovani monaci stavano riempiendo le lampade a olio e spolverando le tre statue sull'altare. Il busto della più grande, al centro, era ricoperto d'oro e una corona di rubini le ornava la testa. Gli occhi, socchiusi, sembravano sondare una realtà interiore che andava oltre la comprensione umana. Sulle mani era posato un *khata*, la sciarpa bianca di benvenuto. Era stato Tobgyal stesso a lavorare sull'effigie del Budda nei primi cinque anni trascorsi al monastero. Dalle mura e dal soffitto pendevano pesanti *thangka*, incorniciati con la seta. Le pareti erano ricoperte di scaffali con libri antichi avvolti in seta gialla e arancione. L'imponente santuario non aveva finestre, eccetto alcune fessure sul muro di fronte alle statue del Budda. Le aperture davano sul cortile, tre metri più in basso.

Più volte, Tobyal Rimpoche aveva ricevuto la visita del Druk Gyalpo. L'oratorio era stato meticolosamente ispezionato dal re. Insieme avevano discusso sulle modalità della cerimonia. La sicurezza voleva che solo il re, Tobgyal Rimpoche e i monaci avessero accesso alla stanza. Sarebbe stata sorvegliata da un gruppo di Tigri e le guardie reali avrebbero pattugliato lo spazio sotto le finestre.

Tobgyal Rimpoche pensò per un attimo a possibili atti di violenza durante la cerimonia. Il giorno prima avevano controllato che il cofanetto contenente il segreto, nascosto nella grande statua, fosse al sicuro. Nessuno avrebbe potuto vederlo. In piedi, di fronte al Budda, si stupì della perfezione del meccanismo segreto nascosto nei gioielli che decoravano la stanza. Si meravigliò ancor di più che il tempo non avesse minimamente alterato i documenti.

Lasciò perdere quei pensieri e pregò i monaci di sedersi su due file ad angolo retto, davanti all'altare. La presenza dei lama garantiva che nessuno si sarebbe nascosto nella stanza. L'oratorio doveva essere controllato dalle guardie reali prima dell'inizio della *puja*. Tobgyal Rimpoche credeva più nella presenza umana che nei metodi polizieschi.

Vennero portati gli strumenti musicali tradizionali. Lunghe trombe d'argento ornate d'oro furono disposte davanti ai monaci. Due lama colpirono leggermente i tamburi per verificarne l'adeguato funzionamento. Un giovane monaco soffiò nel *dungka*, la conchiglia, producendo un suono cavernoso e straziante.

Accorgendosi dell'assenza di alcuni monaci, Tobgyal Rimpoche andò a cercarli. Li trovò in cucina che conversavano con le ragazze. La vecchia governante non aveva osato mandarli via, ma aveva lanciato delle occhiatacce alle giovani che però erano rimaste del tutto indifferenti. Tra sé e sé, Tobgyal Rimpoche sorrise della mancanza di religiosa serenità dei suoi giovani confratelli; si ricordò della giovinezza, quando l'impegno spirituale aveva perso così tante battaglie contro il suo avversario: il bisogno carnale. Con sguardo severo, urlò:

«Silenzio! Spero che il Signore Budda non vi stia guardando. Questo comportamento non è previsto nell'Ottuplo sentiero. Forza, fuori dalla cucina, venite con me».

Imbarazzati, ma con il sorriso sulle labbra, i monaci lasciarono la cucina e tornarono verso l'oratorio. Il Rimpoche indicò i loro rispettivi posti.

«Voglio che restiate qui finché Madre natura ve lo consente. Fin dall'inizio della *puja,* pregherete per la purificazione di questi luoghi e della vostra anima. Ne avete bisogno!».

Tobgyal Rimpoche uscì nel cortile. Il sole era alto e riscaldava piacevolmente l'aria calma del luogo. I primi visitatori arrivarono dai villaggi vicini. Si sedettero a terra e sistemarono le provviste. Non avevano fretta, erano solo molto curiosi dell'insolito evento previsto per la sera. Salutarono rispettosamente il vecchio lama.

"Come sarà la mia vita dopo stasera?" pensò. "Il mio rapporto con questa gente non sarà più lo stesso".

Sentì, all'improvviso, un fruscìo nell'orecchio destro. Si ricordò di avere uno strano apparecchio tra i capelli. Portò la mano all'orecchio sinistro e senza farsi vedere spinse un bottoncino. Si allontanò dal gruppo per ricevere il messaggio.

«Al Guardiano da parte della Tigre 1. Lasciamo il colle e ci avviciniamo. Mi riconoscerà dal copricapo giallo. Andremo nell'oratorio, dove stabiliremo il nostro QG. Se tutto è chiaro, abbia la gentilezza di spingere due volte il bottone».

Il Rimpoche fece ciò che gli era stato chiesto. Dopo un breve silenzio, sentì di nuovo la voce del re:

«Al nostro arrivo, riceverà altre istruzioni. È tutto per ora. Per favore, resti in ascolto».

Tobgyal Rimpoche si sentì come uno scolaro che giocava a guardia e ladri. Ma, raggiungendo l'edificio, si ricordò che si trattava di una cosa seria. Aveva visto giusto a proposito della disciplina dei giovani lama: metà di loro erano tornati in cucina per inaugurare le botti di *chang*. Appoggiata alla porta, la vecchia governante cercava di coprirli. Quando il vecchio Rimpoche apparve, la folla indiavolata tornò alla realtà.

«Fuori di qui! Tornate all'opera! Potrete divertirvi quanto volete dopo aver fatto il vostro dovere».

«Si comportano bene le sue scarpe da montagna» osservò Jean Dupont, mentre attraversavano una foresta di pini.

Senza fiato, Adèle de Sainte-Fleur grugnì:

«Cosa vuol dire, giovanotto? Mi sta prendendo in giro?».

«Ma no, signora» protestò Jean «Volevo farle un complimento, anzi posso dirle che l'invidio, le mie scarpe non sembrano molto adatte all'occasione».

«Forse non riusciranno a farle evitare i suoi soliti passi falsi, ma almeno, dovrebbero permetterle di arrampicarsi... ovviamente se le condizioni fisiche glielo permettono» rispose, risentita.

«Ecco, ci risiamo» borbottò Machprot. «Conservate un po' di energia per la salita, invece di sprecarla con battibecchi privi di senso. Siamo già in ritardo, dobbiamo affrettarci».

«Temo che le mie scarpe svizzere non possano fare di più» protestò Adèle.

«Ehi, guardate chi c'è là... Timothy! È pazzo a fare una camminata del genere con la gamba in quelle condizioni».

«Deve essere molto motivato» commentò Machprot. «È con i gesuiti».

«Che meraviglia... ci ritroveremo tutti a Tang» disse Adèle. «Speriamo solo che non succeda nulla di spiacevole».

«Cosa vuol dire?» chiese Machprot.

«Virgile, sa perfettamente che sono sulla nostra stessa pista. Possono stimare la faccenda sufficientemente importante da usare la forza per impossessarsi del documento. In poche parole, ho paura!».

«Cara Adèle, ho difficoltà a immaginare due preti cattolici intenti a malmenarci. Non hanno facce da assassini» disse Machprot per cercare di calmarla.

«Sono gesuiti...».

«Che stupidaggine. Non siamo mica nel Medio Evo».

«E Timothy, allora?» insistette Adèle.

«Non credo, mia cara, che sia in condizioni di poterci sfidare».

«Credo piuttosto che dovremmo prenderci cura di lui» aggiunse Jean. «C'è ancora il misterioso personaggio che ha frugato nella macchina a Tongsa. Farà parte anche lui del gruppo?».

«Non ne sappiamo nulla, dunque, non possiamo fare previsioni» commentò Machprot.

«Quello di cui abbiamo bisogno, però, è un piano di azione» disse Adèle.

«Ci ho pensato anch'io» disse il professore. «Il problema è che non sappiamo cosa succederà e come succederà. Per cui, l'unico programma possibile è tenere orecchie e occhi spalancati».

«È vero, mi sembra l'unica cosa da fare, e credo pure che sia meglio rimanere insieme» commentò Dupont.

«D'accordo» disse Adèle.

«Bene. Restiamo calmi. I gesuiti e Wiscott non sono molto lontani. Mi chiedo se arriveranno in tempo. Sono già le tre» disse Machprot.

Duecento metri più avanti il gruppo francese raggiunse Wiscott e i gesuiti. L'inglese sembrava sofferente, aveva il viso molto sudato. I due preti cercavano di aiutarlo.

«Mio povero Timothy... deve soffrire molto. Non dovrebbe camminare così...» disse Adèle.

«Grazie, signora, per il suo interessamento» rispose Timothy con un sorriso forzato. «È effettivamente un po' presto per una fisioterapia così pesante, ma il programma sembrava così affascinante che ho voluto rischiare».

«Sta sudando molto» osservò il professore. «L'aria è molto secca. Beve abbastanza?».

«Forse no. Pensavamo di trovare dei ruscelli» rispose padre Fulvio.

«Tenga, prenda un sorso» disse Jean. «È tè zuccherato».

Il gruppo si fermò chiedendosi come Timothy avrebbe potuto proseguire. Vennero raggiunti da alcuni giovani bhutanesi con tre cavalli Haflinger. Uno di loro si avvicinò, rivolgendosi al gruppo in inglese:

«Salve, mi chiamo Phuntso. Andate alla cerimonia?».

«Sì» rispose il professore. «Anche voi?».

«Sì».

Speranzoso, Timothy chiese a Phuntso:

«Potrei salire su uno dei vostri cavalli?».

«Vuole usare i cavalli?».

Fingendo stupore, Phuntso si voltò verso i compagni parlando in bhutanese. Annuirono e il ragazzo disse a Timothy:

«Quanti ne vuole?».

«Uno. Ho una gamba ferita, mi fa male e non posso camminare bene. E il suo gruppo, professore?».

Sollevato da quella miracolosa soluzione, Machprot rispose:

«Prenderei volentieri gli altri due, per me e Adèle. Non siamo più tanto giovani. Cosa ne pensa, cara?».

«Beh, se proprio insiste...» concesse Adèle.

«Allora, Phuntso, li prenderemmo tutti e tre. Vi paghiamo» chiese Machprot.

«Nessun problema, signore. Ne parleremo dopo. Su, salite. Li guidiamo noi, sono bestie buone e fidate».

Il gruppo ripartì, questa volta a passo più veloce.

L'arrivo del re passò inosservato. Entrò nel monastero in mezzo a un gruppo di contadini: con quel travestimento nessuno lo riconosceva. Raggiunse subito l'oratorio dove si fermò quasi tutto il pomeriggio.

Attraverso uno spiraglio della persiana, poteva vedere il cortile dove si stava riunendo una folla chiassosa. I contadini della zona si avvicinavano alle mura di cinta. La tradizione voleva che, per una festa religiosa, indossassero i loro vestiti migliori: i *kira* delle donne erano molto eleganti e avevano colori bellissimi, gli uomini portavano il tradizionale *bakoo* del Bumthang, tessuto a scacchi rossi, verdi e blu. Alcuni si lamentarono che l'accesso al santuario era impedito da un gruppo di giovani, ma malgrado le proteste rimasero come al solito molto educati.

Il Druk Gyalpo si allontanò dalla finestra e si diresse verso una porta nascosta dietro le statue del Budda. Dava su una cameretta: una potente radio era posata su un tavolo di legno. Mentre si sedeva al tavolo per rimettersi in contatto con gli altri, la porta si aprì. Una guardia entrò salutando:

«Maestà, il Rimpoche vorrebbe avere l'onore di vederla».

Come al solito, l'imponente presenza fisica del vecchio lama impressionò il sovrano. In silenzio, fissò gli occhi profondi del prete. Il loro colore cambiava continuamente, passando dal grigio scuro al nero. Il monaco indossava il vestito da cerimonia di seta rosso scuro e giallo e un rubino decorava la catena di turchesi che portava al collo. Il vecchio uomo si inchinò, ma il re lo fermò immediatamente:

«No, no, non lei! Non deve inchinarsi di fronte al re del Bhutan, Venerabile Guardiano».

«Grazie, Sire. Sono passati tanti anni da quando venne qui la prima volta con suo padre».

«È vero, ricordo il giorno in cui mi mostrò ciò che solo il re e il suo successore erano autorizzati a vedere».

«Un uomo meraviglioso, suo padre» mormorò il Rimpoche. «Un perfetto sovrano, così vicino al suo popolo. Come è lontano tutto questo!».

«È tanto tempo che aspetta» disse il re.

«Sono trent'anni che custodisco il prezioso segreto. Ho difficoltà a credere che sia finalmente giunto il momento».

Il re invitò il Rimpoche a sedersi al tavolo. Con un'ombra di rimpianto nella voce, il vecchio lama continuò:

«È stata una vita tranquilla, ricca di conquiste spirituali. Non sarà più lo stesso. Credo che anche per lei quest'attesa sia stata lunga e difficile».

«È così. Mi sento abbastanza sollevato all'idea che non sarà più sotto la nostra responsabilità».

«Solo abbastanza?» chiese il vecchio lama.

«Sì, spero che andrà tutto bene, ma non sappiamo come il messaggio verrà accolto nel mondo».

«È vero, non lo sappiamo, ma Sua Santità ha deciso che i tempi erano maturi. Dobbiamo obbedire, ho piena fiducia in lui».

«Pregherò affinché la nostra fede non venga delusa» rispose il re. «Lo stato delle cose in questo mondo è tale che mi chiedo se scaturirà un beneficio dalla nostra azione».

«L'ingranaggio è scattato, dobbiamo seguirne il movimento» disse con calma il vecchio lama.

«Ha ragione, venerabile amico» riconobbe il sovrano. «Non abbiamo più tempo da perdere, dobbiamo portare a termine il compito che ci è stato affidato. Stasera, inizieremo la cerimonia al tramonto. I monaci, lei e io rimarremo qui nell'oratorio. All'inizio, terremo le persiane chiuse. Poi, dopo che i monaci avranno suonato, le apriremo per dare la possibilità alla gente nel cortile di vederci. Sarà lei a parlare per primo, poi lo farò io rivolgendomi agli stranieri in inglese e svelerò il segreto. Ma ora dobbiamo assicurarci che tutte le forze presenti siano neutralizzate per evitare qualsiasi incidente. Ecco come procederemo».

I due uomini si chinarono su una carta dettagliata del monastero e del villaggio. Il re spiegò il suo piano e concluse:

«Come vede, possono succedere cose che al momento non possiamo prevedere. Dovremo reagire a seconda di come evolve la situazione».

«Il suo piano è convincente» commentò il Rimpoche. «Con uomini così preparati, avrà certamente successo. Ora, la devo lasciare per vedere se tutto è in ordine».

Quando il lama se ne fu andato, il re tornò alla radio, l'accese e disse al microfono:

«Tigre 1 a Tigre 2. Mi sente?».

«Sì, Tigre 1».

«Dove sono gli europei? Passo».

«Avanzano lentamente. Sono appena arrivati in cima al colle, saranno al monastero tra mezz'ora circa. Passo».

«E i cinesi?».

«Sono tutti nel cortile, salvo tre uomini e Norbu che sono appostati mezzo chilometro a nord del monastero. Passo».

«Li neutralizzi immediatamente. Poi, faccia scortare ogni cinese da due uomini, che si diano il cambio, ma senza interrompere la sorveglianza».

«Bene, Sire. E gli indiani?».

«Ajit si sta avvicinando al monastero con cinque uomini. Gli altri sono rimasti nascosti nella foresta. Lasciate entrare nel cortile i sei uomini e sorvegliateli».

«E gli altri indiani?».

«Se ne occuperà l'esercito. Comunque, se dovessero avvicinarsi, ci sono le guardie reali all'esterno delle mura, più il suo gruppo. Spero che sia sufficiente. Passo».

«Benissimo, Tigre 1. Me ne occupo subito».

«*Roger*, Tigre 2. Buona fortuna. Passo e chiudo».

Il re passò la mezz'ora seguente a contattare le altre forze. Cambiò frequenza e chiamò lo *dzong* del Bumthang.

«Tigre 1 chiama il Consiglio. Mi sentite?».

«Pesce a Tigre 1. La sentiamo bene. Passo».

«È tutto pronto, Pesce? Passo».

«Il Consiglio è al completo. Nessun problema durante il volo. Passo».

«Gli elicotteri sono pronti? Passo».

«Sì, Tigre 1. Tutti e cinque pronti a decollare. Passo».

«Benissimo. D'ora in poi, resti in ascolto, la cerimonia inizierà tra breve. Passo».

«*Roger*. Rimaniamo in ascolto. Buona fortuna».

«Grazie. Passo e chiudo».

Fuori, la folla iniziava ad agitarsi. Alcuni si misero a gridare. In un angolo, due uomini, leggermente sbronzi, erano sul punto di picchiarsi. C'era elettricità nell'aria.

Gli ultimi rapporti non si rivelarono molto positivi. Non ci fu nessun problema a neutralizzare il gruppo tibetano rimasto fuori dal monastero. Rimasero così sorpresi di essere scoperti che non opposero resistenza. Riguardo però alla forza speciale indiana, le cose andarono diversamente. Accortisi che le loro mitragliatrici erano state disarmate, si mossero con prudenza. Avevano tutti pistole o altre armi leggere. Era stato impossibile accerchiarli senza farsi vedere o sentire. Ora, Ajit e i suoi cinque uomini erano nel cortile e chiacchieravano educatamente con i due gesuiti. Al calare della notte, gli altri indiani lasciarono la foresta e si avvicinarono, senza tuttavia entrare nel villaggio. Si rintanarono in una stalla abbandonata in mezzo a un campo, preoccupati di essere rimasti soli senza il loro capo Birandra, un uomo energico e capace.

La crescente tensione non permetteva di aspettare oltre e il re decise di iniziare subito la cerimonia.

Con un sospiro, si allontanò dalle persiane abbassate e si avvicinò all'altare. I monaci erano ansiosi e anche il vecchio lama sembrava emozionato. Apparentemente sicuro di sé, il giovane sovrano li invitò a sedersi e a preparare gli strumenti. Chiese a due giovani monaci di accendere le centinaia di piccole lampade sparse nella stanza. La luce diventò via via più forte e filtrò dalle fessure delle persiane. La gente in cortile lo notò e il mormorìo della folla si gonfiò, come la risacca su una spiaggia deserta.

Quando l'ultima lampada fu accesa, il re ordinò ai monaci di spalancare le persiane. Di colpo, il chiarore invase il cortile e fece ammutolire la folla. Si sentì il lamento delle trombe, lungo e straziante, accompagnato dal battito sordo dei tamburi e dal gong. I bhuthanesi si accorsero che i monaci suonavano con particolare fervore. Anche gli europei e gli indiani rimasero colpiti dall'intensità della musica.

Quando il vecchio Rimpoche si alzò e si avvicinò al centro della stanza, la folla rimase immobile. Fece un cenno con la mano: il suono degli strumenti si smorzò fino a interrompersi con un colpo del grande gong. Il Rimpoche alzò le mani in segno di benvenuto e si rivolse alla folla:

«Gloria al Signore Budda! Siamo qui questa sera per un evento eccezionale. Niente di simile è mai successo prima e abbiamo il privilegio di esserne testimoni».

Fece una pausa per lasciare che la gente assimilasse bene ciò che aveva appena detto. Il professor Machprot e padre Fulvio tradussero le parole del vecchio lama a chi non capiva la lingua. Quando il Rimpoche riprese a parlare non si sentiva volare una mosca.

«Vi sarete tutti chiesti, nei giorni scorsi, perché avessi annunciato questa cerimonia. Ora siete sorpresi perché mi rivolgo a voi come non avevo mai fatto prima. Ascoltatemi».

La folla venne percorsa da un brivido e ci fu un grande mormorio. Il vecchio lama continuò:

«Tanti anni fa, sono venuto in questa valle per una ragione precisa. Noi tibetani abbiamo dovuto lasciare il nostro paese quando è stato invaso dai cinesi. Siamo fuggiti a causa delle continue minacce, ma anche perché dovevamo portare in salvo documenti di estremo valore, che in nessun modo potevano finire nelle mani degli usurpatori. Quale miglior posto di questo tranquillo paese? Così è andata, e io ho avuto il privilegio di essere, in tutti questi anni, il Guardiano di questo inestimabile Segreto. Se ciò è stato possibile, è anche grazie alla vostra calorosa accoglienza. Vi ringrazio. Per questo siete stati chiamati qui come onorati spettatori di qualcosa che potrebbe cambiare il corso della storia dell'umanità».

Si fermò un attimo. Fu allora che Ajit sentì vibrare la sua radio. Con discrezione, tirò fuori dalla tasca l'auricolare e se lo avvicinò facendo finta di grattarsi. Sentì la voce concitata di Birandra:

«...tutto il gruppo del villaggio è stato portato via dai bhutanesi. Uno solo è riuscito a fuggire ed è venuto ad avvertirmi. Cosa devo fare?».

Due guardie reali che sorvegliavano Ajit si accorsero della sua operazione e gli si avvicinarono, pronte a intervenire. Lo sentirono sussurrare nel piccolo microfono che aveva nascosto in mano:

«Lasciate stare tutto! Qui sta succedendo qualcosa di incredibile. Non muovetevi fino a nuovo ordine. Chiudo».

Le guardie reali si rilassarono e una delle due si fece da parte per informare via radio il re dell'incidente. L'attenzione generale era catturata dal Rimpoche che continuò a parlare:

«Secoli fa, il Tibet fu visitato da strani esseri che viaggiavano con mezzi assolutamente non comuni: veicoli sospesi in aria».

La folla mormorò, ma la voce del vecchio lama riportò la calma:

«Lo so, sembra incredibile. Eppure, gli antichi testi sono chiari a questo proposito e ci descrivono questi strani esseri. Non avevano occhi ma potevano vedere e leggere nel nostro pensiero. Parlarono e spiegarono un'infinità di cose che allora non vennero capite. Dissero che la loro terra non era in questo mondo, ma oltre il cielo».

A quelle parole, un tumulto esplose tra la folla. Alcuni rimasero stupefatti, altri risero, e altri ancora insultarono duramente il Rimpoche, accusandolo di essere un imbroglione. Padre Fulvio ne rimase scioccato, così come gli altri stranieri. Ansiosi, aspettarono che il Rimpoche continuasse. Finalmente, il vecchio lama riuscì a far tornare la calma alzando la sua potente voce:

«Ascoltate fino alla fine. Sapete tutti che negli anni che ho vissuto qui non vi ho mai mentito. E non lo farò stasera. Capirete e vi stupirete della bellezza di questa rivelazione: non solo gli inviati dalle stelle hanno parlato ai nostri avi ma hanno scritto un messaggio. I documenti lasciati sulla Terra spiegano la realtà, ma per secoli non sono stati capiti. Solo ora, la scienza occidentale sta per svelare questi misteri della Natura. Ma non tutti, anche se su quei documenti ogni cosa è spiegata. I tempi sono maturi per capire quei testi. Lasciarono il messaggio in custodia alla stirpe dei Dalai Lama. Sua Santità il quattordicesimo Dalai Lama, il Signore del Loto Bianco, mi ha incaricato di dirvi quanto segue, perché tutto il mondo sappia.

«Secoli fa, ci è stato rivelato, attraverso alcuni documenti, un segreto. Quando dovetti lasciare il mio paese, trovai un fedele alleato nella persona del defunto re del Bhutan, che accettò di nasconderli nel suo regno. Più tardi, fu il figlio a ereditare questo fardello. Oggi, per sua volontà, tutti i governi verranno a conoscenza dei preziosi documenti. Questo è il messaggio lasciatomi dai miei predecessori.

«Nella costellazione dell'Amas delle Stelle, chiamata dai vostri astronomi Grande Nube di Magellano, esistono diversi soli molto più vecchi del nostro. E ci sono anche pianeti dove la vita è nata molto prima che sulla Terra. L'evoluzione di queste forme di vita è stata fortunata, ha fatto nascere esseri sensibili, capaci di viaggiare attraverso lo spazio. Essi cercarono nell'universo altre forme di vita e di intelligenza. Attraversarono il solco tra la loro Amas delle Stelle e la nostra galassia, per esplorare la Via lattea. Entrarono nel nostro sistema solare e scoprirono la Terra. Una prova convincente di queste affermazioni sarà consegnata a tutti i governi.

«In questi documenti, redatti secoli fa, viene esposta la teoria della fisica nucleare. Alcuni esempi sono: la teoria dei quanti e il suo rapporto con la relatività generale, così come una descrizione completa della creazione dell'universo fisico. Tali rivelazioni verranno confermate dagli scienziati. Nessuno, di origine terrena, avrebbe potuto inventare, secoli fa, una simile descrizione.

«Gli esseri della Grande Nube di Magellano hanno visitato il nostro pianeta e stabilito contatti con gli abitanti del Tibet, centinaia di anni fa. Dopo aver esaminato le civiltà esistenti nel nostro globo, promisero solennemente ai miei predecessori di tornare sulla Terra e di riprendere contatto con noi a determinate condizioni. Eccole riassunte.

«*L'umanità deve progredire nel suo sviluppo tecnologico, scientifico e spirituale. Deve aver eliminato la violenza.*

«Perché queste condizioni per ristabilire un contatto con noi? La ragione principale è la seguente:

«Nel nostro universo, le forme di vita si sono evolute fino a raggiungere un livello d'intelligenza nettamente superiore alle nostre realizzazioni. Le razze sensibili che hanno intrapreso i viaggi interspaziali hanno fondato una Federazione nella nostra galassia. L'insieme delle loro conoscenze spirituali e scientifiche, che il nostro pensiero ha difficoltà a capire, le ha rese molto potenti.

«Il senso profondo dell'universo gli è stato rivelato grazie alla loro incessante ricerca spirituale. La loro evoluzione tecnologica ha permesso di sfruttare la potenza delle fluttuazioni gravitazionali pesanti nei loro sistemi stellari. Usano l'energia dei buchi neri e, ancora più incredibile, sono capaci di usare l'energia quantistica del vuoto, contenuta in ogni punto del continuum spazio-temporale. Uno dei grandi fisici moderni, Richard Feynaman, diceva che una rapida valutazione di questa energia quantistica indica che ogni centimetro cubo di vuoto contiene sufficiente energia per portare gli oceani del nostro mondo al punto di ebollizione.

«Questa conoscenza diede agli esseri sensibili della Federazione un potere creatore incommensurabile, ma anche un potere distruttivo. Per questo motivo, il Consiglio della Federazione ha deciso, migliaia di anni fa, che solo le forme di vita che avessero raggiunto un avanzato sviluppo avrebbero potuto avere accesso a quelle conoscenze.

«Sulla Terra non si è ancora arrivati a tale livello di sviluppo. Molti sono coloro che cercano di arrivarci, ma sono molti anche coloro che hanno il cuore chiuso. Bisogna analizzare perché ciò accade.

«Noi comprendiamo la violenza nella razza umana in relazione al suo processo evolutivo. È evidente che la selezione della specie su questo pianeta è stata crudele. Sono sopravvissuti coloro che hanno sconfitto gli altri nella corsa al poco cibo disponibile. Gli ominidi hanno avuto il sopravvento grazie allo sviluppo delle loro strutture cerebrali. Sono state usate strategie di sopravvivenza efficaci, ma molto aggressive verso le altre specie. Anche la competizione in seno al gruppo degli ominidi è stata feroce. Solo coloro che si sono meglio adattati sono sopravvissuti.

«Nel corso dell'evoluzione, abbiamo acquisito un nuovo strumento meraviglioso che gli scienziati chiamano corteccia cerebrale. È quel che ci rende fondamentalmente diversi dalle altre forme di vita sulla Terra, perché ci permette di avere maggiori conoscenze su noi stessi, sul nostro passato e sul nostro futuro. Questa capacità mentale, all'inizio sicuramente rozza, si è lentamente trasformata in uno strumento sensibile e raffinato.

«La capacità di essere il veicolo della coscienza ci dà una grande possibilità, rispetto a tutte le altre forme di vita nel pianeta: siamo l'unica specie che ha il potere di superare gli stretti limiti che ci impone il processo della selezione naturale. È in virtù di questa meravigliosa qualità umana che spero un giorno saremo capaci di vincere la profonda pulsione dell'aggressività e della violenza.

«Abbiamo ora gli strumenti scientifici necessari per capire le implicazioni psicologiche e le cause che a volte ci spingono a comportarci come bestie selvagge. Lo studio del comportamento e della mente umana ha fatto enormi progressi in quest'ultimo secolo, grazie al contributo di pionieri come Krishnamurti, Freud, Jung e tanti altri. Questa saggezza, recentemente scoperta, era contenuta in antichi scritti religiosi d'Oriente e d'Occidente. Ma nel nostro secolo, di trionfo della scienza, era importante trovare ed elaborare una base scientifica. L'intima conoscienza di noi stessi è lo strumento che potrebbe liberarci dalle catene della violenza.

«Negli ultimi due secoli, l'umanità ha vissuto un'incredibile perdita di spiritualità. Il desiderio di spiegare i fenomeni naturali con la ricerca empirica ci ha allontanato dalle numerose spiegazioni mistiche che le Chiese tradizionali hanno riservato a coloro che si ponevano quel tipo di domanda. Con lo sviluppo della scienza, il misticismo ha perso terreno e l'oscurantismo ne ha guadagnato. Sfortunatamente, la sottile distinzione tra questi due poli non è mai stata tracciata.

«L'umanità ha così iniziato a dare un'importanza esagerata ai beni materiali e alle fredde interpretazioni scientifiche. Questo vale sia per le nazioni che per ogni singolo individuo.

«Questi fattori hanno avuto un effetto deprimente sulle strutture della società, in Oriente come in Occidente, a nord come a sud. L'invidia, la corruzione, l'egoismo, il crimine istituzionalizzato e la guerra, per citarne solo alcuni, sono virus che attaccano e indeboliscono il sistema immunitario della società e ci fanno regredire nel processo evolutivo.

«Oggi, l'assenza di un progetto spirituale rappresenta per molti la più grande sfida da affrontare. Dovremo lottare duramente se vogliamo dare all'umanità una speranza per l'avvenire.

«Dovremmo essere capaci di riconoscere i limiti di ognuna delle nostre religioni e ideologie e sviluppare la curiosità verso i nostri vicini, amici e anche nemici, per sapere ciò che pensano e ciò che sentono. Dovremmo farli partecipi delle nostre speranze e dei nostri timori. Forse allora progrediremo sul cammino di una comprensione globale della nostra condizione.

«Cerchiamo punti di convergenza tra sistemi apparentemente opposti! La fisica nucleare ci segnala delle incredibili vicinanze con l'antica saggezza religiosa. I leader politici dovrebbero concentrarsi di più sulle aspirazioni comuni ai loro popoli, piuttosto che sulle ideologie che li separano. I capi religiosi devono ricordarsi che esiste una forza unica al centro di questo universo.

«Se riusciremo a creare questo slancio unificatore, saremo capaci di liberare innumerevoli forze creatrici e di lavorare in vista dell'obiettivo che ci hanno proposto i visitatori dello spazio. La luce delle stelle della Nube di Magellano ha dato agli astronomi il primo campione di misura per sondare l'universo. Usiamo ora la luce della saggezza di quella gente per sondare le nostre anime e scoprire la forza di apprendere i misteri di questo meraviglioso universo!».

Il silenzio stupefatto che aveva seguito la rivelazione del Dalai Lama venne interrotto da grida di sorpresa. La folla aveva riconosciuto il re che era uscito dall'ombra per porsi al centro della stanza. Tutti si inchinarono.

«Dio mio! È il re. Sono sicuro che è lui» disse Mac.

«Ne è certo?» chiese Fulvio.

«Certissimo. È venuto a visitare la mia scuola tre mesi fa. Gli ho anche parlato, sono sicuro che è lui».

Il professor Machprot ebbe un brivido e afferrò, nervosamente, la mano di Adèle.

«È meraviglioso! Stiamo assistendo al realizzarsi del sogno più incredibile».

«Sì, Virgile» mormorò Adèle, pronta a svenire.

Paralizzati dalla piega presa dagli eventi, Ajit Singh e Rinchen Namgyal sentirono la voce del monarca nel profondo silenzio ricreatosi nella corte:

«Siate i benvenuti, Adèle de Sainte-Fleur, professor Machprot, signor Dupont, padre Fulvio, fratello Mac, signor Singh, signor Namgyal e signor Wiscott. Siete venuti da lontano e da orizzonti politici e religiosi molto diversi. Avete tutti lo stesso scopo. All'inizio non vi conoscevate neppure; ora che siete arrivati alla meta, capite che non c'è alcun bisogno di combattere per raggiungerla. Vorrei chiedervi, di fronte all'importanza del Segreto, di rinunciare a ogni intenzione ostile e di consegnare le armi a coloro che, vicino a voi, portano il berretto rosso delle guardie reali».

Gli spettatori erano pietrificati, temendo una possibile violenza. Esitante, Ajit Singh cercò sotto la giacca, poi, estrasse lentamente la pistola, la tese al soldato, cosciente del fatto che la pressione che sentiva sulla schiena era la canna del fucile di una guardia reale. Rinchen Namgyal, padre Fulvio e Jean Dupont, alle prese con lo stesso dilemma, decisero di obbedire all'ordine del re. Gli agenti cinesi e indiani seguirono l'esempio dei loro capi.

«Vi ringrazio per la collaborazione» continuò il re. «Cari amici, è arrivato il momento per l'umanità di prendersi cura della sua sopravvivenza e del futuro della Terra. Per questo è stato deciso di rivelare il segreto contenuto nei documenti a tutte le nazioni del pianeta. Siete stati guidati qui da segni nascosti che vi avevamo mandato. Sarete gli ambasciatori di questa conoscenza che, speriamo, aiuterà l'umanità a compiere un passo importante verso la pace e la felicità.

«Come Guardiano secolare del Segreto, sono qui per testimoniare sulla verità di ciò che avete appena sentito dalla bocca del venerabile Rimpoche. Dai tempi del regno di mio padre, il defunto re del Bhutan, alla mia famiglia è stata affidata la custodia dei suddetti documenti. Per anni abbiamo atteso questo giorno, lottando per preparare le condizioni ideali per consegnarli al mondo intero. Siamo qui ora e vi invitiamo ad aprire i vostri cuori a ciò che abbiamo da dire».

Il re fece una pausa, poi riprese:

«Continuerò il mio discorso in bhutanese. Nel frattempo vi prego di venire nell'oratorio dove consegnerò ad ogni gruppo un esemplare originale dei documenti».

Una sorta di piccolo ponte levatoio scese dalla finestra dell'oratorio fin nel cortile. La folla si divise in due per lasciare passare gli stranieri. Le guardie reali li aiutarono a salire e li invitarono a restare vicino ai monaci. Il re concluse il suo discorso, accolto con un mormorio di sorpresa e riconoscenza.

«*Tashi delek*, lunga vita al Druk Gyalpo!».

Il re si avvicinò al gruppo degli stranieri. Con tono solenne e una traccia di emozione li salutò:

«Prima di tutto voglio ringraziarvi per essere qui. Ringrazio anche per ciò che avete fatto prima. Signor Ajit e signor Rinchen, posso assicurarvi che i vostri uomini sono tutti in buona salute. Per fortuna non è accaduto nulla di spiacevole. Domani lascerete la valle da uomini liberi. Non verrà fatta menzione di aggressione al mio paese».

Fissandoli intensamente, il re fece due passi indietro per avvicinarsi al Budda. Alzò la mano sinistra e sfiorò il rubino della collana. Senza far rumore, la pesante statua si aprì, scoprendo un nascondiglio segreto. Ne uscì una luce intensa. Il re prese cinque scatole piatte. Alzando i cofanetti all'altezza degli occhi, perché tutti potessero vederli, dichiarò:

«È il dono dei Viaggiatori dello Spazio al nostro mondo. Avrete il compito di rimetterlo nelle mani dei grandi di questo pianeta. Dallo studio di questi documenti, capirete chiaramente perché abbiamo dato tanta importanza al successo della nostra impresa, chiamata "operazione Tigre". Potrete voi stessi apprezzare il sapere di un'intelligenza straniera in materia di fisica e altre scienze. Sono stati portati sulla terra secoli fa e il loro studio permetterà agli scienziati dei vostri paesi di stabilirne con precisione l'epoca. Ma posso già dirvi che risale ai tempi del grande santo poeta Milarepa».

I capi dei cinque gruppi si avvicinarono e si inchinarono. Il Druk Gyalpo consegnò a ognuno un cofanetto, poi riprese:

«C'è qualcos'altro nell'operazione Tigre, a parte questo dono inestimabile. I documenti sono stati affidati alla dinastia dei Dalai Lama. Per secoli, è stata la stirpe guardiana del segreto. Sua santità il Dalai Lama mi ha pregato di trasmettervi il seguente messaggio:

«"C'è ancora poco tempo per evitare una catastrofe globale di tutte le forme di vita del pianeta. Dobbiamo combattere la violenza e la mancanza di spiritualità, sradicandone le cause e creando condizioni giuste allo sviluppo spirituale. La carestia, le cattive condizioni sociali, le guerre, il terrorismo, il degrado dell'ambiente e la violenza sono tutti motivi per cui un uomo è spinto a combattere contro il suo simile. Gli atteggiamenti religiosi o ideologici settari creano divisione e odio.

«"Abbiamo il dovere di studiare questi fenomeni nei loro minimi dettagli. Bisognerà svolgere ricerche su questi temi nel più breve tempo possibile. I popoli e i dirigenti di tutte le nazioni devono sostituire il sospetto con la fiducia. Non è facile, perché la nostra violenza ci fa temere quella dei nostri vicini. Il cambiamento deve avvenire gradualmente. Il compito appare immenso e il costo proibitivo. Eppure, abbiamo i mezzi pratici per realizzare questa speranza.

«"L'umanità spende ogni anno oltre un migliaio di miliardi di dollari per le armi. È più di un milione di dollari al minuto: ciò crea paura e miseria. Chiediamo ai governi di accordarsi per ridurre le spese per gli armamenti dell'equivalente di un'ora al giorno. In altre parole, di ridurre la spesa militare del quattro per cento ogni anno.

«"Verranno così risparmiati all'anno cinquanta miliardi di dollari, e la mano d'opera necessaria alla realizzazione di un mondo di pace per i nostri figli può essere reclutata tra i lavoratori delle industrie di armi. Nel 2000 spenderemo meno della metà di quello che oggi buttiamo dalla finestra per le armi.

«"Vi chiediamo di tornare nei vostri paesi e di pregare i vostri governi di convocare un'assemblea generale delle Nazioni Unite per discutere sulla Rivelazione e sulle nostre proposte.

«"Dite loro che ciò di cui siete stati testimoni verrà divulgato nel mondo attraverso centinaia di fonti indipendenti sparse nel pianeta, che disporranno di analoghi documenti originali"».

Il re concluse il suo discorso e un clamore di gioia e di speranza salì verso il cielo immenso e freddo.

A ondate, il grido si alzò, ripercuotendosi fin nelle profondità dello spazio. Le stelle erano all'ascolto nell'infinito per percepirne l'eco.

Nota sull'Autore

Erik Allgöwer è medico. Ha trascorso due anni nel Bhutan, dove su incarico del governo si è occupato dell'ospedale di Bhumtang (Bhutan centrale). Attualmente esercita la sua professione in una cittadina della Svizzera romanda.

Indice

edizioni e/o

edizioni e/o - Via Camozzi, 1 - 00195 Roma

Letteratura di lingua tedesca

B. Frischmuth, *Il collegio delle suore*
M. Haushofer, *La parete*
M. Haushofer, *Un cielo senza fine*
M. Haushofer, *Abbiamo ucciso Stella*
M. Haushofer, *La mansarda*
C. Hein, *L'amico estraneo*
C. Hein, *La fine di Horn*
C. Hein, *Il suonatore di tango*
C. Hein, *Esecuzione di un vitello*
H. Königsdorf, *Bolero*
I. Morgner, *Nozze a Costantinopoli*
U. Peltzer, *Peccati di pigrizia*
F. von Saar, *Il sottotenente Burda*
P. Schneider, *Papà*
H. Schubert, *Donne giuda*
A. Seghers, *Transito*
K. Tucholsky, *Il castello di Gripsholm*
M. Wander, *Una vita preziosa*
E. Weiss, *L'aristocratico*
E. Weiss, *Il testimone oculare*
C. Wolf, *Cassandra*
C. Wolf, *Che cosa resta*
C. Wolf, *Il cielo diviso*
C. Wolf, *Congedo dai fantasmi*
C. Wolf, *Guasto*
C. Wolf, *Medea. Voci*
C. Wolf, *Nessun luogo. Da nessuna parte*
C. Wolf, *Pini e sabbia del Brandeburgo*
C. Wolf, *Premesse a Cassandra*
C. Wolf, *Recita estiva*
C. Wolf, *Sotto i tigli*
C. Wolf, *Trama d'infanzia*

Letteratura praghese

M. Brod, *Il circolo di Praga*
B. Hrabal, *Treni strettamente sorvegliati*
B. Hrabal, *Ho servito il re d'Inghilterra*
B. Hrabal, *La tonsura*
B. Hrabal, *L'uragano di novembre*
B. Hrabal, *La cittadina dove il tempo si è fermato*
B. Hrabal, *Un tenero barbaro*
B Hrabal, *Paure totali*
E.E. Kisch, *Alla fiera del sensazionale*
L. Klíma, *I dolori del principe Sternenhoch*
F. Langer, *Leggende praghesi*
V. Linhartová, *Ritratti carnivori*
V. Nezval, *Valeria e la settimana delle meraviglie*
O. Pavel, *Il grande vagabondo delle acque*
L. Perutz, *Di notte sotto il ponte di pietra*
P. Řezníček, *Il soffitto*
S. Richterová, *Topografia*
R. M. Rilke, *Due storie praghesi*
A. M. Ripellino, *Storia della poesia ceca*
J. Seifert, *La colonna della peste*
J. Seifert, *L'ombrello di Piccadilly*

Letteratura polacca

AA.VV., *Teatro polacco del '900*
S. Benski, *La parte più importante*
K. Brandys, *Mesi*
K. Brandys, *Rondò*
K. Brandys, *Sansone*
K. Brandys, *Variazioni postali*
K. Brandys, *L'arte di farsi amare*
K. Brandys, *Hotel d'Alsace e altri due indirizzi*
K. Brandys, *L'arte della conversazione*
J. Ficowski, *Il rametto dell'albero del sole*
W. Gombrowicz, *Parigi-Berlino*
H. Grynberg, *La guerra degli ebrei*
H. Panas, *Il Vangelo secondo Giuda*
J. Potocki, *Viaggio in Turchia, Egitto e Marocco*
J. Stryjkowski, *Austeria*
J. Stryjkowski, *L'uomo venuto da Narbona*
J. Stryjkowski, *Tommaso del Cavaliere*
A. Szczypiorski, *Messa per la città di Arras*

Letteratura ungherese

B. Balázs, *Il libro delle meraviglie*
G. Csáth, *Oppio e altre storie*
P. Esterházy, *I verbi ausiliari del cuore*
Gy. Kardos, *I sette giorni di Avraham Bogatir*
D. Kosztolányi, *Le mirabolanti avventure di Kornél*
F. Molnár, *Danubio blu*
M. Mészöly, *Saulo*
I. Örkény, *Novelle da un minuto*
I. Örkény, *Giochi di gatti*
G. Ottlik, *Scuola sulla frontiera*
A. Szerb, *La leggenda di Pendragon*
A. Szerb, *Il viaggiatore e il chiaro di luna*

Letteratura russa

M. Ageev, *Romanzo con cocaina*
A. Blok, A. Belyj, *Lettere 1903-1908*
V. Brjusov, *L'angelo di fuoco*
M. Cvetaeva, *L'Accalappiatopi*
F. Iskander, *Il tè e l'amore per il mare*
F. Iskander, *La notte e il giorno di Čik*
A. Kim, *Lo scoiattolo*
M. Kuzmin, *Vanja*
V. Makanin, *Un posto al sole*
V. Makanin, *Azzurro e rosso*
V. Makanin, *Il cunicolo*
A. Mariengof, *Romanzo senza bugie*
A. Platonov, *Il mare della giovinezza*
V. Rasputin, *Vivi e ricorda*
A. Remizov, *Diavoleria*
E. Sevela, *Perché non abbiamo il paradiso in terra*
A. N. Tolstoj, *Pietro il Grande*
L. N. Tolstoj, *Il divino e l'umano*
I. Turgenev, *Racconti fantastici*
L. Ulickaja, *Sonja*

Letteratura serbocroata

B. Ćosić, *Il ruolo della mia famiglia nella rivoluzione mondiale*
A. Tišma, *Scuola di empietà*

Letteratura yiddish

S. An-Ski, *Il dibbuk*

Letterature della Svizzera

E. Allgöwer, *La tigre e il monaco buddista*
N. Müller, *Una follia in quattro atti*
N. Müller, *Perché questo è il brutto dell'amore*

Letterature del Medio Oriente

S. Nassib, *Ti ho amata per la tua voce*
B. Tammuz, *Il frutteto*
B. Tammuz, *Il minotauro*
B. Tammuz, *rRequiem per Naaman*

Letteratura di lingua inglese

N. Algren, *Mai venga il mattino*
J. Charyn, *Metropolis*
J. Charyn, *Il pesce gatto*
J. Charyn, *Marilyn la selvaggia*
E. S. Connell, *Mrs. Bridge*
A. Desai, *Giochi al crepuscolo*
R. Ferré, *Maldito amor*
C. Johnson, *Il racconto del mandriano*
M. Hong Kingston, *La donna guerriera*
Y. Martel, *Io, Paul e la storia del mondo*
B. A. Mason, *Laggiù*
L. Michaels, *Sylvia*
H. F. Mosher, *I misteri di Memphremagog*
A. Munro, *Chi ti credi di essere*
J. C. Oates, *Sulla boxe*
J. C. Oates, *Un'educazione sentimentale*
J. C. Oates, *Marya*
J.C. Oates, *Figli randagi*
J.C. Oates, *Notturno*
E. O'Brien, *La ragazza dagli occhi verdi*
E. O'Brien, *Ragazze nella felicità coniugale*
E. O'Brien, *Le stanze dei figli*
E. O'Brien, *Lanterna magica*
T. Pynchon, *Un lento apprendistato*
T. Pynchon, *L'incanto del lotto 49*
M. Richler, *Scegli il tuo nemico*
P. Taylor, *L'antica foresta*
N. West, *Signorina Cuorinfranti*

Letteratura del Nicaragua

G. Belli, *La donna abitata*
G. Belli, *Sofía dei presagi*
G. Belli, *Waslala*

Letteratura cinese

Gu Hua, *La morte del re dei serpenti*
Lu Xun, *Fiori del mattino raccolti la sera*

Letteratura italiana

A. Belardinelli, *Specchio di terra*
F. Carbone, *Racconti di acqua e di neve*
M. Carlotto, *Il fuggiasco*
M. Carlotto, *Il mistero di Mangiabarche*
M. Carlotto, *La verità dell'Alligatore*
M. Ciampo, *L'autunno delle spie*
D. Conoscenti, *La stanza dei lumini rossi*
E. Ferrante, *L'amore molesto*
G. Fofi, *La vera storia di Peter Pan*
S. Lambiase, *C.G.D.C.T.*
S. Lambiase, *Memorie di una guida turistica*
L. Levi, *Una bambina e basta*
L. Levi, *Quasi un'estate*
S. Quadrino, *Più che una figlia*
V. Razzini, *La ricchezza di Perdido*
P. Teobaldi, *Finte*
B. Ventavoli, *Amaro Colf*
B. Ventavoli, *Pornokiller*

Collana «Tascabili e/o»

AA.VV., *Il paese nascosto. Storie di volontariato*
AA.VV. *Leggere gli anni verdi*
AA.VV., *Mi riguarda*
AA.VV., *Si può!*
M. Ageev, *Romanzo con cocaina*
Sh. An-Ski, *Il Dibbuk*
B. Balázs, *Il libro delle meraviglie.*
N. Algren, *Le notti di Chicago*
H. de Balzac, *Il colonnello Chabert*
U. Barzaghi, *Senza vergogna*
Bechi, *Caccia grossa*
S. Besio-M.G. Chinato, *L'avventura educativa di Adriano Milani Comparetti*
Brandys, Esterházy, Hein, Hrabal, Wolf, *Dall'est*
K. Brandys, *Rondò*
K. Brandys, *Hotel d'Alsace e altri due indirizzi*
F. Carbone, *Reporter verde*
M. Carlotto, *Il fuggiasco*
A. Čechov, *Racconti umoristici*
A. Čechov, *La signora col cagnolino*
J. Černá, *In culo oggi no*
G. Cherchi, *Basta poco per sentirsi soli*
N. Chohra, *Volevo diventare bianca*
Colette, *Claudine a Parigi*
J. Conrad, *I duellanti*
M. Cvetaeva, *L'Accalappiatopi*
A. Daudet, *Saffo*
E. Ferrante, *L'amore molesto*
G. Fofi, *Prima il pane*
G. Fofi, *Benché giovani*
G. Fofi, *Più stelle che in cielo*
G. Fofi-G. Lerner-M. Serra, *Maledetti giornalisti*
G. Giudici, *Andare in Cina a piedi*
A. Hacke, *Panini amari*
M. Haushofer, *La parete*
M. Haushofer, *Un cielo senza fine*
C. Hein, *L'amico estraneo*
C. Hein, *Il suonatore di tango*
B. Hrabal, *La cittadina dove il tempo si è fermato*
B. Hrabal, *Ho servito il re d'Inghilterra*
B. Hrabal, *Paure totali*
B. Hrabal, *La tonsura*
B. Hrabal, *Un tenero barbaro*
B. Hrabal, *Treni strettamente sorvegliati*
M. Kuzmin, *Vanja*
F. Langer, *Leggende praghesi*
L. Levi, *Una bambina e basta*
L. Levi, *Se va via il re*
M. Lombezzi, *Cieli di piombo*
F. Mistral, *Racconti e leggende provenzali*
E. Monteleone, *La vera vita di Antonio H.*

N. Müller, *Perché questo è il brutto dell'amore*
S. Nassib, *Ti ho amata per la tua voce*
J. C. Oates, *Un'educazione sentimentale*
E. O'Brien, *Lanterna magica*
E. O'Brien, *La ragazza dagli occhi verdi*
E. O'Brien, *Ragazze nella felicità coniugale*
E. O'Brien, *Le stanze dei figli*
I. Örkény, *Novelle da un minuto*
L. Perutz, *Di notte sotto il ponte di pietra*
L. Pirandello, *L'imbecille*
J. Potocki, *Viaggio in Turchia, in Egitto e in Marocco*
T. Pynchon, *Entropia*
R. M. Rilke, *Due storie praghesi*
E. Rostand, *Cirano di Bergerac*
E. Salgari, *La bohème italiana*
A. Seghers, *Transito*
M. Serao, *La virtù di Checchina*
S. Soldini, *Un'anima divisa in due*
W. Shawn, *La febbre*
D. Starnone, *Sottobanco*
A. Szerb, *La leggenda di Pendragon*
A. Szerb, *Il viaggiatore e il chiaro di luna*
B. Tammuz, *Il frutteto*
B. Tammuz, *Il minotauro*
L. N. Tolstoj, *Il diavolo e altri racconti*
L. Tufani, *Leggere donna.*
I. Turgenev, *Racconti fantastici*
M. Twain, *Racconti comici*
M. Twain, *L'uomo che corruppe Hadleyburg*
B. Ventavoli, *Pornokiller*
N. West, *Signorina Cuorinfranti*
C. Wolf, *Cassandra*
C. Wolf, *Il cielo diviso*
C. Wolf, *Guasto*
C. Wolf, *Nel cuore dell'Europa*
C. Wolf, *Recita estiva*
C. Wolf, *Premesse a Cassandra*
C. Wolf, *Trama d'infanzia*
C. Wolf, *Sotto i tigli*
E. Zola, *Per una notte d'amore*

Collana «Le Rose»

Rose del Canada. Racconti di scrittrici canadesi
Rose del Giappone. Racconti di scrittrici giapponesi
Rose di Grecia. Racconti di scrittrici greche
Rose d'India. Racconti di scrittrici indiane
Rose d'Irlanda. Racconti di scrittrici irlandesi
Rose di Russia. Racconti di scrittrici russe
Rose di Scozia. Racconti di scrittrici scozzesi
Rose d'Israele. Racconti di scrittrici israeliane
Rose d'Oceania. Racconti di scrittrici australiane, Maori e neozelandesi
Rose Ispano Americane. Racconti di scrittrici dell'America Latina

Collana «Il Baleno»

G. Belli, *La fabbrica delle farfalle*
C. Brosca-S. Fabri, *Cloris e l'ultimo incantesimo*

Piccola Biblioteca Morale

AA.VV., *Sull'unità d'Italia*
C. Berneri, *Umanesimo e anarchismo*
A. Caffi, *Critica della violenza*
A. Capitini, *Liberalsocialismo*
C. Cassola, *Conversazione su una cultura compromessa*
A. Cucchi-V. Magnani, *Crisi di una generazione*
P. K. Dick, *Se questo mondo vi sembra spietato dovreste vedere cosa sono gli altri*
C. Freinet, *Una moderna pedagogia del buon senso*
P. Kropotkin, *Il mutuo appoggio*
A. Langer, *La scelta della convivenza*
D Macdonald, *Masscult e Midcult*
Don L. Milani, *La ricreazione*
G. Snyder, *La grana delle cose*
V. Woolf, *Ricordi*
A. Yehoshua, *Ebreo, israeliano, sionista: concetti da precisare*

Finito di stampare il 9 ottobre 1997
presso lo stabilimento "A.C. Grafiche s.r.l."
di Città di Castello